芬莉的殺手日記

Finlay Donovan Is KILLING IT

艾兒・柯西馬諾——著 周倩如——譯

Elle Cosimano

1

眾所皆知，做媽媽的每天早上大概在八點半前就準備好想殺掉某個人。在十月八日星期二這個特別的早晨，我七點四十五分就已經準備就緒。我來形容一下吧，試想你必須拚了命地幫你全身沾滿楓糖漿的兩歲兒子換尿布，而你四歲的女兒決定趁上學前替自己剪個頭髮。與此同時，你又努力想聯絡上你失蹤的褓姆，一邊從滿溢的咖啡壺裡喝著咖啡渣，因為睡眠不足的你迷糊地忘記放濾紙。

我已經準備好要殺掉某個人。我不在乎那人是誰。

我遲到了。

我的經紀人老早從紐約中央車站搭上火車前往華盛頓聯合車站，我應該與她在一家我負擔不起的餐廳見面吃早午餐，討論我已經延宕多時的書。那本書我起筆寫了三次，但八成永遠無法完成了，因為……天啊，看看我的四周。

這就是原因。

我位於南騎市的兩層樓殖民式透天厝距離市中心不算遠，只要安排得當，要趕在十點抵達並非不可能。但說近也不算近，有些正常人寧願買個真人大小的充氣娃娃，只為了能開上高乘載車道而不被開罰單，或為了避免被我們這些還沒出賣靈魂買下自己的充氣娃娃的鄰居開車射殺。

別誤會。離婚前，我挺喜歡南騎市的。在我得知我丈夫與正好又是我們物業管理公司一員的房仲搞外遇之前。不知怎地，我猜當初銷售員用「小鎮」感來形容這個夢幻郊區時，心裡其實不是這麼想的。她給的小冊子刊登許多幸福家庭在古色古香的門廊前彼此擁抱的照片，上面用「悠閒」和「平靜」等形容詞來描述這個社區。因為在房產雜誌的光滑頁面上，沒人能看穿窗戶見到屋內憤怒又疲倦的母親，或沒穿衣服且黏乎乎的學步兒，或地板上的頭髮、血漬和咖啡。

「媽咪，想想辦法！」迪莉亞站在廚房，揉著她剛剛用剪刀刮傷自己剪下的那塊微濕殘髮。一條細細的血珠沿著她的額頭往下流，我趁血流進她的眼睛前用一條舊圍兜擦乾淨。

「我沒辦法，親愛的。放學後我會帶你去髮廊。」我用圍兜壓著那塊光禿的頭皮，把血止住。接著把手機夾在肩膀和耳朵之間，爬到桌底下撈出被她剪掉的髮束，一邊數著無人接聽的鈴聲。

「我不能這樣去上學。大家都會笑我！」迪莉亞大聲哭號，查克把格子鬆餅往頭髮抹，坐在兒童餐椅上目瞪口呆地看著她。「爹地會有辦法。」

我的頭撞到桌底，兩歲的兒子發出一陣哀號。我僵硬地起身，手裡拿著一束女兒的細髮。剩餘的零星碎髮黏在我褲子膝蓋的楓糖漿上。要是我大聲罵出髒話，接下來的幾個禮拜我那兩歲的兒子肯定會在購物推車上不停重複，所以我硬是咬牙忍住，把沾了頭髮的雞肉剪丟進水槽。

約莫響到第四十七聲的時候，電話進入語音信箱。

「嗨，維若妮卡？是我，芬莉。但願一切都好。」我溫柔地說，怕她是因為出車禍意外身亡或因為前一天家裡失火被活活燒死。你絕對不想當那個對方遲到而留下惡言惡語的傢伙，後來才得知他們被謀殺了。「我們不是約七點半嗎？我要趕去市中心赴約。我猜你忘了？」我最後揚起的輕快語調表達了我不在意，我們之間沒問題。但事實完全不是這麼回事，我非常在意。「如果你聽到這則留言，請回電。麻煩了。」我掛斷前補上這一句。因為孩子們在看，而我們總是不會忘記用上麻煩兩字，以及「謝謝」。我掛上後，打給前夫，把手機塞回耳朵底下，一邊洗掉從我手中挽救這一天的所有希望。

「維若妮卡會來嗎？」迪莉亞問，不停扯著她闖下的傑作，皺眉看著她濕黏的紅手指。

「我不知道。」維若妮卡大概會把迪莉亞抱到腿上，把她的頭髮梳成某種時髦的髮型，遮住光禿的地方。或隱藏在精巧的法式編髮底下。我十分確定要是我做出類似的嘗試，只會讓事情變得更糟。

「你能打電話給愛咪阿姨嗎？」

「你沒有愛咪阿姨。」

「我有。她是特瑞莎念大學的姊妹。她可以解決我的頭髮。她是讀美隆科的。」

「是美容科。而且就算她是特瑞莎姊妹會的朋友，不表示她就成了你的愛咪阿姨。」

「你在打電話給爹地嗎？」

「是的。」

「他知道怎麼解決事情。」

我硬生生擠出一抹微笑。史蒂芬也知道怎麼粉碎事情，例如夢想和婚禮誓言之類的。但我沒說出口。我只是緊咬牙關，因為兒童心理學家說在孩子面前抨擊前任是不健康的。常識也告訴你不應該在等他接電話好讓你請他照顧孩子的時候這樣做。

「他用牛牛膠帶。」迪莉亞堅持說道，跟著我在廚房繞來繞去。我正忙著把剩下的早餐刮進垃圾桶，再把盤子連同我的理智一起丟進水槽。

「你說的是牛皮膠帶。我們不能用牛皮膠帶解決你的頭髮，親愛的。」

「爹地就可以。」

「迪莉亞你等一下。」前夫總算接起電話，於是我要她安靜。「史蒂芬？」他在開口道早安之前，聲音聽起來就很不耐煩。再仔細想想，我想早安不是他說的第一句話。「我需要幫忙。維若妮卡今天早上沒出現，我跟希薇亞約在市中心見面已經遲到了。我需要把查克載到你那邊幾個鐘頭。」我兒子坐在兒童餐椅上給我一個沾滿楓糖漿的燦笑，我則用沾濕的圍兜兒猛擦黏乎乎的休閒褲。這是我唯一像樣的褲子。我通常是穿睡褲工作。「還有，他可能需要洗個澡。」

「喔。」史蒂芬緩緩說道。「說到維若妮卡……」

我停止擦拭褲子，把圍兜兒丟進腳邊的媽媽包。

我認得那個口氣。他就是用這種口氣告訴我他和特瑞莎訂婚的消息。上個月，他也是用這種口氣告訴我他的園藝綠化生意多虧特瑞莎在房產界的人脈開始一飛衝天，他現在日進斗金。喔，順道一提，他跟律師正在談論他打算申請共同監護權。「我昨天本來想打電話給你，但我和特瑞莎拿到幾張球賽的門票，結果就忘了。」

「不。」我緊緊抓著流理台。不、不、不。

「你在家工作，芬莉。查克不需要一個全職褓姆——」

「別這樣，史蒂芬。」我掐著眉間，一陣劇烈頭痛，迪莉亞在一旁扯著我的褲管，吵著要牛皮膠帶。

「所以我把她開除了。」他說。

混帳。

「我沒辦法一直金援你——」

「金援我？我是你兩個孩子的媽耶！這叫贍養費。」

「你的車貸到現在還沒繳——」

「等我拿到書的預付款就行了。」

「芬莉。」每次他喊我的名字聽起來就像在罵三字經。

「史蒂芬。」

「你也許該是時候考慮找一份真正的工作了。」

「像是給附近鄰居噴草播種嗎？」沒錯，我說了。「這是我真正的工作，史蒂芬。」

「寫些垃圾書算不上真正的工作。」

「我寫的是浪漫懸疑小說！而且他們已經先支付一半的錢給我了。我有簽合約！我不能直接放棄一紙合約。那樣我就得把錢還回去。」接著，由於我感到異常憤怒，便加上一句：「除非你也想付那筆錢給我？」

他暗自大發牢騷，我蹲低用紙巾吸乾地上的咖啡。我可以想像他在完美的連棟透天裡，手拿一杯法式濾壓咖啡，站在一塵不染的餐桌旁，拔著那所剩無幾的頭髮。

「三個月。」他的耐心聽起來就像他頭頂的髮量一樣稀薄，但我沒說出口，因為比起削弱他脆弱的男性自尊所得到的滿足感，我更需要有人看小孩。「你已經三個月沒繳房貸了，芬莉。」

「你指的是房租，我付給你的房租。饒了我吧，史蒂芬。」

「如果你再不支付物業管理公司在六月寄給你的特別受益稅帳單，他們就要扣押那間房子了。」

「你怎麼會知道？」我問，雖然我早已知道答案。他在跟我們的房仲上床，而他最好的朋友是我們的房貸專員。這就是他知道的原因。

「我想孩子們應該跟我和特瑞莎一起住。長期住下來。」

我差點把手機摔在地上。我丟掉紙巾，衝出廚房，壓低聲音厲聲說：「絕對不行！我不可能讓我的孩子和那個女人住在一起。」

「你賺的版稅連買菜錢都不夠付。」

「如果你不是剛剛開除我的褓姆的話，也許我就有時間寫完一本書了！」

「你都三十二歲的人了，芬莉——」

「我沒有。」我三十一歲。史蒂芬之所以這樣挖苦我，是因為我比他年輕三歲。

「你不能一輩子關在那間房子裡編故事。現實生活有帳單要付，有真正的問題該處理。」

「混蛋。」我輕聲喃喃自語。因為真相傷人。而史蒂芬是當中最顯眼、最痛苦的真相。

「聽著。」他說。「我盡量不對這件事太咄咄逼人。我請蓋伊延到年底了，給你時間湊錢。」

蓋伊，他畢業後當起離婚律師的兄弟會好友。當初大學時期熱愛倒立在啤酒桶上喝酒並在我汽車後座嘔吐的同一個蓋伊，如今成了每週六陪法官打高爾夫球並害我週末不能跟孩子在一起的律師。不僅如此，蓋伊還哄騙法官，拿走我上本書一半的預付款給了特瑞莎，補償我對她的車造成的傷害。

好吧，算了。

我承認，當初他告訴我他們要訂婚時，我不該喝得爛醉、拿迪莉亞的培樂多黏土塞進特瑞莎的汽車排氣管裡，但讓她奪走我的老公和一半的預付款無疑像在傷口上撒鹽。

我站在空蕩的餐廳，看著迪莉亞用濕黏的紅色手指繞著她那塊頭皮上所剩無幾的頭髮。查克頻頻哀號，在兒童餐椅上坐立不安。要是我在接下來的三個月內賺不到一筆薪水的話，蓋伊也會找到方法帶走我的小孩，把他們交給特瑞莎。

「我遲到了。我現在沒辦法跟你討論這些。我到底能不能把查克載去你那裡？」我不會哭。我不會——

「行。」他疲倦地說。史蒂芬不懂疲倦的意義。他有咖啡喝，每晚都能不受打擾睡滿八小時。「芬莉，我很抱——」

我掛斷電話。雖然不如踢他下體那般叫人滿足，而且沒錯，這大概很幼稚又老套，但一小部分的我在掛他電話後仍覺得好多了。沒有沾滿楓糖漿、赴約遲到的那非常小部分的我。（如果真有的話。）

隨便啦。我還是很在意。所有一切都很在意。

我感覺褲管又被扯了一下。迪莉亞抬頭看著我，眼眶泛淚，沾了血絲的頭髮往外飛翹。

我重重嘆了口氣。「我知道，牛皮膠帶是吧。」

我打開通往車庫的後門，撲鼻而來的是充滿霉味的秋季空氣。我開了燈，但整個寬敞空間仍然昏暗抑鬱，除了史蒂芬的福特皮卡車在水泥地上留下的油漬和我那輛積灰的道奇休旅車外，什麼都沒有。有人在後座窗戶的灰塵上畫了一個陽具，但迪莉亞不肯讓我擦掉，因為她說那看起來像一朵花，如今這一切彷彿是我的人生隱喻。車庫後牆有一張工作檯，上方是一個巨大的工具釘板。然而釘板上沒有任何工具，只剩我從大賣場買來的十元粉紅色通用花鏟，這是史蒂芬清理車庫時少數沒有帶走的東西之一。他說其他都屬於他園藝綠化生意的東西。我在工作檯上剩餘的廢物之中翻找——鬆掉的螺絲、壞掉的鐵鎚、一瓶幾乎空了的室內裝潢清潔劑——最後找到一捲銀色膠帶。膠帶跟我的孩子一樣黏黏的、沾滿頭髮，我帶進屋內。

迪莉亞水汪汪的無辜大眼消失了。她充滿自信看著那捲膠帶，那是一個還沒被生命中最重要男人辜負過的小女孩會有的眼神。

「你確定嗎？」我問，手裡握著一束她的黃褐色頭髮。

她點點頭。我從玄關的衣帽架上拿了一頂針織帽，轉身回到廚房。查克用一種近乎神秘的表情睜大眼睛看著我們，一塊格子鬆餅黏在他的頭上。我很確定他在大便。

好極了。就由史蒂芬幫他換尿布吧。

我的雞肉剪埋在一堆髒碗盤底下，於是我抽起流理台刀架上的刀。我撕開膠卷上的膠帶時，發出一記刺耳巨響。我把那束頭髮拿在迪莉亞的腦袋旁邊，把膠帶當作一頂醜陋的銀色皇冠纏在她頭上，直到（大部分的）頭髮被固定住。刀子很鈍，好不容易才把膠卷上的膠帶割下來。

天啊。

我擠出微笑，把針織帽戴到她頭上，稍微壓低遮住膠帶。迪莉亞抬頭對著我咧嘴笑，小手撥開眼前那束畸形的頭髮。

「高興了嗎？」我問，努力保持鎮定，不去看如今正慢慢掉落在她肩膀上的那束頭髮。

她點點頭。

我把刀子、膠帶連同手機一起放進媽媽包，然後把查克從兒童餐椅上抱起來，舉高聞了聞他下垂的尿布。我滿意地把他抱在腰間，甩上身後的大門。

我很好，我告訴自己，接著往車庫牆壁上的開門鍵用力一壓。馬達啟動，車庫門開始往上升，發出可怕的噪音，蓋住孩子們的吵雜聲，秋天灰濛濛的日光也灑進車庫。我把查克和他鬆垂的尿布小心翼翼放進他的安全汽座，三個人一起坐進休旅車。雖然不如踢前夫下體那麼令人滿足，但今天，一個尿布炸屎的黏乎乎兩歲兒感覺已經很好了。

「查克要去哪裡？」我啟動車子，緩緩開出車庫時，迪莉亞問。

「查克要去爹地家，你要去上學，而媽咪要……」我按下遮陽板上的遙控鍵，等待車庫門關起。沒有反應。

我拉起煞車，彎腰查看車庫內部。馬達的燈滅了。前廊的燈也是，還有迪莉亞房間裡老是忘記關上的燈。我從媽媽包裡拿出手機查看日期。

該死。電費逾期三十天了。

我的額頭咚一聲靠上方向盤，擱在那裡。我得請史蒂芬幫我付電費了。他必須打電話給電力公司，求他們復電——這不是第一次了。我必須請他過來手動關上我的車庫。而等我回家前，蓋伊大概全都知道了。

「你要去哪裡，媽咪？」迪莉亞問道。

我抬起頭，凝視釘板上那支愚蠢的粉紅色花鏟，再望著書房的漆黑窗戶。我已經好幾週沒有踏進那裡了。最後我看向蔓延至人行道上的雜草，以及郵差見郵箱已滿而丟在前廊的那疊帳單。我打下R檔，緩緩倒出車道，隔著後照鏡看見兩個孩子掛著鼻涕、沾了糖漿的無邪面孔。一想到可能會把他們輸給史蒂芬和特瑞莎，我就覺得心痛。「媽咪要去想想該怎麼賺些錢。」

2

等我總算抵達維也納市的潘娜拉麵包坊，已經是十點三十六分。吃早餐已太晚，但吃中餐又嫌太早，而我仍找不到停車位。之前我打給希薇亞，解釋我遲到太久，趕不上她那間高級早午餐的預約時間，於是她要我給她一間靠近地鐵、早早開門營業、不必預約的地方。塞在高速公路上覺得內疚又疲倦的我，最先脫口而出的是潘娜拉麵包坊。我還來不及反悔，希薇亞就掛斷電話。

潘娜拉麵包坊的停車場客滿，放眼望去全是閃亮亮的奧迪和雙B。這些人到底是誰？他們為什麼不用上班？話說回來，我不也一樣嗎？

我把休旅車停進隔壁洗衣店的停車場，再挑掉褲子上幾根迪莉亞的頭髮，最後決定放棄。我戴上差不多遮住整張臉的巨大墨鏡，把假髮頭巾戴好，撥鬆垂落在頭巾下方的金色長捲髮，用酒紅色口紅塗抹嘴唇。我看著後照鏡的自己嘆了口氣。這跟我每本書封面內側的我是同一個版本，但說是也不是。大頭照裡的我看起來神秘又美麗，就像一位言情小說家想要在狂熱粉絲面前保護自己的秘密身分。但在破舊休旅車的平淡燈光下，我看起來只像在拚命成為某個不是我的人，褲子有塊沾了頭髮的楓糖漿，指甲底下有尿布霜，一縷散亂的褐髮頑固地從頭巾底部跑出來。

面對現實吧，我戴著假髮頭巾並不是為了給我的經紀人留下好印象——希薇亞早知道我是誰，也知道我不是誰。今天，我戴上假髮只是防止自己被趕出這間潘娜拉麵包坊。如果我能成功吃完午餐，沒人認出來我就是八個月前被罰禁止進入這間麵包坊的瘋女人，那就足夠了。

我把我的仿冒名牌媽媽包拽過肩膀，深吸一口氣，下車，祈禱我上次到這裡至今，店經理曼蒂已經辭職或被開除了，當時特瑞莎約我吃中餐聊聊，希望消除我們之間的隔閡。

我走進餐廳，隔著遮住眼睛的金色長假髮往外看。希薇亞正在排隊，細看收銀台後方牆上彷佛用奇怪外語所寫的菜單。我站在她旁邊整整一分半鐘，喊她的名字，她才終於注意到我。

「芬莉？是你嗎？」她問。

我溜到她後面，對她噓了一聲要她安靜，隔著她的肩膀偷看櫃檯後方的員工。只見店經理曼蒂不在其中，也沒有其他眼熟的收銀員，我把幾束髮絲勾到耳後。「抱歉我沒辦法到市中心跟你碰面。」我說。「我的早晨有點炸鍋了。」

「看得出來。」本來在細看菜單的希薇亞，現在轉而細看著我。她用一根紅色長指甲把眼鏡往下拉到鼻梁上。「你為什麼要戴假髮？」

「說來話長。」我和潘娜拉麵包坊的關係很複雜。我喜歡他們家的湯。他們不喜歡我把湯倒在另一個客人的頭上。我必須說，是特瑞莎先開始的，誰叫她企圖合理化跟我老公上床的動機。

「你的褲子沾到東西了。」希薇亞說，皺臉看著一塊沾了頭髮的楓糖漿。

我閉緊嘴巴，努力擠出微笑。如果你看太多電視，希薇亞就是你想像中那種典型的紐約人。大概因為她是紐澤西來的。她的辦公室在曼哈頓，她的鞋子來自米蘭，她的妝容看起來像從一九八〇年乘坐已停產的迪羅倫汽車來的，而她的衣著可能是從一隻大型貓科動物身上剝下來的。

「這裡可以為您服務喔。」一名服務人員從新開的收銀台後方叫道。希薇亞走到收銀台前，質問年輕人有哪些無麩質的選擇，然後點了一份鮪魚長棍三明治和一碗法式洋蔥湯。

輪到我時，我點了菜單上最便宜的東西──今日濃湯。希薇亞拿出信用卡說：「我請客。」於是我加點了一份火腿起司三明治，再外帶一塊起司蛋糕。

我們拿著餐盤到用餐區尋找座位。我們一邊走，我一邊把今天早上發生的事鉅細靡遺說給她聽。她有過孩子，很久很久以前，所以她並非完全沒有同情心，但也沒有被我身為單親媽媽遇到的鳥事和考驗給打動。

所有的雅座都坐滿了，於是我們看準了在人來人往的用餐區中央最後一張兩人桌。在我們的一側，是一名戴著耳機、盯著蘋果筆電的大學生。另一側，是一名獨自吃著起司通心粉的中年女性。希薇亞擠過幾張桌子，在一張高背椅坐下，一臉不悅。我把錢包丟進媽媽包，放在旁邊地板上的小空隙。我隔壁的女人看了媽媽包一眼，接著抬頭眨眨眼看我。我禮貌微笑，喝著我的冰紅茶，最後她才總算回頭繼續吃她的午餐。

希薇亞對她的三明治露出苦瓜臉。「再說一次我們為什麼挑這個地方？」

「因為頭部的傷需要花很多時間清理。抱歉我遲到了。」

「你的最後期限怎麼樣了？」她吃著鮪魚問道。「拜託告訴我我搭了火車一路來到這裡有好消息可以聽。」

「可能沒有。」

她一邊咀嚼食物，一邊怒視著我。「至少告訴我你有個計畫。」

我垂頭喪氣靠在托盤上，撥弄我的食物。「算有吧。」

「他們為了這份工作先預付了一半的錢。告訴我你快完成了。」

我往前傾，壓低聲音，很慶幸我旁邊的大學生戴著耳機。「我最後幾場謀殺案太公式化了。我變得太容易被人猜到。我覺得我變不出新把戲了，希薇亞。」

「那就改變做法。」她舉著湯匙在空中揮舞，彷彿寫出一本小說沒什麼大不了的。「合約上沒規定你必須怎麼寫，只要你在下個月完成就行了。你做得到，對吧？」

為了避免回答這個問題，我咬了一大口三明治。如果我真的趕一下，大概可以在八週內完成粗略的草稿。

最快六週。

「這有多難？你以前也幹過。」

「是沒錯，可是這個會很棘手。」我喝下一口湯，味道像紙漿。離婚後，每樣東西嚐起來都是這種味道。「我想加點辣醬。」我喃喃說著，查看隔壁桌。鹽、胡椒、糖、紙巾。沒有辣醬。但那女人幾乎沒有注意到。她只是一直盯著我地板上那只敞開的媽媽包。我把錢包往裡塞，把包包的手把往下壓，遮住包包裡的物品。見她仍目不轉睛，我冷冷瞪了她一眼。

「我不明白這有什麼困難的。你有一個美麗、體貼又討喜的女人需要從一個非常壞的男人手中解救出來。把壞人處理掉，我們甜美的女主角表達出深深的感激，所有人從此過著幸福快樂的日子，你也收到一張肥美的支票。」

我咬了一口三明治。「說到那張支票——」

「絕對不行。」希薇亞對我揮舞著湯匙。「我不能再回去跟他們要更多預付款。」

「我知道。可是這個牽扯到大量的研究。」我壓低聲音說。「有破舊的夜店、各種刑具、秘密暗號……這完全超出了我的專業領域。我通常非常簡潔俐落。你知道的，很保守。從來不會太誇張，可是這個……」我挖了一口起司蛋糕。「這個不一樣，希薇亞。如果我成功了，可能會成為業界下一個大人物。」

「隨便你怎麼做，總之動作快。趕快把這個解決了，再接手下一個。」

我搖搖頭。「我不想草草了事。我需要靠這個一舉成名。這兩三千塊的預付款不值我所花的時間或精力。下一紙合約必須是我職業生涯的踏腳石，否則我就不幹了。」我吃著滿口的起司蛋糕大聲宣布。「這個案子順利的話，下一個我沒有一萬五以上不接。」

「好吧。用這次機會驚豔他們，我們再來談下一個。」希薇亞桌上的手機開始震動。她對螢幕上的號碼瞇起眼睛。「不好意思，我得接個電話。」她說著，從座位上擠身站起來。我側身讓希薇亞過去的時候，隔壁桌的女人引起我的注意。她把叉子擺在冷掉的起司通心粉上，盯著我看，時間久得尷尬。我不禁好奇她是不是認出我來，儘管我化了妝又戴了假髮頭巾。又或許她認出來的就是那頂假髮頭巾。從來沒人跟我要過簽名。如果她要我簽在她的紙巾上，我可能會嚇到。她移開目光，伸手拿錢包時，我不確定我是鬆口氣還是失望。

我繼續吃著三明治，一邊查看手機有沒有未讀訊息。史蒂芬傳來一封，問我還要多久。信用卡公司傳來兩封，提醒我帳單已經逾期。還有一封來自我的編輯，關心新書進度怎麼樣了。我有種奇怪的感覺，覺得自己被注視著，但隔壁女人正拿著紙筆彎腰寫字。

幾分鐘後，希薇亞的高跟鞋喀喀作響回到用餐區。見她不打算坐下，我的心一沉。

「抱歉，親愛的，我得走了。」她說著，伸手拿包包。「我得搭車回城裡一趟。我有另外一個客戶收到重要的報價，四十八小時內要回覆。我必須在交易失效前趕快行動。」她把包包拽上肩頭。「可惜沒更多時間可以聊。」

「不，沒關係。」我向她保證。我很介意。這我無法接受。「這完全是我的錯。」

「你說得沒錯。」她認同道，接著戴上名牌墨鏡，丟下我和她的餐點。「快去著手進行那個代表作，完成後再讓我知道。」

我面帶微笑起身，與彼此親吻臉頰道別。此舉讓我們看起來像朋友，但其實我們都不想觸碰對方。她還沒走出大門，手機就貼在耳邊講起電話。

我一屁股坐回椅子上。隔壁的女人已經離開。我低頭一看，慶幸發現我的媽媽包和錢包仍留在原地。我清理希薇亞的餐盤，把她的盤子和餐具分類到垃圾桶旁邊的容器中。回到座位時，盤子底下塞了一張折起來的紙。我東張西望，尋找剛才在我隔壁草草書寫的女人，但到處不見她的蹤影。我打開紙條。

現金五萬美元，哈里斯・米勒。

阿靈頓市北利文斯頓街四十九號。

和一支電話號碼。

我把紙條揉成一團，準備丟進垃圾桶。但那個金錢符號——以及跟隨在後的那幾個零——引起我的好奇心。誰是哈里斯．米勒？他為什麼有那麼多現金？為什麼坐我隔壁的女人在我的托盤留下這張紙條？她大可自己拿去丟掉。

我把奇怪的紙條塞進口袋，拿起包包。等我抵達洗衣店門口，仍然沒有找到鑰匙。我站在上鎖的休旅車旁，對著如深淵般的包包咒罵，手不小心摸到我用來處理迪莉亞頭髮的那捲膠帶時，上面幾根頭髮搔得我手腕發癢。我把膠帶撥到一邊時，被某樣東西刺了一下。我大叫一聲，連忙把手抽出來。

一條細細的血絲滲出手指。我小心撥開今早用來擦我女兒額頭的那條沾血圍兜。圍兜底下，我發現被我丟進去的廚房鈍刀，連同休旅車的鑰匙。

我打開車內空調，用圍兜壓住傷口，等著傷口止血。外面的空氣沁涼清爽，但車子內部在正午的陽光底下炎熱不堪，我包在刺癢頭巾底下的頭髮早已汗水淋漓。我脫掉頭巾，與墨鏡一起扔進媽媽包。一個綁著包包頭、一臉濃妝的女人從後照鏡回望著我。我用圍兜擦掉酒紅色口紅，覺得自己像個騙子。我在跟誰開玩笑？我不可能在一個月內寫完這本書的。我每花一天假裝自己是以作家身分謀生，只是讓我失去孩子的時間又更近一天。我現在就應該打給希薇亞，把實話告訴她。

我拿出口袋裡的手機。那張奇怪的紙條跟著掉出來。我把紙條打開。

五萬塊美金。

我看了手機一眼，再回頭看著紙條，好奇心驅使我的目光在最下方的電話號碼上逗留。

再怎麼樣我都可以說我打錯了然後掛斷，對吧？我輸入號碼，手機開始接通。才響第一聲，一個女人接起電話。

「喂？」她平靜的嗓音顫抖著。

我張嘴，但沒說出什麼聰明的話。「喂？」

「你看見我的紙條。」

我不確定該說什麼，所以為了謹慎起見，我含糊回答說：「我有嗎？」

她在話筒另一端顫抖地吐出一口氣。「我從來沒有做過這種事，我甚至不知道我做得正不正確。」

「做什麼？」

她咯咯發笑，一種近乎歇斯底里的慌亂笑聲，最後以抽泣聲作結。我們的通話品質好清楚，彷彿她就坐在我的面前。我查看附近車輛的擋風玻璃，期待看見她正回望著我。

我的手指在螢幕的紅鍵上方徘徊。「你還好嗎？」我問，即使知道我不該這麼做。「你需要幫忙之類的嗎？」

「不，我不好。」她對著話筒擤鼻涕，通話變得收訊不良，彷彿她按著一疊衛生紙在說話。

「我丈夫……他……不是個好人。他盡做些詭異的事、可怕的事。如果就只有那麼一次，也許我能理解，但還有其他人，好多好多。」

「其他什麼？我不明白這些跟我有什麼關係？」我應該掛電話，我心想。這一切越來越奇怪了。

「我不能告訴他我知道。那會……非常、非常糟。我需要你幫我。」她隔著話筒深吸一口氣，彷彿她的手也在紅鍵上方蓄勢待發。一陣凝重的沉默之後，她說：「我要你動手。」

「動手什麼？」我問，難以理解她的意思。

「你要怎麼做隨便你。就像你說的，簡潔俐落。我只希望他消失。我有五萬元現金。我本來打算用這筆錢離開他，但這種方式更好。」

「什麼方式？」

「今晚他會在貪杯酒吧出席社交活動。我不想知道事情會怎麼發生，也不想知道在哪裡發生，完成後打這支電話。」

通話斷掉。

我搖搖頭，仍不懂這段對話的意思。我低頭看著大腿上沾了血跡的圍兜，再看向媽媽包裡的那把刀和黏上迪莉亞頭髮的膠帶。我回想那個女人聽著我們的對話，時不時瞥向我放在地板上的媽媽包時，那張蒼白的臉。

把壞人處理掉，我們甜美的女主角表達出深深的感激，所有人從此過著幸福快樂的日子，你也收到一張肥美的支票。

喔，天啊。

下一個我沒有一萬五以上不接……趕快把這個解決了，再接手下一個。

五萬。她以為我說的是五萬。

喔，不。不、不、不！

我把所有東西塞回媽媽包。紙條，我該怎麼處理這張紙條？丟掉？燒毀？跑回潘娜拉麵包坊，撕碎沖進馬桶裡？越快處理掉越好。我把紙條揉成一團，搖下車窗，握在手中準備丟到滾燙的人行道上。

五萬塊美金。

我搖起車窗，把紙條塞回口袋，發動引擎。我緩緩駛出停車場，謹慎打著方向燈，注意我的車速，一顆心跳得厲害。萬一我被攔下來搜查，結果紙條被警察發現怎麼辦？光是我的谷歌搜尋歷史紀錄就足以讓我登上政府的觀察名單。我以前的懸疑小說寫過類似的謀殺案。我搜尋過各種可能的殺人手法，以及各種想像得到的武器。我搜尋過各種棄屍的方法。

這太荒謬了。我太蠢了，竟然為了一張無聊的紙條操心。我不可能因為一個還沒發生的命案而成為嫌犯，而且我根本沒考慮過。如果他老婆希望他死，她可以找其他人動手。而我可以繼續過我的——

喔……

我的雙手緊握方向盤。這女人聽起來是認真的，五萬美金是認真的，對吧？萬一她真的找到其他人動手會怎麼樣？我會變成嫌犯嗎？有可能。

除非……

我進入車陣中，往後照鏡看了一眼。如果沒人找到屍體呢？如果沒人敢肯定這個叫哈里斯．米勒的人已經死了呢？不一定非得會有嫌犯存在，對吧？

我幾乎聽見腦中傳來史蒂芬的聲音，對我說我太誇張了，說我在想像最壞的情況並編造故事。這是他慣用的說法，當初我懷疑他背著我跟特瑞莎上床的時候，他也是這樣推託。

只是這一次，我想他說得對。

我用力敲打方向盤，咒罵自己，一邊開進最右邊的收費道路。為什麼我要去想這種事？現實生活我有真正的問題要處理：沒有褓姆或預付金、卻節節逼近的截止日，逾期未繳的車貸，催帳員沒完沒了的來電……再加上哈里斯．米勒這件事，一切都太瘋狂了。太反常了。

這可是五萬塊美金啊。

後方傳來響亮的喇叭聲，我在座位上嚇了一跳，稍微加速跟上車流。我告訴自己，我應該把紙條丟出窗外，忘了這整件事。

我敲著方向盤，打開收音機，又關掉收音機。我通過電子收費系統的收費站時，仔細注意自己的車速，腦中不斷重播剛剛的對話。

我丈夫……他……不是個好人。

我好奇，他是「忘記結婚紀念日」的那種不好？還是「不斷出軌」的那種不好？因為跟房仲上床不構成想讓你丈夫死掉的理由。要說什麼是合理的理由，可能像是希望他被捲入與割草機相關的意外而弄傷睪丸，或希望他染上可怕的性病，症狀包括「灼熱的分泌物」。但殺死一個外遇偷吃的男人是不對的，是吧？

如果就只有那麼一次，也許我能理解，但還有其他人。好多好多。

所謂的好多到底是多少？五個？十個？五萬個？

而且為什麼告訴他她知道那些人會非常、非常糟？

我轉進家中車道，在堆滿待繳帳單的前廊旁邊慢慢停下來。按下遙控器時，祈禱史蒂芬已經付清我的電費。

車庫門發出嘎吱聲緩緩打開，我也鬆了一口氣。

我緩緩把車駛進，關上身後的車庫門。熄火後，我凝視著那面空無一物的釘板。車庫漆黑、安靜。我坐了一會兒，想事情。想我的孩子，我的帳單，想史蒂芬和特瑞莎。

想現實生活中五萬塊可以解決的所有問題。

我撈出口袋的紙條攤開，好奇哈里斯．米勒究竟是多壞的丈夫。

3

我打開通往廚房的後門時，微波爐上的時鐘在閃爍。我知道我要謝的人是史蒂芬；他從來不會讓我們家的孩子住在一間沒電的房子裡。話雖如此，一想到我們的家起初之所以會分崩離析，都是史蒂芬的錯，就很難感激他給了我們熱水和電力。我很確定這一切都是他律師的計畫，每個月故意盡量給我很少的錢，好讓史蒂芬可以跳進來拯救我，打造出他很高尚的假象，順便打擊我的形象。

情況像這樣越拖越久，我就越懷疑他是對的。接下來的幾個鐘頭，我一直在想哈里斯．米勒這個人。在我較為善良的時刻，我想像他長得像休．傑克曼——迷人得難以抵抗，無數女人肯定是主動對他投懷送抱。他只是心生嫉妒的妻子手下可憐的受害者，而她大概還是他的壽險受益人。在我沒那麼自豪的時刻，我想像他是吃了威而鋼的喬．派西，一邊認真思考以他的身高，我大概可以把他死氣沉沉的屍體扛進我的後車廂。

這些念頭通常伴隨著我在大賣場推著一輛輛購物車滿載而歸的幻想。任由自己計算五萬元可以買多少好奇寶寶尿布超值箱、冷凍食品和濕紙巾的幻想。

我把額頭貼著住家書房的門上，對自己感到厭惡。如果我需要錢，我應該把經紀人和出版社編輯痴痴等待的那本書寫出來才對。

我嘆口氣，把手塞進兒童安全塑膠罩，轉動門把。這個額外的安全措施大概是多此一舉；我已經好久沒有打開書房的門，我很肯定兩個孩子甚至不知道有這個房間的存在。房內的空氣充滿霉味，混濁難聞。書桌上有一層灰塵，掛在正上方的大學文憑，邊框已失去光澤——喬治梅森大學四年的英語文學學士學位，讓我有資格去一事無成。

我按下電腦的電源開關等待，聽著螢幕亮起時運轉的刺耳聲音。這是史蒂芬大學時期的電腦，在離婚前成了我們的家用電腦。現在電腦已經老舊不堪，光是啟動這該死的東西大概就得花上我一整天不必帶孩子的時間。

硬碟嗡嗡作響，沙漏圖案在空白螢幕上沮喪地不停翻轉。我該從何開始呢？我在婚姻徹底失敗的情況下，該如何寫出別人的浪漫愛情故事呢？現在快接近中午，史蒂芬預期我在幾個鐘頭內接回查克。大概這樣一來，他和特瑞莎就能吃個高級的午晚餐，飲酒小酌，在這之間做個愛，度過剩下的一天。如果接下來我在孩子就寢後的每個夜晚持續工作六個禮拜，也許有辦法完成一份非常糟糕的初稿。但又何必呢？好讓我可以把寥寥無幾的預付款拿去支付逾期的帳單嗎？憑前廊那疊帳單的高度，錢大概不到一週就會花完。

電腦螢幕閃著閃著出現畫面。一條搜尋欄跳了出來。我輸入如何兩字。比如，如何寫完這本該死的小說並修復我的人生？

搜尋欄自動填寫了剩下的句子，搜尋歷史紀錄充滿各種暴力和淫穢的問題，開頭都大同小異：低淺墳墓裡的屍體在維吉尼亞州的冬天需要多長時間才會分解？柯爾特點四五的子彈會對一個胸肌異常發達的成年男性造成多大的傷害？如何消除一具屍體的鑑定特徵？

我應該關掉搜尋欄，打開文件檔才對。我有不止一個著手寫這本書的好理由。但我也有五萬個理由對哈里斯・米勒感到好奇。

說真的，再多搜尋一次又何妨？只是一個名字罷了。我只是想大概知道哈里斯・米勒到底是什麼樣的人，很快點擊一些公開資料罷了，難道真有什麼壞處嗎？

我慢慢坐上椅子，服貼在那熟悉的凹陷和座椅曲線時，感覺很奇怪。正當我把雙手舉到鍵盤上時，旁邊的手機震動起來。我前夫的大頭照閃現在螢幕上，我迅速往右滑，只為了讓照片消失。「嘿，史蒂芬。」

「你家復電了嗎？」

「嗯，謝謝你幫忙處理。」我擠出微笑說，但願他聽得出來。查克在背景處像隻生氣的小豬在尖叫。史蒂芬嘀咕一聲。

「別謝我，是特瑞莎處理的。她有個客戶在北維吉尼亞電力公司管帳務的，她動用了一些關係恢復了你的帳戶。後來她和愛咪在吃午餐的路上順道去你家把車庫門關起來了。說到這個，特瑞莎說你家廚房後門沒鎖。你真的應該要小心點，畢竟你和孩子常常獨自在家。」

我緊咬著牙，不讓自己說出不知好歹的刻薄話。「我會仔細考慮這個建議。這個叫愛咪的，她是誰？」似乎只有我被蒙在鼓裡。

「你知道的，特瑞莎最要好的朋友。迪莉亞非常喜歡愛咪阿姨。她每個星期六會幫忙照顧孩子幾個鐘頭，讓我和特瑞莎能休息一下。」

休息？跟我們的孩子相處短短的四十八鐘頭內？

「迪莉亞已經有喬治雅阿姨了，她不需要愛咪阿姨。」

「很好。」史蒂芬不動聲色地說。「我們打電話給喬治雅請她幫忙帶孩子好了。」

我悶不吭聲。

「哎喲！不，不行，查克！快回來……天啊。」史蒂芬喃喃說著，有點喘不過氣。「聽著，芬莉，我需要你過來接走查克。特瑞莎中午過後約了客戶看房子，所以我帶他來農場這裡。我等等不到一小時要跟一個客戶開會，但查克太不受控了。」

「當然了。」我閉起眼睛，想像話筒另一端的混亂局面。史蒂芬的草皮農場就是一座沒有圍牆的巨大後院。幾英畝的空地可供奔跑，還有大量的拖拉機和挖土機可供攀爬。那裡是學步兒的天堂，而除非你是田徑好手，否則那裡也是爸媽最可怕的惡夢。

「芬莉？」在查克的尖叫聲之間，我幾乎能聽見史蒂芬理智線斷裂的聲音。他的農場靠近西維吉尼亞州的邊境，我開車到那裡至少要花上四十分鐘，路上還得先去接迪莉亞放學。

「好吧。」我翻找錢包，找到中餐沒花到的二十塊。夠付加油錢了。「我這就過去，給我幾分鐘上廁所還有接迪莉亞。」

「最多一小時，芬莉。拜託。」他聽起來很絕望，還有點生氣。他才跟一個孩子相處不到三小時就這副德性，還自以為能應付兩個孩子的完整監護權？我考慮拖時間慢到，看看等我總算現身時他還剩多少頭髮。但就在這時，查克開始大哭，是那種史蒂芬向來沒耐心也學不會如何安撫的哭號。我從書桌上起身，雙手不經意掠過桌面時揚起一團灰塵。

這就是我的人生。一份兩千美金、為期數個月的工作合約，缺乏睡眠和在浴室十分鐘的獨處時光。

「告訴查克我就過去了。」我掛斷電話，把電腦關掉，努力不再去想哈里斯·米勒這個人。

4

史蒂芬在我們離婚不到一個月就買下這座草皮農場。我帶孩子們來參觀過一次。我對這個地方不太熟悉，只知道佔地三百畝，種植了各種賣給建商和房地產開發商的青草，他從此賺了不少錢。我大多想像他和特瑞莎全身赤裸在如鈔票般翠綠的田野裡嬉戲，這可能是我從不費心回去的原因。

我對農場的位置粗略有點印象。導航系統帶我走剩下的路程，抵達一個通往碎石子路的入口，旁邊佇立著一個巨大招牌。招牌上寫著：碧草綠樹農場。長長的泥土車道兩側是種滿聖誕小樹的田野，下次打監護權官司的時候，史蒂芬肯定會把這個經濟作物當成對抗我的一個重要證據。他不僅可以讓我的孩子豐衣足食，還能給他們著名插畫家洛克威爾筆下那種完美又溫馨的聖誕節。

迪莉亞高坐在汽座上看著窗外，指示我停在樹林地後方的一輛小型拖車前。我把迪莉亞從汽座抱下來，跟著她走到銷售辦公室，敲了一下門，便把頭伸進拖車門口。迪莉亞繞過我腳邊，衝向辦公桌，對坐在後面的漂亮金髮美眉抬頭燦笑。這個櫃檯小姐看起來頂多十九或二十歲，笑容甜美，胸部堅挺。就像史蒂芬喜歡的那樣。可憐的傢伙。特瑞莎大概不知道，我差點為她難過。

「嗨，迪莉亞。」女孩摸摸我女兒的頭，軟言軟語地說。迪莉亞的帽子稍微歪了，露出固定她頭髮的膠帶一角。女孩皺起鼻子，對我閃過心照不宣的笑容，就好像她看出了迪莉亞帽子底下正在努力隱藏的背景故事。

喔，親愛的，我在心裡暗想，你有所不知。

「你一定就是芬莉了？」女孩問，起身與我握手。「我是布里姬。多諾文先生正在等你。」真可愛。她在辦公室稱呼他多諾文先生。我皺起鼻子回以微笑。「謝謝，布里姬。我只是來接查克的。」

「他們在結縷草那邊。你沿著碎石子路往前開個四分之一英里左右，直到經過左手邊的拖拉機。他就在那些拖拉機後方的草地。」

「謝謝。」我說著，想到她即將面臨的心碎，不禁真心為她感到難過。我想告訴她快跑，趁有機會前救她一把。但話說回來，我愛上史蒂芬時年紀差不多也那麼大，如果有人告訴我他會變成一個玩弄女人的渣男，我絕對不會相信他們。

我牽起迪莉亞的手，帶她回去牽車。

「我可以坐前座嗎？」我打開後車門時她問。

「不行，親愛的。你得坐在汽座裡。」

「可是爹地都讓我坐前面。」

「爹地是壞榜樣，他這樣很不負責任。萬一被警察看見開罰單怎麼辦？」

迪莉亞翻了個白眼。「這不是真正的路，媽咪。爹地說這是私人道路。」

「萬一我們出意外怎麼辦？」

「可是根本沒有其他人在這裡開車啊！」她哀號道。「這裡只有爹地的皮卡車。有時候，他甚至讓我坐在皮卡車最後面。」她頑皮一笑坦承。我回以微笑，心中暗暗記住要把這個消息分享給我的律師——如果他願意接我電話的話。我很肯定他的請款發票就和前廊其他的未付帳單放在一起。

我把迪莉亞綁回汽座上，我們沿著碎石子路上下起伏，穿過史蒂芬的農場，身後揚起一片塵土。我不得不承認這真是一塊美麗的土地。開闊平坦，西邊連綿起伏的阿帕拉契山麓一覽無遺，田野整齊劃分成深淺不一的綠色方塊。我輕易就看見史蒂芬的皮卡車。紅色烤漆襯著一大片翠綠的三葉草顯得特別突出。史蒂芬在車子後面追趕查克時，我只能隱約看見史蒂芬拱起的背影。查克快速繞過車子，再從另一邊出現，沉重的尿布幾乎要拖到地上。

算你厲害，史蒂芬。算你厲害。

史蒂芬一見到我的車立刻把他抱起，朝我奔來，急著在客戶抵達前把我們統統趕走。以我認識的史蒂芬，他大概會請他的漂亮助理在辦公室拖住他們，直到我們的車離開為止。他是高明的騙子，隱藏自己的利益，利用聲東擊西之術順利地移出視線，保留他完美無缺的形象。儘管我認為即使是史蒂芬也無法隱藏查克在他印花襯衫上留下的那尺寸有如學步兒一般大的污漬。

他毫不客氣把我們的兒子丟進我懷裡，正如我早先對他做過的舉止一樣。查克的奶嘴——夾在他連身衣前面的那個——到處遍尋不著，與此同時，他在我耳邊聲嘶力竭地尖叫著。「謝謝你大老遠跑來一趟。」史蒂芬在查克的尖叫聲中說。「我真希望有時間跟迪莉亞打聲招呼，但我的客戶馬上就要到了。」他朝我後方揮手，然後低聲咒罵一句。我回頭看見迪莉亞已經掙脫安全帶，爬下休旅車。她奔向我們，跳進史蒂芬的懷抱。他在她的針織帽頂親了一下，在我旁邊把她放下，目光焦急地飄向道路盡頭。

「想必是很重要的大客戶。」我說著，努力想讓查克冷靜下來。

「我跟你說過的，是沃倫頓重劃區的開發商。」史蒂芬心不在焉地說。「未來十年陸續要蓋兩千五百戶房子。」他朝他團隊的其中一人舉起一根手指，讓我們知道他只剩一分鐘。

我在腰間搖晃查克。他把頭靠在我的肩膀上，哭號聲漸漸變成可憐的呻吟。「太好了，那，我就不耽誤你的時間了。查克的小毯子在哪裡？」

史蒂芬面色尷尬。「我今早不小心留在家裡了，還有他的奶嘴。」顯然這就是他希望我快點趕到這裡的原因。我停止搖晃查克，憤怒地看著他。查克在我懷裡蠕動，又開始大哭。「給你。」史蒂芬慌張地翻找口袋，從鑰匙圈上解下一支家裡鑰匙。「你可以順道去我家拿，把鑰匙留在踏墊底下就好了。千萬別告訴特瑞莎我讓你進去。」他抓起我的手臂，開始拉著我們朝休旅車走。

我站好，把查克放到地上。哭聲瞬間停止，他開心地拔腿跑掉。史蒂芬又沒能抓住東倒西歪走向草地的查克。

我用手遮住眼睛上方，抵擋正午的太陽，看著查克蹣跚地走啊走。「車程很遠，而且我的車快沒油了。我現在手邊只有二十塊，你介意嗎？」我伸出一隻手。要是他那麼希望我們離開，起碼可以支付這趟路的費用。

史蒂芬緊咬牙關，心不甘情不願地把注意力從查克身上拉開。「二十塊夠你回到家了。路程沒那麼遠。」他繃著臉微笑。大概是這樣，他在迪莉亞面前才不會看起來像個十足的混蛋。

我把手伸到我們女兒的頭上，摘下她的帽子。幾束頭髮立刻跟著掉落。史蒂芬的臉垮了下來。他迅速往我們後方的碎石子路看一眼，從口袋的一疊鈔票中抽出一張二十塊，塞進我手裡。迪莉亞搶回帽子，想戴回頭上卻頻頻失敗。我趁查克爬上那輛引起他注意的亮黃色拖拉機前跑去把他抱回來。

「謝謝你今天早上照顧查克。」等他總算被我抱在懷裡扭動哀叫時我說。「那我想我們得走了。」

兩輛車從遠方越開越近，在後方揚起一片塵土。閃亮亮的賓士車在我休旅車後窗上的陽具塗鴉前停下來。我把孩子們在汽座固定好、關上車門時，我很肯定我沒看過史蒂芬如此如釋重負的模樣。

「你走後門會比較快。」他說著，幫我開車門，從遠處看，大概像個彬彬有禮的紳士。「沿著這條碎石子路走到盡頭，會連接到農場後面的鄉間小徑。你右轉，然後再右轉，就能跟隨路標回到高速公路上。」史蒂芬揮手道別，連忙奔去迎接客戶。他們的車如今擋住了我們進來的路。

我發動引擎，搖下車窗。沁涼微風從一畝又一畝的新草地上吹來，青草隨風蕩漾，有如一片綠色汪洋。我把車往前開，不禁對史蒂芬在這裡所打造的一切感到欽佩。種植、生長、收割，看著他開創出某樣東西，並且一路堅持下去。拖拉機翻掘我左右兩側的肥沃黑土，把新鮮的種子播撒到身後的溝渠中。其他拖拉機則剪下纖長翠綠的濃密草皮，看樣子可以重新鋪滿一座高爾夫球場。還有一些拖拉機鏟起長條狀的草皮，捲成管狀，堆放在平板卡車上。

三百畝。我連三百頁都無法完成。連一個小女孩的髮型都無法像史蒂芬照顧的這些田地一樣弄得整整齊齊。

我完全按照史蒂芬要求的方式離開，從沒人看得見我的後門出去，路上經過農場盡頭的休耕地，這最後幾英畝他還沒空種植新作物的土地。

5

我一手把史蒂芬的鑰匙插進門鎖，另一手抱著在我懷裡哭號的查克。迪莉亞跟在我後面進屋，脫下運動鞋後，直奔她的房間。特瑞莎的家禁止穿鞋。寬幅木地板和潔白的地毯散發出檸檬清潔劑的濃烈氣味，就好像那天早上孩子們離開後，特瑞莎把整間房子都清了一遍。

我穿著鞋，拖著農場的草皮一起上樓到孩子們的房間。查克的房間乾淨單調——白色地毯、白色窗簾和有著尖銳直角和俐落線條的昂貴傢俱。查克那條覆蓋鮮豔污漬和褪色狗狗的小毯子掛在尿布台上，旁邊放著被他咬爛的奶嘴。查克把奶嘴塞進嘴巴，鑽進起毛球的法蘭絨小毯子底下，頭靠著我的肩膀，發出滿足的吸吮聲。我走下樓梯，呼喚迪莉亞，但一如往常，她不願意跟過來。這間房子對她仍然新鮮，帶荷葉邊的公主寢具和嶄新的芭比玩具讓她感到與眾不同。她在家從來不玩芭比娃娃，也沒特別喜歡公主。但這是她爹地的世界，而她完全不介意在這裡玩起扮家家。

我站在史蒂芬的玄關，從大門延伸到二樓樓梯間的牆面上，掛滿了史蒂芬和特瑞莎擺著各種姿勢的合照。他們的臥房八成也滿滿都是這些照片。他家每吋領土都在提醒他住在這裡的原因，他和誰在一起，免得他忘記。正如特瑞莎出現前，他和我在一起時那樣。

我和史蒂芬住在一起的時候，牆面上只掛了一些我們的零星合照——我記得幾張，一張是我們穿著大學服的生活照，是離婚至今我們都沒有聯繫過的朋友拍的，一張是我們和我爸媽合拍的婚紗照，還有一張是我們在婚禮上往對方臉上塞蛋糕的照片。也許我就是在這裡做錯了。也許我不夠頻繁去紀念我們的婚姻。也許我忘記提醒他我們擁有什麼，或他會失去什麼。又也許這一切根本不會有任何改變。他算不上專情的老實人；只因為草皮農場的布里姬沒有出現在特瑞莎的任何一張照片裡，不代表她不存在背景的某處。

我的上衣在查克圓潤的臉頰底下濕了一片。他在流鼻水，我忍住用手擦掉鼻涕、把鼻屎抹在其中一個玻璃相框底下的衝動，就當著特瑞莎的面。那樣太小家子氣了。一顆鼻屎在特瑞莎完美的世界裡肯定很快就會被發現，幸運的話，布里姬也是。

我再次呼喊迪莉亞的名字，從廚房的面紙盒裡抽了一張衛生紙。特瑞莎的筆電打開放在旁邊的中島上，休眠時可見Windows的圖案從螢幕的一端彈到另一端。在好奇心的驅使下，我按下空白鍵，筆電立刻亮起，沒有要求我輸入密碼，螢幕就直接出現首頁的搜尋欄。游標在空白的搜尋欄上閃爍。

我從轉角處望向走廊。迪莉亞與芭比娃娃說話的聲音從她的房間傳到一樓。查克在蠕動，我把他換到另一個肩膀上，他的雙眼再次沉沉閉上，一邊輕輕吸著奶嘴。

我用空出來的那隻手，小心翼翼輸入哈里斯・米勒的名字。

各種社群媒體的帳號和照片湧上螢幕。臉書、LinkedIn、Instagram、推特。我點開他的臉書個人頁面。一個四十多歲的迷人男子對著我微笑。哈里斯・米勒，四十二歲，已婚，妻子是佩翠西亞．米勒，他同時也是某間新興金融服務公司負責顧客關係的襄理。

佩翠西亞……把這樣平凡無害的名字配上一個願意付我五萬美金殺死她丈夫的女人感覺好奇怪。我瀏覽他的網路相簿，勉強找到一張他們的合照——五年前拍的一張結婚紀念照。相機捕捉到她睜著大眼的驚訝表情，就跟我在潘娜拉麵包坊發現她盯著我看的時候一模一樣。

迪莉亞模仿公主說話的聲音如銀鈴般自二樓流瀉而下。查克睡著了，奶嘴無力懸在嘴邊。我點開佩翠西亞的個人頁面。我不知道我希望自己能找到什麼——嘟嘴自拍尋求關注的女人？社群媒體上那種喜歡發布網路測驗和政治梗圖等曖昧貼文的討厭朋友？但佩翠西亞完全不是那些德性。她的貼文單純，有想法，很少放自己的照片。根據她的個人資料，她是一位投資銀行家。你會以為她是個囂張跋扈的有錢混蛋。然而，就我目前看來，她也完全不會去炫富。她經常在當地的動物收容所當志工，捐款給群眾籌款活動，幫助時運不濟的朋友，而且似乎最喜歡穿著褪色牛仔褲和運動衫。她身上唯一的奢侈品是她的婚戒，中間有一顆碩大的主鑽石，四周鑲著碎鑽。有鑑於我對佩翠西亞的了解不深，這枚婚戒看起來奢華得不成比例。然而，她的每張照片都能明顯看見它的存在。

好奇的我，放大其中一張照片。佩翠西亞摟著收容所的一隻貓，婚戒顯露無遺。她全身上下其他地方都很隨意樸實：樸素的牛仔褲、舊球鞋、一件收容所的T恤，最外面披一件簡單的藍色連帽外套……我歪過頭，換個角度再看個仔細。一條黑色帶子隱約從外套袖子露出來，套著她的手，繞住她的拇指下方——是護腕。我往前點閱她的照片，在三個月前的一張照片停下——額頭上貼著繃帶。在那之前又有一張照片——手指上有個固定骨折的夾板。

我不能告訴他我知道。那會……非常、非常糟。

我再次往前點閱她的所有照片，尋找黑眼圈裡的瘀青、鷹鉤鼻上的硬塊，或寬鬆運動衫底下鼓起的石膏。隨著我在佩翠西亞的皮膚上找到越來越多瑕疵，先不論是不是疤痕，我也越來越不喜歡哈里斯．米勒。我重新點回他的臉書頁面，儘管我知道不該這麼做。他是十幾個社交團體的成員，東至安納波利斯市，南至里奇蒙市。

而正如佩翠西亞所說，今晚他確實要去參加里斯頓市一家新潮酒吧的活動。貪杯酒吧距離這裡不過幾英里……

我企圖甩掉這荒謬的想法，卻始終念念不忘。我可以過去，只是去看看。我可以點杯調酒，謹慎地坐在酒吧角落觀察他。只是出於對佩翠西亞的關心。

我關掉瀏覽器，清空搜尋歷史紀錄。這太荒謬了。我甚至沒有適合的衣服可穿。

樓上傳來迪莉亞玩耍時的輕柔哼唱聲。我把查克連同他的小毯子和奶嘴放到沙發上，躡手躡腳上樓，在史蒂芬臥房門前停下腳步。今早特瑞莎才剛進過我家。她告訴史蒂芬我家的後門沒鎖，這種事唯有她試著轉動門把才會知道。起碼我還被交付了一把鑰匙。

史蒂芬的房門開了一道縫，我用一根手指輕輕推開，被門後的混亂景象嚇了一跳。我以為映入眼簾的是整齊折好的床單和精巧擺放的小抱枕。我已經準備好看見洗手台上的絹花和浴缸周圍的蠟燭。但特瑞莎和史蒂芬的臥房簡直是災難一場。他們的床鋪凌亂，沒有整理。內衣和襪子散落各地，浴缸周圍唯一的裝飾品是一堆發霉的毛巾。他們相擁的合照裱框歪斜地掛在牆上。自從抓到他們搞外遇開始，我就一直擔心他們共享的私人空間會比我自己的要整潔得多。但此刻我把史蒂芬的一條四角內褲踢到一邊，站在他們敞開的衣櫃前，才知道他們房門後的生活與我和史蒂芬過去擁有的生活並無二致。我突然明白特瑞莎為什麼不想讓我進她家了。

我悄悄來到她那一側的衣櫃前。襯衫、洋裝和裙子隨意掛著，沒有特別的秩序——只是讓衣服之間有足夠的空間防止起皺，這樣就沒有人會懷疑她私下其實是個邋遢鬼。我滑過一個個衣架，在一件黑色小洋裝前停下來。據我所知，她至少有五件這種黑色小洋裝。我從衣架取下洋裝，放到身上在鏡子前端詳。稍微收一點，再用幾個大頭針固定，我穿這件洋裝會很好看。她大概根本不會注意到東西不見了。

我咬著嘴唇，想著她當初背地裡從我身邊拿走的、以及至今仍企圖從我身邊拿走的所有東西。我趁著改變心意前，把洋裝捲成一團，塞到腋下，把門縫恢復成原本的距離。

我呼叫迪莉亞的名字，這次口氣堅定。她沉重的嘆氣聲越來越讓我想到她父親，她的小腳慢吞吞地跟在我後面踏下樓梯。

「我們不能再待久一點嗎，媽咪？」她哀哀叫道。

「該回家了。」我把她的手塞進外套衣袖。我忙著幫她穿鞋時，她用力跺腳。

「這裡以後會是我的家，爹地說的。」這句話有如一把刀刺穿我的心臟。我保持鎮定，連同小毯子和奶嘴把查克抱起來，牽起迪莉亞的手，小心帶走我兩個孩子來過這裡的所有痕跡。我幫前夫的房子牢牢上鎖時，忍不住好奇五萬美元能請到什麼樣的親權律師。

6

我一回家，立刻用一碗金魚餅乾把孩子們固定在電視前，然後撥打維若妮卡的電話，怕自己再想下去會失去勇氣。

我等待語音信箱的嗶聲。「喂？維若妮卡？是我，芬莉。聽著，我知道史蒂芬跟你說過我們再也不需要你幫忙照顧孩子了。順道一提，那不是我的選擇。他事先沒問過我就決定……呃……開除你。」我面露苦相說。我無權要求她做任何事。我深吸一口氣，還是問了。「可是今晚突然有事，我真的需要一個褓姆。如果你有空，七點能過來就太好了。我不會出去太久。」但如果我都付錢請了褓姆、盛裝打扮，乾脆讓自己放整個晚上的假算了。「最晚十一點前回來。」我加上一句。「我知道事出突然，我可以付雙倍的錢。」用史蒂芬的信用卡。密碼還能用，我一直留著以備不時之需，經過這天後，我很肯定我有資格喝上一杯。「如果你沒辦法」——或不願意——「我完全明白。我可能會帶孩子們去我姊家。但如果你在接下來的幾分鐘內收到這封訊息，請回電讓我知道，麻煩了？」

我放下手機，看著螢幕變暗，然後再次拿起來查看，一面在廚房踱步咬指甲。特瑞莎的小黑裙掛在儲藏室的門把上。深V領口、合身腰線和一邊誘人的大腿開衩，看起來就像我故事女主角會穿的衣服。我敢說特瑞莎穿起來一定美呆了。我在她家地板上那凌亂的衣服堆中，沒看到任何運動褲或實用的內衣。

我滑開手機，撥起我姊的電話。

「嘿，芬莉。」

「嘿，喬治雅，你今晚有上班嗎？」

凝重的沉默說明一切。我姊非常不會說謊，她很誠實，誠實到害了自己。這可能就是她能成為如此優秀警察的原因。「為什麼這麼問？」她小心翼翼問道。

「我需要把孩子們帶到你家。」我姊很善於應付罪犯，但不善於跟孩子相處。喬治雅打娘胎以來一直是單身。根據她的說法，她比較喜歡這樣。她晚上寧願忙著破門攻堅和出示逮捕令，也不願看芝麻街和愛冒險的朵拉。話說回來，誰不是呢？「只要幾個鐘頭就好。」我懇求道。「我會先把他們餵飽。查克在我們還沒到你家之前，大概就已經睡著了。他們大多時間都會在睡覺，我保證。」

背景傳來新聞廣播的聲音。「抱歉，芬莉。我沒辦法。你沒看新聞嗎？今早俄羅斯黑手黨的分會在法庭上又贏了一場。我今晚要跟OCN的幾個人見面談談這件事。」OCN，集團犯罪及緝毒小組。但喬治雅負責的明明是暴力犯罪案件。

「你又不在緝毒組工作。」

「對，但他們喝著啤酒哭哭的時候，我負責陪伴他們。」

背景的頻道轉台了，傳來一首主題曲，喬治雅正在看某部警匪連續劇的重播，只為了可以抱怨編劇搞錯她工作的所有細節。「拜託，喬治雅。這很重要。」

「你不能聯絡維若妮卡嗎？」

「史蒂芬今早把她開除了，她也不肯回我的電話。我沒有別人了，但我真的需要去做這件事。」做什麼事？我到底在幹嘛？老天啊，我真的要這麼做嗎？媽的，沒錯。我就是要這麼做。「這是為了研究我正在著手的一個項目，我不能把孩子帶在身邊。」

「你的朋友呢？他們不能幫忙嗎？」

「他們住得不夠近。」我按著太陽穴，想起那些我可以聯絡但不會聯絡的人。史蒂芬從沒喜歡過我的朋友，可能是因為他們從來沒喜歡過他。這些年來，不管是有心或無意，我與他們漸行漸遠。我放棄他們所有人，選擇了史蒂芬。而離婚後，史蒂芬的朋友選擇了他。

她把背景的電視關靜音，靜靜咒罵一聲。「你在附近找不到臨時可以照顧他們的人嗎？」對，像愛咪阿姨？「臨時可以照顧的那個人剛剛請了一位律師來申請我孩子的監護權，他還順便開除了我的褓姆！所以沒有，喬治雅，我沒有其他人可以照顧他們。」

她嘆了口氣，沉重得可以關上冰毒實驗室的大門。「好吧，但只能幾個鐘頭喔。如果你沒在十點前回來，我就發布全面通緝，組成一支搜捕小隊。」

我連忙向她道謝，趁她改變心意前掛斷電話。我丟一盤雞塊進烤箱，幫孩子洗澡，餵飽他們，再幫查克換上乾淨的尿布，就衝上樓梳洗打扮。我吹掉黑色串珠手提包上的灰塵，把假髮頭巾和化妝品塞進去，一面在想哈里斯．米勒私底下是什麼樣的人。他和佩翠西亞背地裡藏了什麼樣的秘密？哈里斯所犯的錯真的值得花五萬塊美金除掉嗎？

7

我去過不少酒吧。大學酒吧、廉價酒吧、史蒂芬跟客戶應酬時一起去的高級酒吧、與喬治雅同行的條子酒吧、同志酒吧（也是跟喬治雅），以及為了一本你大概從未聽過的書做研究時，去過城裡治安較差那區的骯髒脫衣酒吧。但無論以前去過多少酒吧，獨自一人前往總是令人惴惴不安。我討厭那種每雙眼睛回頭查看是誰進門的感覺。

或更糟的情況，完全沒人費心回頭。

貪杯酒吧擠滿了穿西裝打領帶的男人和穿著黑色小洋裝的女人，似乎沒人注意或在乎多一個人擠進來。我確認假髮頭巾已經牢牢戴好，便摘下鼻梁上的超大號墨鏡，讓雙眼適應室內的微弱燈光。鮮紅色的黃銅中島吧檯裝飾著五顏六色的酒瓶和背光的蝕刻玻璃，到處都是異常迷人的年輕調酒師，他們可能整天都在互相傳遞大頭照，瀏覽網路，等待選角電話打來。我擠過許多高桌和聊天的群眾，在這個地方穿梭，好不容易在吧檯盡頭搶到最後一張沒人坐的高腳椅。我準備拽下媽媽包、掛到椅背上時，才想起我把媽媽包和孩子們一起留在喬治雅家了。於是我把手提包放在面前的吧檯上。少了平時的行李，身體感覺異常輕盈，彷彿把什麼重要的東西忘在家裡似的。除了身分證外，我身上只有一支酒紅色的口紅、史蒂芬給我的二十塊美金、手機，以及哈里斯．米勒他老婆那張皺巴巴的紙條。

我仔細尋找桌邊每個男人的臉，然後是每個女人。所有人都隱約讓我想起史蒂芬和特瑞莎，但我很確定我不認識任何一人。我把墨鏡收起，塞進包包。我考慮點一杯啤酒，但這個地方看起來沒有喝百威啤酒的氣氛。於是我改變主意，點了一杯伏特加湯尼，邊喝邊隨意望著酒吧尋找哈里斯．米勒。中等身高，中等體格，一頭褐髮，鬢角兩側有點花白。他的眼睛以臉部的比例算小，微笑時瞇成一條線。我到處看不見任何長得像他的人，所以趁調酒師經過，我舉起一根指頭，引起他的注意。他傾向吧檯，雙手平放在檯面上，在吵雜聲中豎起耳朵好把我聽個清楚。

「那些企業家通常都聚在哪裡？」我問他。

他朝我左手沒戴戒指的無名指看了一眼，會心一笑，抬起下巴朝圍繞在幾張高桌四周的那群男女點了點。「房地產相關的通常都聚集在那裡。」說完，他朝他們旁邊的另一群人點點頭。「銀行和貸款相關的也不會太遠。」他豎起大拇指，搭在肩膀後方，指向酒吧另一端的熱鬧人群。「做生意的、搞老鼠會的、家族企業的。」他不耐地皺起眉頭說，表明他選擇酒吧的這一端是有原因的。「一流大公司的通常預訂了後面的雅座。」他從吧檯底下拿出一只玻璃杯，目光滑向我。「你看起來不像是在大公司上班的那種人。」

我用攪拌棒戳戳檸檬，接著喝光最後一口酒。「你看起來也不像足以賣酒給我的年紀。」

「哇喔！」他笑了一聲說。他咬起嘴唇，燃起興趣看著我。「我的意思是你看起來不像那種媚俗又拘謹的人。」

我攪拌杯中的冰塊。「嗯……媚俗，這是大學入學考會考的詞嗎？」

他拿走我的空杯時，我們的手指互相輕觸。「其實是法學院入學考會考的詞。」他停頓片刻，打量我的反應，然後換了一個新的玻璃杯。我甚至沒注意到他又幫我斟了一杯。「你叫什麼名字？」

我邊吸著檸檬片，邊思考如何回答。管它的，有何不可呢？「特瑞莎。」我說著，伸出一隻手。

「我是朱利安。」他的手勁很好。不是那種被罣固酮支配的強勢力道，也不是那種低估我而要握不握的力道。

「你計畫讀什麼，朱利安？」

「我目前就讀法學院。」他糾正我。即使我傷了他的感情，他也沒有表現出來。「喬治梅森大學刑事法學系三年級。」

我揚起一邊的眉毛。「檢察官不也媚俗又拘謹嗎？」

他把一條抹布掛在肩膀上。「我的志向沒那麼遠大。我覺得這世界可以用上一些優秀的公設辯護律師。你呢？你是做什麼的？」

我捧著我的酒，思考該說什麼，一邊用牙齒把冰塊咬得嘎嘎作響。我很早就決定絕不告訴陌生人我的職業。對話走向總是會變得很奇怪，令人難忘。我低頭看著特瑞莎的洋裝，挑掉布料上的毛絮。「我是做房產的。」

「聽起來很無聊。」

我嗆了一口，笑出聲來。「非常無聊。」

「別誤會我的意思。」他有點謹慎地說。「但你看起來也不像做房地產的。」

「真的嗎？」他很自負，但也很可愛，或許是第二杯伏特加湯尼下肚的緣故，但他的笑容我越看越順眼。「那我像做什麼的？」

朱利安擦著一只玻璃杯，上下打量我。「你像會喝著冰啤酒和吃外送披薩的人。光著腳、穿牛仔褲和褪色的寬鬆T恤。」

我感覺到熱血衝上臉頰，驚訝他竟猜得如此精準，也驚訝自己並不介意他的直話直說，或他盯著我的模樣。我喝完最後一口伏特加湯尼，思考我和特瑞莎之間的差異，好奇史蒂芬是否喜歡過吃外送披薩，或者他一直偏好山珍海味，我只是太無知，沒有看出來。

「可惜你對家庭法沒興趣。這世界也用得上一些誠實的離婚律師。」我把二十元鈔票放在吧檯上，從高椅上滑下來。我得尿尿，而廁所大概在酒吧後面，朱利安提過的那些雅座附近。我可以趁機打量他們。只是出於好奇。

「嘿。」朱利安說著，趁我轉身離開前搭住我的手。「我再一個鐘頭下班。如果你願意等一會兒的話，我們可以一起去吃點東西。」

一束蜜糖色捲髮落在他眼睛上方，笑容感覺十分曖昧。要說我沒有花幾秒考慮過這件事是騙人的。「謝了。」我沿著檯面把鈔票滑向他。我必須在我姊派出每輛巡邏車到城裡把我找出來之前趕去接兩個孩子回家。我現在最不需要的就是讓他們發現我和一個熟女殺手在我的休旅車後座散落一地的義式臘腸上滾來滾去。「我的穿著不適合吃披薩。」

他咬著下嘴唇，忍住咧嘴笑的衝動。

我向他道謝，指向酒吧後方，讓他知道儘管他的提議很誘人，我這晚的計畫仍然沒變。接著，我動身去找女廁。也許能順便找到哈里斯．米勒。

酒吧後方的雅座很隱密，黑色真皮坐墊、木製高椅背和溫暖的微弱燈光，讓我穿著好幾年沒穿的高跟鞋步履蹣跚地經過、窺看每個雅座時，看起來像全世界最變態的傢伙。鞋帶緊緊嵌進右腳趾下方的關節處早已起水泡，空腹喝下的兩杯伏特加湯尼更是讓我舉步維艱。我沿著雅座之間的狹窄走廊走向洗手間時，覺得身體有點傾斜。就在我靠近最後一個雅座時，電話聲響起。

「失陪一下。」一個男子說。「我得接這通電話。」男子盯著手機螢幕，頭也不抬地離開雅座，趾高氣揚地走到外面的酒吧時，差點撞上我。「是我，哈里斯。」他與我擦身而過之際，壓低音量對著手機說。

哈里斯。我伸手扶住離我最近的雅座站穩腳步，回頭再看一眼。坐在我旁邊的情侶好奇地看著我，於是我彎下腰，作勢調整鞋帶，就在這時，一個女人從哈里斯．米勒的雅座緩緩挪出來。她的高跟鞋在走廊上喀喀作響，接著消失在女廁裡。我徘徊片刻，企圖偷聽哈里斯在幾英尺外的電話內容，但對話很快就結束了，他把手機放回口袋，招來最近的調酒師，點了兩杯香檳，然後回到座位。我衝到女廁，溜進一間沒人的廁所，驚訝發現自己的心跳得好快。

我在做什麼？這太荒謬了。我太荒謬了。就算哈里斯．米勒背著他老婆搞婚外情好了，那又如何？很多男人都幹過這種事，包括我自己的老公。儘管我恨透了他，仍無法想像為此殺了他。即使是為了五萬塊美金。然而我人在這裡，監視一個我從未見過的男子。

我盡快清空膀胱，洗手，打開包包補口紅，見到包包底部佩翠西亞．米勒那張揉成一團的紙條時停下手邊動作。我應該立刻把它沖進馬桶。我應該把它撕碎沖進洗手槽。

我背後的廁所門啪一聲打開，我連忙闔上包包。

哈里斯．米勒的約會對象低頭看著手機，金色長髮有如窗簾掛在臉頰兩側，披在她銀白色西裝外套的肩膀上。我重新抹上一層口紅，看著鏡子裡的她撥打電話，把手機貼在耳邊。她左手的無名指戴著一枚閃閃發亮的鑽戒，底下是另一枚鑲了碎鑽的婚戒。

「嘿，寶貝。」我把口紅塞回包包時，女人對著手機軟言軟語地說。

我告訴自己，或許她是哈里斯工作上的同事。或許他們只是剛剛完成了一筆大交易，來這裡慶祝的。

「我很抱歉，親愛的。」她說。「我跟客戶有個會議，開得比預期中久。冰箱裡有剩菜，凱蒂的過敏藥就放在流理台上。你能不能幫我帶孩子們去睡覺？」

好，所以哈里斯肯定在偷吃。跟一個已婚的女人。

沒什麼大不了。他大概值得患上嚴重的淋病，我在鏡中調整假髮頭巾，查看手機上的時間。

時間還早。我還能用史蒂芬的信用卡買些中國菜外賣，帶回家給喬治雅，把這一切忘得一乾二——

哈里斯．米勒的約會對象靠向洗手台，提高音量。「這是很重要的客戶，馬蒂！你要我怎麼辦？」

我輕手輕腳走出廁所，門緩緩關上，削弱他們激烈的爭吵聲。我匆匆走過走廊，準備回到酒吧時，服務生正好把哈里斯．米勒那兩杯充滿氣泡的香檳杯放到他面前。我瞥見哈里斯把一張折起的鈔票塞進服務生的手裡時，他那潔白的衣袖。服務生轉身離去時，某樣東西從哈里斯的手心落入其中一個香檳杯中。白色藥丸在金黃泡泡的襯托下閃閃發亮，一邊嘶嘶作響，沉入杯底。

我低頭快速經過哈里斯的雅座，溜進吧檯邊的一張空位上。這裡的角度太偏了看不見哈里斯．米勒的臉，但近得足以看見他攪拌杯中物的手臂。我幾乎沒發現來到我面前等我點餐的調酒師。反正我也沒錢了。我伸長脖子往他的肩膀後方看過去，只見哈里斯調換了香檳杯的位置。

那個調酒師湊過來，出現在我的視線內。我們對到眼神時，朱利安微微一笑。我謹慎地往走廊邊的廁所門看了幾眼。那女人隨時會回來。我該怎麼做？告訴朱利安？請他出其不意突襲他們那一桌？進廁所找到那個女人，把我剛剛目睹哈里斯所做的事告訴她？這些都會讓我成為一名目擊證人。我必須等警方過來做筆錄。他們會問我是誰，問我在這裡做什麼。我得解釋為什麼我戴著假髮、穿著偷來的洋裝、自稱特瑞莎的原因。我得解釋為什麼我是警察搜捕的對象，只因為我沒能去我姊家接孩子。

喬治雅，我心想。

喬治雅是警察。如果喬治雅在場，她會怎麼做？我想像得到的每種情況都牽扯到手槍、手銬或柔道的相關知識。上述三者我都沒有。

「改變主意了？」朱利安好奇地歪頭問道。

「也許吧。」我來不及收回，話就脫口而出。

他的笑容變得燦爛。「你等我的時候要喝一杯嗎？」

故事來到這裡通常是女主角必須隨機應變的時候。我故事中的女主角會怎麼做呢？絕對不是報警，她的皮包裡還藏著一張約定暗殺的紙條。

「血腥瑪麗吧？」我問。

他挑眉質疑我的選擇，但沒有與我爭辯。他把番茄汁和伏特加倒上冰塊，再丟一根芹菜到玻璃杯時，我一直望著廁所門。

「謝謝。」我說著，趁杯子放上檯面前從他手中接過來。「我一會兒回來。」我迅速走向昏暗的走廊，回到女廁，猛地打開門，發現哈里斯的約會對象正湊在鏡子前搽口紅，於是鬆了口氣。

我一個深呼吸，祈禱那女人沒有隱蔽持槍證。接著我假裝絆倒，灑出杯子裡的番茄汁，弄濕了她西裝外套的背面。

冰冷的液體滲進她淺灰色的裙子時，她整個人僵直在原地。

「喔，不！我真的、真的很抱歉！」我把空杯放進洗手槽，從紙巾架抽了一堆擦手紙。

她揮打著阻止我笨手笨腳企圖擦掉殘局的舉動，轉過身一臉厭惡地看著鏡中的損害。「弄得我全身都是！」

情況本來可能更糟。

她猛拍她的背，卻擦不到背部最嚴重的髒污。「蘇打水。」我說著，一步步退到門口。「我們需要很多很多的蘇打水。你在這裡等著，別動。我知道該怎麼做。」我僅僅把門打開到足以溜出去的寬度。

我走出女廁時，哈里斯猛地抬起頭。接著，我來到他的雅座前停下腳步，他的微笑瞬間消失。我的心怦怦直跳。現在不做就沒有機會了。

「哈里斯？哈里斯．米勒？是你嗎？」

他張大嘴巴，朝我們周圍的座位投以焦慮的眼光。「呃，不，我不是——」他朝廁所門瞥了一眼。「不好意思。」他說著，表情充滿了困惑和不悅。「我認識你嗎？」

「哈里斯！」我說著，拍打他的手臂。「我們在那場派對見過面啊……你知道的，幾年前的那個聖誕派對。」「有你的，芬莉。真有一套。「好了，快起來抱一下，你這大呆瓜！」我抓住他的手，差不多是用拖的把他拖出雅座，給他一個大大的擁抱，彷彿我們從高中就認識了。

他僵硬地站在原地，雙手放在兩側，任我用一隻手臂抱住他。另一隻手則繞過他，伸向最近的香檳杯。但杯子太遠了搆不著。哈里斯把手放在我的肩頭輕輕把我推開，喃喃說著我一定是搞錯了。我把他抱得更緊，湊近他，決意要伸手拿到杯子。

還是太遠。

「嘿！」他的背碰到桌緣時，驚呼一聲。「你在做什——？」

我一手滑到他的屁股上。他頓時閉嘴，我再用力一捏，他驚訝地瞪大眼睛。喔，天啊。我在幹什麼。

「是了。」我的指尖快搆到香檳杯時，他突然湧起好奇心說道。「當然，我記得。」有某樣硬物開始抵住我的肚子，但我很確定那不是他的皮帶頭。真是個變態。我連忙把香檳杯拉過桌面，交換位置。接著，我在雅座另一邊的空位坐下，急著在我們之間設下界線，伸手拿起離我最近的香檳。

「我能加入你嗎？」

哈里斯尷尬地挪到長椅上，平靜下來，目光焦急地盯著我們身後的女廁大門。「呃……我不知道——」我把杯子湊到嘴邊，一口氣喝掉了半杯。酒精的強度不足以洗去我剛剛那番舉止帶來的噁心感，但哈里斯臉上的驚訝表情消除了我的緊張。

我用手提著杯子擺動。「你沒有在等人，對吧？」我坐直身子，一手捧住胸口。「喔，不會吧！我希望不是女廁那個可憐的女人。她正在電話裡與某個人爭吵，肯定是她老公。她真的很沮喪。我看見她從後門離開了。」

哈里斯的臉垮了下來。他眉頭緊皺，拿起香檳一乾而盡，心不在焉地凝望著洗手間走廊盡頭的緊急出口。

喔，該死，他嚥下最後一口香檳，喉結上下晃動之際，我在心裡暗想。藥效要多久才會發作？我把杯子放下。口紅在杯緣留下一抹明顯的紅印，我的指紋零星分佈在杯腳上。如果他在這裡昏倒了，醫院又做了毒物測試，這一切會讓我非常、非常難看。

「嘿，哈里斯。」我說著，焦慮地張望我們周圍的雅座。我湊向桌面，低聲說：「你說我們離開這裡怎麼樣？去其他比較……私密的地方。」我抬起下巴，往他一直盯著看的那道逃生門點了點。只見他臉上綻開有違常理的微笑，我鬆了口氣。我的車停在後門子母車的後面，刻意離大門的門窗遠遠的。他家地址寫在包包裡那張佩翠西亞的紙條上。如果可以把他弄進我的車內，我就能帶他回家睡覺，直到藥效消退。然後我就能燒掉紙條，假裝整件事從未發生過。

哈里斯舉起一根手指示意服務生。「麻煩買單。」

我們等待的同時，他拉鬆領帶，一滴汗水在他的髮際線上閃爍，他皺起眉頭。「再提醒我一次，我們是怎麼認識的？」

「喔，呃……」我回想他的社群媒體個人頁面，但害怕得腦袋打結。我不記得他加入的任何一個社團名字。「我們在那個……你知道……我們做了那件特別的事。」我說著，揮個手彷彿不值一提似的，「跟那個北維吉尼亞州的……金融集團。」我把音量壓低，意有所指地輕聲說，但願他會自行腦補。「那個我不能說的名字——」

「你替菲力克斯工作？」他焦慮地張望四周。

「沒錯！」我說著，兩手一拍。「我們就是這樣認識對方的，我替菲力克斯工作。」我心不在焉地重複一遍，目光緊盯著女廁的門，祈禱哈里斯的約會對象不會出來。

「喔。」他說著揉揉胸骨，彷彿胃不舒服的樣子。他看起來有點想吐。「你確切是幫菲力克斯做什麼的？」

我在桌底下瘋狂抖腳。「喔，你知道，做這做那的。」哈里斯甩甩腦袋想保持清醒，他的眼神變得呆滯失焦。我在桌底下踢了他一下。「別睡，哈里斯。」我輕快地說。我伸長脖子，尋找服務生。送個帳單到底要花多久時間？

「這香檳還真烈。」他說著，頭開始搖搖晃晃。「我覺得……有點怪怪的。」他的語速越來越慢，醉言醉語，字句全模糊在一塊兒。他眨眨眼，眼皮越來越沉重。「再說一次你叫什麼名字？」

「特瑞莎。」

「是了，特瑞莎。」他說完，服務生終於端著一盤飲料出現。他把黑色的皮革帳單夾滑到桌上，然後很快又消失了。哈里斯的頭越來越低，幸好服務生沒有停下來閒聊。

「我們走吧，哈里斯。」我起身，邊拉他起來，邊左右觀望，確認沒人在看。貪杯酒吧人滿為患，太多人醉得不成人形擠在一塊，所以沒人注意到我們，朱利安則忙著在吧檯後方倒酒。哈里斯靠著我，我從他的後口袋拿出錢包，掏出一張百元鈔票，放在桌子上蓋住帳單。我把他的手臂放在我的肩膀上，笨拙地帶著他沿著走廊走向發光的出口標誌，把門打開到足以讓我們兩人通過的寬度。

等我們抵達停車場，哈里斯明顯變得越來越重。他的頭重重倒在我的肩膀上，我腳下的高跟鞋頓時晃動起來。我把他抬高一些，朝著子母車的方向，緩慢、搖晃地走向我休旅車後方的陰影處。員工停車場漆黑又寧靜。我讓哈里斯靠著車門，用我的身體把他固定住，防止他倒下，一邊翻找包包裡的車鑰匙。他的雙手在我身上不安分地游移。其中一隻手在我的洋裝底下探索，當他濕漉漉的舌頭滑進我的耳朵時，我嚇得退避三舍。

「喔，哈里斯。」我遠離他的舌頭，在他對我上下其手時，我的語氣充滿反諷。「你可真調皮，不是嗎？」我摸找鑰匙圈，車門滑開，差點把哈里斯撞倒在地。我扶他站好，接著他撲通一聲倒在查克汽座前的地面上，蘋果汁和金魚餅乾黏在他昂貴的西裝背面。我把他往前推，承諾如果他爬進車內、像個乖孩子在地上躺好的話，就會有美好的時光等著他。我催促他進去時，他在我耳邊口齒不清地低聲說著如果我跟他一起爬進車裡，他要對我做的所有事情。大多讓我覺得頭皮發麻，並讓我有正當理由接受佩翠西亞的提議。最後，他終於沉沉睡去。

我把哈里斯的雙腳塞進車內，關上滑門。附近有狗吠聲，我環顧子母車四周，再望向另一邊明亮的停車場，祈禱沒人看見我幹的好事。一對情侶手挽手走進酒吧。一群女人聚在門口抽菸，但沒有往我的方向看過來。狗吠聲漸漸在背景處消失。

我拿出包包裡的手機，一邊繞到駕駛座的車門前。我應該先打給佩翠西亞，確認她在家，把她在潘娜拉聽到的對話解釋清楚，把這場誤會撥亂反正。

「特瑞莎！」一個酷酷的聲音從停車場傳來，我頓時全身僵硬。

我回頭，看見朱利安帶著輕鬆的微笑，手指轉著車鑰匙，穿過停車場朝我走來。他襯衫最上面的兩顆釦子沒扣，衣袖捲到手肘，彷彿剛下班。

「我正希望你還沒離開。」他靠著我的車，我默默感謝上天，幸好這裡很暗。也感謝汽車公司，把休旅車的後窗都弄成深色。

「我很……抱歉。」我結結巴巴地說，手貼著額頭，連忙道歉。「我完全不是故意要跟你搞人間蒸發的，我也不是故意還沒付最後那杯酒錢就離開的。我只是——」

「哇喔、哇喔、哇喔。」他輕輕說著，微微站直身子，後退半步，舉起雙手。「你不必道歉。你又不欠我什麼。」

「可是那杯血腥瑪麗——」

「用你的小費支付還綽綽有餘。」他說，與我保持一段舒服的距離。「我只是想確定你是否可以開車回家。」說完，為了澄清這不是在撩我，他又加了一句：「如果你有需要，我可以幫你叫一輛計程車。」

「謝謝，我沒事。」我閉緊嘴巴，避免自己胡言亂語、說得太多。我離沒事差得遠了。我的車子後座塞了一個失去意識的變態，皮包裡還有一個女人寫給我、希望我殺了他的紙條。我去我姊家接小孩快遲到了，這表示她會開始找我。我把手機喚醒，很驚訝喬治雅還沒奪命連環叩。

「能借我看一下你的手機嗎？」朱利安問。我把手機遞給他。他給人一種心安的感覺，尤其是他溫柔的聲線和眼神中流露的真誠擔憂。他打開我的通訊錄，輸入他的號碼。「以防你有需要。」他說完，手機還給我，雙手插進口袋。「或者……你知道的……如果你改變主意，決定有空跟我出去之類的。」

他往後退開我的車，後方的路燈映出他纖細的腰身。漸暗的天空下，把他漂亮的身形輪廓映襯出來。很大部分的我希望剛才能在酒吧留下來和他相處，即使我對他來說年紀太大了。

「我有小孩了。」我往停車場大喊。「兩個。」

他在路燈底下微微一笑。「我對小朋友沒有意見。」

我強忍驚喜的笑聲，目送他離去。剛剛到底發生什麼事？這怎麼可能是我的生活？我坐進駕駛座，盯著他的電話號碼。如果今晚的我平安度過，沒有被高速公路的巡警逮捕——或更慘，被我姊逮捕的話——也許我會找時間打電話給他。

我重重嘆口氣，拿出皮包裡皺成一團的紙條，撥打佩翠西亞的號碼。我用藍牙耳機聽著電話鈴聲，開進車陣中，朝米勒家的大致方向前進。終於，佩翠西亞接起電話。

「完成了嗎？」

「你在家嗎？」

一陣沉默。「在。」

「你一個人嗎？」

「對。」

「謝天謝地。」我從車子中控台的儲存盒中拿出一包口香糖。我聞起來渾身酒味。「你丈夫在一間酒吧裡企圖對某個女人下藥。我……結果他意外下藥迷昏自己。他在我這裡，我準備送他回家。」我說著，覺得有點尷尬，跟這個我幾乎不認識的女人聯絡，對她的老公又太過熟悉。我駛入最右邊的車道，保持限速前進。

「不行！你不能把他帶回這裡！」她提高音調，激動地抗議說。「你必須把他處理掉。你得像你說過的，乾淨俐落地把他處理掉，否則我不會付錢！」

「我從沒說過要做任何事。你無意間聽到了一段你根本不明白的對話。」一輛奧迪切到我前面，衝上高速公路的入口匝道。我按著喇叭，腎上腺素直飆，一邊查看後照鏡是否有警車的閃燈。發現沒有時，我鬆了一口氣。「聽著，就算他是個混蛋和變態，也不代表他應該——」

「他的手機在你那邊嗎？」佩翠西亞問。

她的問題讓我愣了一下。「有吧，我不知道。」我知道哈里斯的錢包在他那裡。我上次看到他的手機時，他塞在外套胸前的口袋。「應該有吧，為什麼這麼問？」

「把手機找出來。他的密碼是*milkman*。去他的相簿看看，看完再打給我。」

「我不想看他的——」

她掛斷電話。我重捶方向盤，咒罵一聲。我現在該怎麼辦？不用說，如果我出現在佩翠西亞家門外，她一定不會開門。以我的運氣，大概會有鄰居目睹我把他扔在他家庭院，然後報警通報我的車牌號碼。

可惡。這晚真是越來越精采了。

我駛離高速公路，開進一間公司的私人停車場，把車停下。我拉起手煞車，爬到車子後座，注意不讓我的鞋跟刺穿哈里斯．米勒。法官大人，檢方這邊想出示證據A，被告的仿冒LV高跟鞋，也就是凶器。我忍不住笑了出來，擠在兩個孩子汽座之間的空間，一邊在哈里斯的外套口袋尋找他的手機，一邊好奇朱利安會如何幫我辯護。螢幕鎖住了。我皺著臉，輸入他的密碼。

我的手指在相簿圖示上徘徊。就我對哈里斯．米勒的了解，在相簿裡等著我的肯定不會愉快，更糟還可能會留下心理創傷。或起碼讓人想吐。話雖如此，我還是點開了相簿。一些標著常見標題的檔案：臉書、Instagram、推特、截圖、相機……私人相簿。

我斜著一隻眼，點開最後一個檔案，發現竟然不是一系列非常噁心的色情片，覺得很驚訝。反之，我看見的是一系列的文件夾。總共有十三個。全部都標上名字：莎拉、洛娜、珍妮佛、瑷咪、瑪拉、珍妮特……

我打開第一個文件夾開始滑動，起初速度很慢，把螢幕拉近，想搞清楚圖片內容。與此同時，哈里斯在我旁邊輕聲打鼾。以我所見，這是某個女人一系列的日常照，以各種詭異角度拍攝，彷彿是偷拍一樣。一個金髮女人在咖啡廳排隊。同樣的女人坐進她的車內。另一張是她推著一輛手推車穿過停車場，這張照片清晰顯示了她的臉。我認得她。她就是我在酒吧裡用番茄汁灑滿全身的女人。

哈里斯．米勒是個跟蹤狂。

如果就只有那麼一次，也許我能理解，但還有其他人。好多好多。

我關掉那個文件夾，打開下一個，差點不能呼吸。

這些照片起初看起來都一樣，是幾十張的偷拍照。但另外十二個文件夾中出現更令人不安的照片：是哈里斯與這些女人的合照，似乎在約會，就像今晚一樣。然後是同一批女人擺出各式各樣的姿勢——全身赤裸，閉著眼睛，他撫摸、親吻和侵犯她們時的頹靡表情。每張照片總是小心翼翼地捕捉到她們閃閃發光的訂製婚戒。

我嚥回膽汁，滑著過去三年來他跟蹤並約會過的另外十二個女人的無數照片，所有人的長相和身材都有點相似。一想到他可能下藥迷姦過她們每個人，我就覺得噁心。每個女人文件夾的最後一張照片都是令人毛骨悚然的親密照，上面貼著一行文字。

乖乖照我的話去做，而且給我小心點，否則我就把這些照片拿給你丈夫看，告訴他你幹了什麼好事。

線索一一拼湊到位後，我感到一陣不適。他在勒索她們，確保她們不敢出聲。哈里斯專門對有小孩的已婚女人下手。那些女人的丈夫個個富裕又成功，有能力、資源和社會地位徹底毀掉她們的生活。他故意拍了讓人誤導的照片，暗示他一直在與受害人約會，性行為也是雙方自願的。事實上，哈里斯是一個變態又噁心的掠食者，顯然更喜歡他的受害人昏倒在他的車子後座。

我沮喪地靠在後座上，盯著哈里斯的手機，然後是佩翠西亞的紙條。佩翠西亞說得沒錯。我不知道要帶他去哪裡，但我絕對不能把這個禽獸帶回佩翠西亞的家。

8

我在我家車道上停好車時，時間接近晚上十點。

但我仍沒頭緒該如何處置哈里斯．米勒。

我坐在車裡怠速，等待車庫門升起，指關節因為緊握方向盤而泛白。我緩緩駛進車庫，車燈反射在工具釘板上，在車庫內部投射出詭譎的陰影。

這樣是不行的。

昏倒在我的休旅車地上的那個禽獸不是好東西。

我應該打給喬治雅，把一切告訴她。她會知道該怎麼辦。她大概也不會讓別人把我抓去坐牢，因為這表示她得無限期照顧我的孩子。

我下了車，在保險桿和史蒂芬工作檯之間的狹小空間中走動時，身體遮住車燈。我與嗡嗡作響的引擎擦身而過時，雙腿一陣暖和。夜晚越來越冷，汽車排氣管排出的廢氣化作濃濃白煙，沿著車道朝海格蒂太太的房子飄去。她的廚房窗戶從對面看去一片漆黑，我不禁默默慶幸那個好管閒事的鄰居已經睡著了。

我打開通往廚房的後門。廚房聞起來像水槽裡一堆髒碗盤上濕掉的格子鬆餅碎屑，無線電話仍沾著楓糖漿，就在我當初擺放的桌面上。我按下重撥鍵，話筒擱到耳邊，在漆黑中靠著門板滑坐在地，怕得不敢開燈。

「芬莉？」查克在背景處哭號。我按著額頭。孩子的哭聲是我多年的反覆測試和失眠之夜所學會的語言。

「他不肯睡覺是吧？」

「我到底哪裡做錯了？」她有點氣喘吁吁地問。喬治雅遇到人質危機時可以表現得很冷靜，但崩潰的學步兒顯然超出了她能處理的範圍。

「你什麼也沒做錯，他只是太累了。」我說著，用雙手按住眼睛。真神奇，孩子的尖叫聲竟能淨空你腦中的一切聲音。

「那為什麼他不肯睡覺？」

「因為他才兩歲。現在仔細聽我說。」我用我最專業的談判語氣說，希望這能讓我姊冷靜下來，讓她保持專注。「他的小毯子在你那邊嗎？」

她的腳步聲被他的哀號聲給淹沒。「有，在我這。」

「用小毯子把他包住，緊緊摟著他，然後把他的奶嘴塞到他嘴裡，用一根手指固定，一邊拍他的背。」

「我又不是章魚。」

「或者你可以讓他尖叫到我過去。」

「你還要多久才到？」

「看情況。」

「看什麼情況？」

我把額頭擱到膝蓋上。「一個成年人吃下迷姦藥會昏迷多久？」

本來愣住不語的喬治雅被查克可憐的哭泣聲打斷。「我聽不懂。」

「研究。我在為一本書做功課。」

「我以為你說你今晚有重要的事情要做。」

「這是重要的事。」為什麼每個人都覺得我的工作不重要？「我被一個情節卡住了。」

「迷姦藥？」她喃喃自語。「這要取決於那個人的身材大小和藥效的強度。有可能幾個鐘頭，也有可能一整晚。」喬治雅用小毯子裹住查克時，手機沙沙作響，他的哭聲也因為她塞奶嘴到他嘴裡而變得小聲。更多沙沙聲。查克開始抽鼻子。「很好，我看好像有用。」

「所以如果你是故事中的女主角，而你把一個壞男人下藥迷昏了，因為他做了一些真的很糟糕的事情——？」

「比如什麼樣的事情？」

「違法的事。」

「是小奸小惡的事還是重大罪行？」

「肯定是重罪。又說如果他在你的後車廂昏過去了，你會怎麼處置他？」

「你能證明他犯下重罪嗎？」

「這很重要嗎？」

「當然很重要。」她說，彷彿答案顯而易見。「如果你的女主角有證據，她就應該把他扔到警局，把證據交給警方，讓執法人員處理。」

我抬起頭，在漆黑的廚房裡眨眨眼。哈里斯手機裡的照片。我有證據證明他拿偷拍照勒索一堆女人。而且我親眼看見他企圖對其中一個女人下藥，這也證實了他可能對其他人下藥的事實。我可以把他交給警方，給他們哈里斯的手機。我根本可以把他帶到喬治雅的家，把他和他的手機留給她。我不必把佩翠西亞的紙條告訴她。我只需要跟她說，我去一間酒吧，發現他想給某人下藥，於是換了他的酒。「我會不會……我的角色會不會因為對他下藥而惹上麻煩？」

「這要看情況。她是預謀的嗎？藥物是非法的嗎？大概是吧。」

「我們說的是大麻煩，還是小麻煩？」

「有差嗎？這就是一本愛情小說。」

「有差！我想寫得很精確。」

喬治雅重重嘆口氣。「好吧，我想如果她自首的話，檢察官可能會對她寬容一些，與她達成協議。」

我坐起來。就是這個了。我可以跟喬治雅自首。如果得在逮捕我或放我走之間抉擇，她一定會選擇放我走。她的另一種選擇是與我的孩子困在一起，直到有人為我保釋。但除非有必要，否則她不會多留他們一分鐘。

「既然我們解決了你的虛構問題，你要過來接查克和迪莉亞了嗎？」

查克睡著了。在車庫休旅車傳來的微弱嗡嗡聲和街上鄰居家狗狗的吠叫聲中，我能聽到他流著鼻涕、輕柔的幼兒呼吸聲。

「要了。」我說。「我準備收尾了，很快就過去。」

喬治雅掛斷電話。我把手機放在地上。手機仍然黏乎乎的，沾著迪莉亞的幾束頭髮。不知怎地，今天的情況變得越來越糟了。我的書沒有進展，也沒有能力支付自己的帳單。一旦警方提交報告，史蒂芬和特瑞莎的律師就會有更多理由把我描繪成一個不稱職的母親。即使是像哈里斯這樣的禽獸被關進牢裡、遠離街頭也不重要了。我戴著假髮，穿著偷來的洋裝，在酒吧裡用我前夫給我的加油錢買酒。我下藥迷昏了一個男人，然後把他帶到休旅車後座綁架他。

或者……

我可以讓哈里斯．米勒消失，祈求佩翠西亞說的那筆錢是真的，最後希望我夠幸運不會被抓。

我撐著地面站起來，撥掉屁股上的鬆餅碎屑。接著，我拎起高跟鞋和假髮上樓，換了乾淨的內衣和舒適的衣服，以防我最終被逮捕。我不疾不徐地刷牙，除去酒吧的氣味，洗掉哈里斯在我耳裡的唾液，卸去臉上的妝。結束後，我站在浴室鏡子前，深吸一口氣，為我即將要做的事做好心理準備。我要把哈里斯．米勒——和我的證詞——交給我姊。

因為，面對現實吧，我算不上是我認識的人當中最幸運的那個。

9

我腳步沉重地走下樓梯，來到廚房。我站在通往車庫的門前，額頭抵著門板，（再次）說服自己這麼做是對的。無可奈何的我，把門打開。另一邊的空氣稀薄、炎熱，煙霧有如一記拳頭朝我的喉嚨襲來。我嗆得用衣袖摀住臉，拚命揮掉廢氣。休旅車的嗡嗡聲在封閉空間內顯得震耳欲聾，我連忙推開後院的門，把車子熄火。

車庫一片沉默。後院吹進的微風冷冽，煙霧也漸漸散去。我靠在車子的引擎蓋上，責備自己竟放任這該死的車子繼續運轉。我有點頭暈，也許是在酒吧空腹喝下的香檳和伏特加作祟而有點醉，所以等個幾分鐘讓腦袋清醒且讓車庫的空氣流通似乎是個好主意。然而，如果我對自己夠誠實的話，我只是在拖延時間。我不想把哈里斯．米勒交給我姊，就像我也不想殺了他一樣。事實上，我根本不想跟佩翠西亞或哈里斯．米勒有任何牽扯——

喔……喔，不。

我一下子站起來，最後一絲煙霧也從頭頂消散。

我把哈里斯．米勒留在車上。

我奔向後座，拉開滑門，看見哈里斯仍在原位時，不確定自己該鬆口氣還是該感到害怕。

「哈里斯？」我推著他的腳。「哈里斯，你沒事吧？」

我爬過查克的汽座，在他旁邊跪下，拍打他的側臉。見毫無動靜，我更使勁地打。他的臉頰有點熱，但話說回來我也是。我很確定我的心臟大約在三十秒前停止跳動。我叫他的名字，不確定萬一他真的回應我該怎麼辦。我不曉得哪個更糟：跟一個被我綁票、死去的連環強姦犯困在車子後座，還是跟一個被我綁票、清醒且非常生氣的連環強姦犯困在車子後座。

我用兩根手指按壓他的頸子，感覺到……什麼也沒感覺到。這表示我要嘛做錯了，或是——

喔、不，喔、不，喔、不……

我把一隻耳朵貼上他的胸口。沒有動靜。我手伸到前座拿包包，瘋狂翻找，拿出粉餅盒，打開鏡子，湊到哈里斯的鼻子底下。鏡面沒有起霧，我跌坐在地。

哈里斯．米勒絕對出事了。

「喔，靠。」我突然間清醒過來，思緒隨之變得敏銳。「喬治雅會怎麼做？喬治雅會怎麼做？」喬治雅會把我抓起來，或對我開槍。這就是喬治雅會做的事。我發出歇斯底里的大笑。驚嚇，我受到驚嚇，這是唯一的解釋。「這只是一場意外。過失殺人的罪行比較輕。沒什麼大不了的，對吧？」我胡言亂語，呼吸越來越急促。「只是等他們發現我對你下藥，開車把你載回我家，然後把你留在車庫裡沒熄火的車內，看起來就不像過失了。」或是等他們發現他老婆留在我包包裡的紙條。

「不、不、不、不！你不能死！」我用我最威嚴的媽咪語氣對他了無生氣的屍體大喊。因為我這一天不可能還能更糟吧。我擠進孩子們的汽座之間，狼狽地靠在哈里斯的身上。極度抗拒的我，一手捏住他的鼻子，另一手壓低他的下巴。他癱軟的嘴巴微微張開，聞起來像有酒味的大蒜橄欖和起司沾醬。我忍住想吐的衝動，閉上眼睛，把嘴貼在哈里斯快速冷卻的嘴唇上，匆匆朝他嘴裡呼出三口氣。但沒有用。這裡空間不夠。我找不到正確的角度，所有的空氣都從旁邊溢出去。我像在和一個死人親熱，而不是在幫他做復甦術，感覺就跟我和史蒂芬離婚前最後幾次滾床單時沒什麼不同。顯然那時候的我也無法挽救任何事。

我爬下車，抓起他閃亮的皮鞋，腳跟踩穩，然後用力一拉。他的身體沉重如鉛，那套昂貴西裝貼在車子地板的短地毯上拖行時，發出靜電火花。

「來吧，哈里斯，你這變態王八蛋！」我利用我的體重，使勁拉了三次才拉動他。他的屁股剛好懸在腳踏板上方，我再次使勁拉，用盡全身的力量。他的屁股往前滑，上半身緊跟在後，倒下時，頭骨撞上車子的一側，發出巨響。我揪著臉，看他最後重重摔在水泥地上。

我放開哈里斯的腳，他的皮鞋撞到地面發出巨響。我在他旁邊跪下，咒罵一聲，準備把嘴湊到他的嘴上。突然間，我聽見身後傳來——

「喔，靠！抱歉，多諾文女士，我不知道你在家。我只是過來拿我的……」

聽見維若妮卡的驚呼聲，我立刻抬起頭。

我孩子的褓姆站在廚房門口，手裡拿著一個紙箱。我用手臂猛地擦過嘴唇，笨手笨腳地站起來，她貼著假睫毛的雙眼落在哈里斯身上。「維若妮卡？你在這裡做什麼？」

「你又在這裡做什麼？」她問，瞇起眼偷看了我背後的死人一眼。

「你先說。」我雙手扠腰，盡可能站得高高的，擋住哈里斯。

「為什麼？」

「因為這是我家。」算是吧。事實上，這是史蒂芬的家，因為他幫我繳這間房子的房貸，讓他成了我的房東。但以目前的節骨眼，這根本不重要。「你怎麼進來的？」

「從前門進來的，用我的鑰匙。你說你要出門，所以我過來拿我的東西。」維若妮卡把紙箱舉到腰間，短上衣從肚子那邊掀起，她繞過我往後看。「那是誰？」

「誰？」

她抬起下巴，對哈里斯的腳點了點。

「喔，他？」我歪過一邊擋住她的去路，撓撓脖子，汗水讓我的皮膚發癢。「他只是……我剛剛在酒吧認識的……人。」

她歪過身子，往我的後方查看。接著走近一步，嚇得張大了嘴。她的聲音突然高了八度，破音說：「他死了嗎？」

「沒有！」我緊張的笑容牽動臉部肌肉做出奇怪的表情，我用手捧住兩頰，感覺一陣燥熱。

「別扯了。你為什麼會這麼想？」

「因為他看起來已經死了！」

我冒險低頭看了哈里斯一眼。他的嘴唇發紫，皮膚成了詭異的灰藍色。喔，天啊。

她從我身邊走開，退向牆壁。「你知道嗎？這不重要，我這就離開。」她按下車庫門的開關。馬達啟動，在我們頭上嗡嗡作響，但車庫門毫無反應。

「等等！我可以解釋。」

「沒什麼好解釋的。」她堅持道，這次更用力拍打開關，目光來回看著我和車庫門。「我什麼也沒看見，我什麼都不知道，我也不在乎這個死人。」她在馬達的嗡嗡聲中說道。

「拜託。」我說。她用拇指按壓開關，看到車庫門動也不動，忿忿地咒罵一聲。「維若妮卡。」我放低音量，努力讓語氣保持鎮定。「我知道情況看起來很可怕，但你誤會了。這個男人不是好人。他做了一些非常糟的事情。」

「我猜他不是唯一的一個。」維若妮卡往廚房的方向退，一邊喃喃自語。這時，馬達停了下來，她瘋狂環顧四周，大概在找武器。「你知道嗎？你和你丈夫，你們兩個都瘋了。」

「是前夫！」我厲聲說。「前任的丈夫！」

「好啦！你的前夫，隨便。你們都是瘋子！」她把紙箱當成某種盾牌舉在我們之間。一根很眼熟的不鏽鋼把手從要開不開的紙箱口突出來。

「嘿！」我指向我最愛的平底不沾鍋。「那是我的！你拿那個要幹嘛？」我伸向把手，但維若妮卡搶先抓住，讓紙箱掉落在地。她蹲低，把平底鍋當成棍棒一樣拿著。

「員工撫卹金。」她說著，擺出「敢靠近我試試看」的姿態。

「你覺得因為我前夫把你開除，所以有權得到這個鍋具？」她朝我揮了一下，我連忙往後跳，差點跌在哈里斯身上。

「你前夫沒有開除我！是我辭職的！」

「辭職？」我把手伸向後方的工作檯，手指掠過桌面尋找螺絲起子或鐵鎚、任何可以保護我免受我最愛平底鍋攻擊的東西。我抓住一把粉紅色的小園藝鏟，舉在我面前，沿著車庫的牆壁橫著走，盡量遠離她。「我以為你喜歡我的孩子！」

「我非常喜歡你的孩子！」

「如果你非常喜歡我的孩子，那你幹嘛辭職？」

「因為我去你前夫家拿支票的時候，他跟我說除非我跟他上床，否則他不會繼續付錢給我！」

我的手瞬間癱軟。園藝鏟掉在地上，發出空洞的撞擊聲。

我笑了出來，起初很小聲，後來透過我繃得難受的喉嚨放聲大笑，只為了避免自己哭出來。「喔……喔，真是典型的史蒂芬。」我跌坐在通往廚房的木階梯上。「你知道嗎？拿走那該死的鍋子吧。」她承受得夠多了。這是我起碼能做的。我把臉埋進雙手，伏特加的味道和哈里斯・米勒在我嘴裡的氣味令我作嘔。「你說得對，我們兩個都是瘋子。」我喃喃自語，落下一滴眼淚。

維若妮卡斜眼看我，隔著一段安全距離蹲下，小心翼翼把掉到外面的東西放回紙箱，彷彿害怕自己做出任何突如其來的動作。她緩緩起身，紙箱擱在腋下。我不在乎裡頭有多少東西是我的。這重要嗎？反正我最終會失去一切。

「還以為我有能力做這件事，真是太蠢了。」我說話時，她躡手躡腳走到車庫門前。她用一隻手往上打開幾英寸，另一手仍抱著紙箱。

好極了。車庫門壞了。又一件史蒂芬懂得修理、而我不懂的東西。如今我得付錢請人來修理它。

我搖搖頭，腦海中為門廊那疊帳單再加上一筆。「要不是史蒂芬堅持要當個混帳，我根本不會考慮這麼做。」我對自己說。「我絕對不會去那間酒吧，把這個變態帶回家。但你能怪我嗎？跟我有同樣遭遇的人都會為了五萬塊考慮這麼做。」

維若妮卡的手停下來。門開到一半，與她的膝蓋同高。「你說什麼？」

我發出哀傷又絕望的笑聲。她早就覺得我瘋了。我家車庫的地板上有個死人，如今我又在自言自語。「我說你說得沒錯。我的前夫是個王八蛋。我很抱歉他這樣對你。」

門落下闔起，鏗鏘聲在車庫的四面八方迴盪。我抬起頭，料想她已經離開，但維若妮卡仍站在那裡，紙箱抱在胸前。

「多糟？」她好奇看著哈里斯的屍體，用下巴朝他點了點，後腦勺的馬尾上下晃動著。「你說他做了一些很糟的事。有多糟？」

「非常糟。」

「值五萬塊那麼糟？」

我緩緩站起來，維若妮卡拿著平底鍋的手抓得更緊了。我走過車庫來到休旅車內，從座位底下撈出哈里斯的手機。我把手機對準她的方向，滑開他的相簿，伸長手讓她看清楚。

「這是什麼？」她放下紙箱，抓著平底鍋，拿走我手中的手機。我把一切告訴她……告訴她我和經紀人的會面，以及佩翠西亞無意間聽見的對話。我告訴她佩翠西亞留給我的紙條，以及我在酒吧目擊的事情。她滑動一張張照片，表情同時因為恐懼和厭惡而扭曲。

「發生這一切從來不是我的本意。」我解釋。「我之所以跟蹤他是因為我很好奇他老婆為什麼想要他死。我告訴她她找錯人了，但後來我看見他在那個女人的杯子裡下藥，等我再回過神──」

「他就被你殺死了。」

我露出苦相。「不是蓄意的。」

她把哈里斯的手機還給我。「你打算怎麼辦？」

「我要把他交給我姊，可是……」我低頭看向哈里斯。他仍有呼吸的時候，在我知道他死掉之前，我本來已經決定把他交給喬治雅。「如果我向警方解釋這是一場意外，情況也不會太糟，對吧？又不是說我殺了他，過失殺人的罪行輕得多。」

「我不知道耶，芬莉。」維若妮卡放下平底鍋。「培樂多那件事過後，這看起來挺糟的。」她說得對。特瑞莎對我提出的指控是有案底的。我從沒想過要傷害她──只是想破壞她的車──但對警方而言，這可能會看起來像我故意用我的車毒殺哈里斯。尤其是我還跟蹤他、下藥迷昏他、最後帶他回家。

我抽抽鼻子，想到自己即將要做的事，不禁顫抖地吐了口氣。「迪莉亞和查克在喬治雅家。

如果我向警方自首被捕了，你願意幫她照顧孩子嗎？」

維若妮卡點點頭，豐厚的嘴角微微下垂。

「我想我應該告訴佩翠西亞他已經……」我們一起看向哈里斯面如死灰的臉。如果我對警方坦白一切，佩翠西亞會因為共謀而受到牽連。她會和我一起在監獄服刑。事先給她警告是我最起碼能做的。我顫抖著雙手，拿出我的手機撥下佩翠西亞的號碼。

「完成了嗎？」她用一種我總算明白的絕望語氣問道。哈里斯是個可怕的男人。我不怪她希望他死。

「是，但我想這之間有誤會。我不是——」

「你處理掉他的屍體了嗎？」

「沒有，這就是我打來的原因。我不能——」

「你一定要處理掉。」她堅持說道。

「我準備向警方自首。」

「你不能這麼做！」

「你不明白。這不應該——」

「你有孩子，對吧？」

我一下子忘了呼吸。她的語氣變得冷酷。維若妮卡看見我的臉垮下來，擔憂得眉頭緊皺。她湊近聆聽。「你為什麼這麼問？」

「你帶去潘娜拉麵包坊的是媽媽包，裡面有嬰兒濕紙巾。我看見了。如果你愛你的孩子，你就得處理掉我丈夫的屍體。」

「否則會怎麼樣？」我和維若妮卡望著彼此。

「否則警察是你最不需要擔心的事。」這番話震驚了我。「我丈夫牽扯到一些非常危險的人物。要是他們發現我們幹了什麼好事，他們不會放過我們。他們會把我們找出來，然後把我們殺了。即使我們在監獄裡也不打緊。這座城市到處都有他們的耳目。他們在高層有朋友。你和你的孩子永遠不會安全。他們不能知道，沒人可以知道，你明白嗎？」

「什麼樣的人物？」我問。

「相信我，你不要知道比較安全。」我確實相信她。聽到她顫抖的聲音，我相信她對這些人的恐懼程度不亞於她的丈夫。或許更高。「今晚就把哈里斯處理掉。我不在乎扔去什麼地方，只要確保沒人能找到他。這是我們倆能安全的唯一辦法。完成前別打給我。」

她掛斷電話。

我放下手機，全身麻木。

「你覺得她是認真的嗎？……說會有人追殺你？」維若妮卡睜大雙眼問道。

「我不知道。」我輕聲細語地說。但要是牽扯到我的孩子，或我的性命，我不想冒任何風險。

我們沉默了很長一段時間。

「假設你沒被抓的話，她還是會付你錢，對吧？」

「我想是吧。」

維若妮卡在車庫裡來回踱步，在交叉的手臂上敲打手指，陷入沉思。「而你很懂這類的事情吧？我是說，你專門寫這類的書，對吧？」

「對，可是——」

「所以你確實知道怎麼棄屍。」維若妮卡停止踱步。見我不回答，她揚起一邊的細眉。我知道如何處理掉一具虛構的屍體，但在我家車庫地板上的那具屍體非常、非常真實。

「我想是吧。」

她緊繃的雙肩放鬆下來，彷彿毅然決然做了某個決定。「這樣的話，五十五十。」她在胸前交叉雙臂，我驚訝得張大嘴巴。「我幫你棄屍，我們平分所有的錢。五十五十。」

現在是怎麼回事？我兩個孩子的褓姆認真要幫我逃脫謀殺罪嫌嗎？我實在無法接受。

她不耐煩地翻了個白眼，接著說：「好吧，我不會拿超過四十趴。但我要拿回我的工作，加上任何其他轉介的四十趴。」

「轉介？」我氣急敗壞地說。「你說轉介是什麼意思？」

「我們可沒有一整晚的時間。」見我不回答，她雙手扠腰，手指敲打腰間。「我們到底要不要一起幹這回事？」

一起。

這不對，我們這樣不對。但「一起」聽起來比獨自動手好得太多。

她伸出手。我與她握手時，手在發抖。她的手也是。維若妮卡彎下腰，把我的平底鍋放回她的紙箱。她拿出一瓶波本威士忌，轉開瓶蓋，喝了一口，烈得整張臉皺在一起，接著把酒瓶遞給我。

「那是我的，你知道吧。」我說著，從她手中搶過酒瓶，兩人一起靠著車門滑坐下來。

「只有六十趴是你的。」她說。

我喝了一口，目光銳利地看她一眼。

「看樣子我應該直接搬進來跟你住。」她說。我一下子嗆到，酒噴到我的衣服上。「別擔心，我會去睡比較小的房間。」

我又喝了一大口，酒精沿著喉嚨一路往下燃燒。等我張開眼睛，哈里斯・米勒仍在那裡，百分之百死了。維若妮卡也仍坐在我身旁的地面上，隔壁是一箱偷來的家用品。而根據我的估算，現在只有百分之六十是屬於我的。我也相當確定，如果我們找不到方法解決這件事，接下來百分之四十的日子將在牢裡度過。

10

在小說中，浴簾總是最後的破案關鍵。一個能幹的警察會翻遍犯罪現場，尋找證據，隨即發現浴簾明顯消失了。因為人人都會使用浴簾，大家需要浴簾。要是你被捲入一場凶殺案的調查，家裡又沒有浴簾的話，你乾脆直接報警，俯首認罪算了。

這也是為什麼我用了最高級的絲綢桌布包裹哈里斯．米勒屍體的原因。這些桌布是八年前我和史蒂芬結婚時，佛羅倫斯姨媽送給我的禮物，我一次都沒用過。加上六個月前，我為了付車貸，在分類廣告網站上賣掉了餐廳裡的所有傢俱。所以就算某個能幹的警察真的來搜查我的房子，我確定他也不會注意到桌布不見了。

我和維若妮卡在哈里斯腳邊的車庫地板上攤開那張深紅色桌布。接著，維若妮卡抓住他的雙手，我抓住他的腳踝。我們協力把他抬離地面幾英寸，甩到桌布中間。

我放下他的雙腳，重新調整桌布好把他蓋住，有點像在一張玻璃紙上做一份三明治。然後，我和維若妮卡用盡吃奶的力量，發出低沉的咕噥聲，把哈里斯．米勒捲成一個巨大的屍體捲餅。

「他的腳跑出來了。」我們把他捲起來後，我喘著氣說。

「總比他的頭跑出來好吧。」維若妮卡的馬尾散落幾束頭髮，胸口冒著汗。她幾乎小我十歲，身材遠遠好得多。我彎腰時，全身肌肉都在尖叫。

「你為什麼要這麼做？」我氣喘吁吁地問。她還年輕，單身，聰明。一旦完成學業，她有大好人生在未來等著她。

「我需要錢。」

「要錢做什麼？」

「繳學貸。」

我雙手扠腰，目瞪口呆看著她，胸口仍劇烈地上下起伏。「讓我搞清楚，你幫我棄屍是為了付學費？」

「你顯然太老，忘記念大學有多貴了。」她挖苦地說。

「我沒那麼老。我只是……從來不必擔心這種事。」

「是啊，這個嘛，我到了五十歲利息都還繳不完。」

「前提是我們沒被抓。」我們一起盯著地板上那條凌亂的捲餅。

我們不可能把他攤開——第一次把他捲起來就已經夠難了——但他的腳懸在外面實在太重了。我在史蒂芬的舊工作檯上翻找，最後在一桶生鏽的鐵釘裡找到一條彈力繩。一端的鉤子不見了，這可能是他當初離開時沒有帶走的唯一理由。我把彈力繩綁在哈里斯的腳踝上，打了一個結，剩下的一個鉤子在末端搖晃著。

「我得去我姊家接小孩。」我邊說，邊害怕地查看手機上的時間。

維若妮卡示意哈里斯。「我們該拿他怎麼辦？」

我不能把他放回車內跟孩子們在一起。但我也不能讓他躺在車庫中央，孩子回家時可能會看見他。

「我們把他放到你的車上。」

「我的車？」維若妮卡突然睜大雙眼，嚇得馬尾都搖晃起來。「為什麼是我的車？」

「因為你有一輛卡車。大家都知道屍體就該放進卡車。別用那種眼神看我。不然你要我怎麼辦？把他綁在迪莉亞的汽座上嗎？他的鞋子跑出來了！」

維若妮卡喃喃咒罵了一連串西班牙語，從口袋拿出鑰匙。我們從側門溜出去。我趁維若妮卡悄悄走到街上、把她的本田卡車退到車庫前時，在杜鵑花叢靜待，觀察是否有鄰居出現在家中窗前。我們關掉門廊和車庫裡的燈，就著車道邊微弱的路燈，一起使勁打開壞掉的車庫門，試圖把哈里斯・米勒扛進她的卡車。

「我覺得他好像越來越重了。」維若妮卡在我們氣喘吁吁試了第三次後說。我的雙手因為出力而變得紅腫。我綁的包包頭變得凌亂，髮絲因為濕黏的汗水貼在我的側臉上。「你怎麼自己一個人把他弄進車裡的？」她問。

「我暗示會跟他上床把他誘拐進來的。」我上氣不接下氣地說。維若妮卡挑起眉毛，一臉不買帳。穿著瑜伽褲的菜鳥殺手顯然不是我最吸引人的模樣。我翻個白眼，喘口氣說：「他被下藥了，可以嗎？」

維若妮卡嗤鼻一笑。

不過她說得對。這件事肯定有更簡單的做法。

「拿迪莉亞的滑板。」我說。我指向靠在盡頭牆邊的粉紅色塑膠滑板，儘管這極有可能是醉話。

維若妮卡把滑板推到哈里斯旁邊。「這是從你某本書裡得到的主意嗎？」

「不算是。」我滿肯定這是從科學小子西德這部卡通其中一集來的。到了這個節骨眼，只要能奏效，我什麼都不管了。

我們一起數到三，把哈里斯扛到滑板上，推向維若妮卡敞開的後車廂，利用保險桿取得槓桿作用，然後以哈里斯的頭作為平衡力，伴隨各種咒罵和抱怨，才好不容易把他慢慢塞進後車廂。完成後，我靠在車身上，汗流浹背，有一種神奇的成就感。

維若妮卡抓起工作檯上的粉紅色小鏟子，扔到他身上。

「你拿那個幹什麼？」我問，看著她把後車廂用力關上。

「不然我們要拿什麼東西埋他？」她聳聳肩，坐進車裡。

11

聽我們的父母說，在我出生那天，喬治雅問的第一個問題是：「我們什麼時候可以送她回去？」喬治雅從未說過想要一個妹妹。她為自己平反的說法是，她當時只有四歲。但直到喬治雅離家去讀警校那天以前，這一直是定義我們之間關係的決定性問題。小時候，我一直是那個壞人——那個家中只要出差錯，喬治雅隨時可以指責的對象。但喬治雅變成警察後，她彷彿突然沒事可以指責我了。壞人在別的地方，相較之下，我猜我沒那麼壞。

只不過當我站在我姊公寓門口的時候，我並沒有這種感覺。我渾身聞起來充滿酒味、汗味和哈里斯．米勒的口水味，我也清楚知道他的身體正在維若妮卡的後車廂裡慢慢腐爛。希望喬治雅看見我時，會高興得沒注意到其他不對勁的地方。

她前來應門時，查克整個人趴在她的肩上。她把我沉沉睡去的孩子抱在懷裡，在我傾身準備從她手裡接過他時愣了一下，接著皺皺鼻子。「我以為你說你在工作。」

該死的警察直覺。喬治雅的鼻子根本是酒測機。「我是在工作。」

我伸手要抱走查克，但她抱著他站在我摟不到的距離。「那你身上為什麼都是酒味？」

因為酒精可能是現在唯一能讓我保持理智的東西了。「創作者瓶頸。我需要酒精讓大腦放鬆一下。」

「你這樣能開車嗎？」

「我沒開車。」我伸出大拇指，朝我身後的共犯比了比。

喬治雅踮起腳尖，看向陽台。陽台下方的維若妮卡正忙著固定孩子們的汽座，屁股從後座探了出來。「你不是說史蒂芬把她開除了嗎？」

「他是。」我抓了抓仍然大汗淋漓的脖子，發現自己很難直視她的眼睛。「她來家裡拿她的東西，結果我們後來……」毀了我的桌布，平分我所剩無幾的資產，然後把一個死人塞進她的後車廂。「……一起想出解決辦法。」

維若妮卡彷彿受到召喚，從我身後出現。「我準備搬進去照顧孩子換取食宿。」她說著，伸手抱走查克。

還有我百分之四十的靈魂。

喬治雅把查克放進維若妮卡的懷中、讓她帶他上車後，整個人癱軟下來，彷彿卸下一記重擔。喬治雅揉揉肩膀，轉向身後的沙發。迪莉亞蜷在一張毯子底下，皺著眉頭熟睡著，細軟的金髮頂著一個膠帶做成的銀色皇冠。電視小聲在播放著，白光在迪莉亞柔軟的臉頰上閃爍。

我很慶幸她仍熟睡，沒有聽見主播播報幾英里外那三起凶殺案的殘忍細節。我抬頭看了頭條一眼：涉嫌與黑手黨有關的男子已被撤銷所有指控無罪釋放。

我示意電視機。「抱歉害你今晚錯過與緝毒組一起出任務的機會。」

喬治雅看著兩名男子走下法院的階梯，消失在螢幕上的一輛黑色豪華轎車裡，疲倦地嘆了口氣。「還有很多機會碰到這樣的晚上。」她說著，搖搖頭。「這些傢伙總是有辦法脫罪。俄羅斯黑手黨就算殺掉半個城市的人，還是找得到人收買。只要有吉洛夫保他出來，那個混蛋就永遠不會在監獄裡待超過一天。」

我已經好幾個星期沒看新聞了，所以不知道喬治雅在說什麼，但我感同身受地點點頭，把媽媽包拽到一邊的肩膀上，再把迪莉亞抱到另一邊。

「謝謝你幫我照顧他們。」我低聲說著，走到門邊，一路感覺到喬治雅凝重的目光。今天的事、體內的腎上腺素和宿醉感開始一併湧上，拖著我的腳步。

「芬莉。」她喊我名字的語氣宛如一道寧靜的命令。我緩緩轉身，唯恐哪裡露了餡。「我最近很擔心你。」喬治雅說。她把迪莉亞的軟帽遞給我，抓抓胸口，表情尷尬，彷彿內心有事讓她不舒服。她盯著腳邊的媽媽包，目光游移各處就是不看我，接著說：「我很慶幸你不是一個人。」

我喉嚨哽咽，連忙嚥下那股難受的感覺，突然不確定哪個更糟：是對自己的姊姊隱瞞秘密，還是在維若妮卡的車裡藏屍。喬治雅在這裡總是一個人。儘管她堅持這正是她想要的生活，但有時遇到像這種時候，我納悶她是否真的有辦法承受。

我把迪莉亞的軟帽折好放進口袋，把她的小身體抱得更緊些。她頭髮的膠帶黏在我的下巴上。有一瞬間，我考慮向喬治雅把一切全盤托出。關於潘娜拉麵包坊發生的事，以及在我車上和家裡車庫發生的事。

喬治雅伸手拿起茶几上的電視遙控器。

「喬治雅……？」我把迪莉亞緊緊抱在胸前，聲音微弱地開口說。喬治雅抬頭看我時，我實在很難與她四目相對。我的眼神飄到她後方的電視螢幕上，滿腦子想的都是佩翠西亞的警告，那些在高層有朋友的危險人物。萬一有人得知我幹的好事，孩子們永遠不會安全。如果喬治雅和她的警察朋友無法把危險人物趕出街頭，或許佩翠西亞確實有害怕的理由。或許維若妮卡是對的，我除了保持緘默、視情況而定外，別無選擇。

「謝謝。」我喃喃地說。

我轉身走向大門，感覺到背部有警察的那種熾熱目光一路跟著我來到維若妮卡的車邊。

「現在要去哪裡？」我關上車門時，維若妮卡問道。她對後照鏡中迪莉亞的膠帶做了個鬼臉。孩子們在後座睡得死沉，動也不動，就像我們把哈里斯．米勒和那把粉紅小鏟子關進後車廂時一樣。

「我不知道。」我沒時間思考我們該如何處置屍體。或許是因為有部分的我認為我們不可能順利走到這一步。我咬著大拇指的指甲，拚命思索我每一次血淋淋的棄屍研究。如果把他扔進河裡，以我的運氣，他肯定會被沖上岸。火葬會引來太多關注；我現在最不需要的就是除了被指控謀殺外，又牽扯到縱火調查。「我想我們應該找個地方把他埋了。」

「有想法嗎？」她緩緩駛出我姊的公寓大樓，小心翼翼打了方向燈，開上馬路。

我忍不住笑出聲。一部分的我希望有史蒂芬在。我從來不善於隱瞞。我永遠無法像他那樣保守秘密。負責藏聖誕禮物不讓孩子發現的人向來是他，負責在後院藏復活節彩蛋的人也是他。事後看來，最難發現的都是那些最明顯的位置，要嘛隨意覆蓋在樹葉底下，要嘛就放在孩子們一眼就能看見的戶外坐墊下。他也是用同樣的方法把他和特瑞莎的婚外情隱瞞了好幾個月。他從未帶她參加奢侈的旅行，或把錢存進陌生的銀行帳戶。他利用午休時間在她位於同一條街上的家中書房與我們的房仲亂搞，用他自己的古龍水掩飾她的香水味。他負責處理所有家庭開支，所以我不曾見過那些開銷，把線索串連起來。史蒂芬把秘密守得很緊，就像他現在與布里姬玩玩的這段情一樣，把他不檢點的行為藏在大家懶得去的無聊地方……

「喔。」我突然屏住呼吸，腦中萌生一個想法。我感覺到維若妮卡的目光飛快朝我看過來。

「去史蒂芬家。」我說。

「我們為什麼要去史蒂芬的家？」

「因為我們需要鏟子。」一把真正的大鏟子。要說有誰可以隱瞞像哈里斯・米勒這樣的大秘密，那肯定是我的前夫。

12

等我們從特瑞莎的工具棚裡偷走鏟子，開著漫漫長路來到史蒂芬的草皮農場時，時間已過午夜。農場那沒有標示的漆黑後門看起來不如白天吸引人。維若妮卡關上車頭燈。我們坐在車內，聽著孩子們在後座的輕柔呼吸聲，一邊等待眼睛適應黑暗。草地被藍色月光籠罩，在我們四周如波浪般起伏著，除了最後面的一塊方形土地外。那裡剛剛翻過土，等著播種。

我和維若妮卡下車，走到田地邊。月光下，一團團翻動過的泥土發出白光。以十月來說，今夜很溫暖，除了我們身後那排高大的雪松傳來的沙沙落葉聲外，現場一片寂靜。方圓幾英里內，不見任何車子或屋前發出的燈光。我可以想像史蒂芬和布里姬下班後來到這裡，在他的皮卡車後面亂搞。在這樣的地方，四周長滿新草，秘密可以隱瞞好多年不被發現。

我把史蒂芬的鏟子插進土裡，發現土質柔軟易掘，不禁鬆了口氣。幸運的是，當初我和維若妮卡隔著幾輛車的距離把車停在他們家的車道外時，史蒂芬和特瑞莎都還沒回家，我才得以沿著透天別墅後方的樹林爬行，進入後院的工具棚翻找。我帶著一把有不鏽鋼鏟頭的大鏟子和一雙園藝手套溜走。

「我們輪流挖。」我對維若妮卡說。「我先，你把風。」幸運的話，史蒂芬會在有人發現哈里斯．米勒失蹤前替這片土地播種。

我低頭凝視鏟子，喉嚨一陣乾。如果這一切發生在小說裡，此刻將是一個轉捩點，沒有回頭路的時刻。如果我們現在掉頭回去喬治雅家，仍有機會主張過失殺人。我可以把那間酒吧發生的事一五一十告訴她。告訴她我把休旅車停在車庫沒有熄火，結果意外殺死了哈里斯・米勒。我可以交上他手機裡的所有證據，做正確的事，即使這表示進監獄並失去我的孩子一段時間。

我回頭看著他們熟睡的那輛車。一旦開挖，就沒有回頭路了。偷鏟子、埋屍體、收取佩翠西亞・米勒承諾的那筆錢——這一切都擺明了是預謀犯罪。一個無法形容的駭人重罪。我把腳懸在鏟子上，不確定自己是否比哈里斯・米勒更像個怪物。

「快啊，芬莉！」維若妮卡尖銳的聲音把我嚇了一跳。我把身體壓在鏟子上，挖出第一勺泥土。她在旁邊踱步，吐出的空氣化作一團團白煙，看起來就像夜空中的幽靈。「我們要挖多深？」她蹦蹦跳跳地問，目光在我和孩子們及身後那條穿過雪松林的鄉間小路之間來回掃視。

我希望有六英尺深——避免農耕機不小心挖到他的屍體，可是我的背已經痛到不行，腰部抽筋，卻連一英尺都還沒挖完。到這個節骨眼，我願意妥協到四英尺。

維若妮卡不耐煩地抓起粉紅色小鏟子，和我一起跳進土裡，鏟起從我鏟子兩側如瀑布般落下的小土堆。

「下次我們要這麼做的時候——」

「不會有下次了。」我上氣不接下氣地說，斜眼瞪著維若妮卡，同時加快速度，急著想快點完工回家。「這只是一場意外，僅此而已。」

「也許這世界值得更多意外。」她壓低聲音說。「如果我像佩翠西亞．米勒一樣那麼有錢，我可能也會雇用你。」

我停下手邊工作，讓鏟子插在土裡。我一直以為維若妮卡是為了錢才心甘情願參與這一切。我從未考慮過這筆錢其實都不值得我們冒這個險。也許她願意跟我一起挖坑有她自己的理由。她用犀利的眼神匆匆看我一眼，然後拿著小鏟子鏟得更快了。我戴著手套的雙手已經變得僵硬，全是汗水，皮膚上佈滿灼熱的新鮮水泡，但我還是埋頭繼續挖。

「你想除掉誰嗎？」我邊挖邊問。

維若妮卡只是聳聳肩。「我只是說說，這世界永遠不缺混蛋。而這座城也永遠不缺錢。我說我們趁市場正熱的時候把它壟斷吧。」

我在坑洞邊鏟了一堆土，深度已經跟我的膝蓋一樣高。「你說得容易。」我喘著大氣說。「你拿的是小鏟子。」

「所以我們需要那個。」她用粉紅小鏟子指向幾個鐘頭前查克一直吵著想爬上去的那輛巨大推土機。

我遞出大鏟子和她交換粉紅小鏟子，但願挖了十五分鐘後，她會對「下次」的可能性有不一樣的想法。又或許因為我很擔心要是再繼續挖下去，我可能對推土機會有不一樣的想法。我查看手機上的時間。已經過了一個鐘頭。照這個速度，天亮都回不了家。

「我們根本不會開那種東西。」我向她理論。

她把鏟子插到土裡，球鞋支撐在鏟子上，咕噥一聲鏟起一勺泥土。「在YouTube沒有學不到的事。」她喘著大氣地說。「我表哥拉蒙都學會了如何用電線發動一輛車。這有多難？」

聽起來應該在這裡挖坑的人是她表哥。「我們的罪行已經夠多了，我不想再多加上一條農業設備的竊盜罪。」

「仔細想想。」她倚在鏟子上，神情嚴肅。「我們用那種東西不消五分鐘就能把洞挖完。我在經濟學的課堂上學過，這是金錢的時間價值。如果我們想成為專家，就得開始表現得像個專家。」

「所以職業殺手用推土機埋屍？」

「我想說的是，我們做事應該要聰明點，不能光靠蠻力。」

「為錢殺人算不上聰明！」

維若妮卡拍拍手，抖掉手套上的土，從及腰的坑洞裡爬出來。她用大鏟子交換我的粉紅色小鏟子，然後拿小鏟子指著我。「等你拿到五萬塊美元時，再來看看你有什麼感覺。」

她打開後車廂。我爬出坑洞外，隔著她的肩膀往前看，對那裹著我家桌布的人形隆起嘆了口氣。

「來吧。」她說著，抓住纏在他腳踝上的彈力繩。「趕緊把這個變態埋了閃人吧。」

我們協力把哈里斯．米勒扛出卡車外，用髖部抵著平衡重量，接著把他扔到地上攤開。維若妮卡把桌布捲成一團，塞回後車廂。我從哈里斯的口袋裡拿走手機、車鑰匙和錢包，交到她伸長的雙手中。

「我們是不是應該燒掉他的指紋，拔掉他的牙齒之類的？」她問。

我狠狠看她一眼，雖然她大概說得沒錯。要是真的有人發現哈里斯．米勒的屍體，即便少了他的錢包和手機，也不難找到他的身分。

我表情難受地把手伸進哈里斯的手臂底下把他扛起。他的雙手已經變冷，十指和脖子稍稍變硬，四肢死沉。「指紋和牙齒是我的最後底線。」我們把他拖到坑洞邊時，我咬牙說。

「我好奇我們這麼做能不能多收錢。」

「我會假裝你沒說過這句話。」我和維若妮卡朝哈里斯．米勒看了最後一眼。

「我們這麼做到底對不對？」我問。

她把手伸進口袋，交出哈里斯的手機給我當作回答。我沒接手，無法想像再次打開那些照片。維若妮卡把手機放回口袋。接下來，我們把哈里斯．米勒滾到剛才挖好的坑洞旁邊，讓他側躺，然後數到三，把他扔了進去。

13

我第一次見到維若妮卡．路易絲是在八個月前，當時我正帶著孩子在銀行排隊。那是個忙碌的星期五下午，有固定工作的人發薪水的日子。雖然多數人很開心有固定薪水可以領，但排在我後面的那個人顯然是例外。他一直自言自語，抱怨現場的噪音。查克最近在長牙，因為我不肯放他下來、讓他在大廳裡奔跑而氣得大哭，乾裂的臉頰扭曲猙獰。他在我懷裡揮動手腳，不肯安靜。我們差點排到隊伍最前方的時候，迪莉亞突然說她要尿尿，而且再也憋不住了。我別無選擇，只能放棄排隊，帶孩子們去洗手間。等我們出來時，隊伍變得狹長、蜿蜒，一路延伸到銀行大廳。

我正準備放棄離開之際，一名出納員從她的壓克力隔板後方向我揮手，讓我走到隊伍前面。我走近櫃檯時，她對剛剛排在我後面的暴躁男子打個手勢，示意他在旁等待。查克停止哭泣，躲在我的脖子底下對維若妮卡害羞一笑。與此同時，暴躁男子開始鬧事，趁維若妮卡從隔板縫隙塞一根紅色棒棒糖給迪莉亞的時候，對她破口大罵。維若妮卡把史蒂芬開給我的支票兌現，銳利的眼神跟隨衝出隊伍去尋找經理的男子看過去。她一張一張數著我的鈔票，然後向迪莉亞和查克揮手告別。我轉身幫迪莉亞打開大廳的門時，看見經理走近維若妮卡的收銀台。窗口對講機傳來他嚴厲的責備聲。我徘徊在門口聆聽，內心充滿愧疚，只見維若妮卡掛起休息中的牌子，收拾好她的東西，從後門離開。

我一手牽著迪莉亞，另一手把查克抱在腰間，繞了大樓一圈，發現維若妮卡穿著高跟鞋跪在地上，在她老闆的輪胎上刺洞。

「你看起來滿喜歡小孩的。」她起身擦掉手上的髒污時我說。「我真的用得上一個褓姆。」我拿出一疊現金，金額幾乎是剛剛兌現支票的一半，部分是出於內疚，部分是出於絕望。維若妮卡挑起眉毛，看看那筆錢，再看看我的孩子，仔細考慮。後來事情就變成現在這樣。

我和維若妮卡癱坐在座位上，緊閉的車庫門在我們面前若隱若現，但我們都已經筋疲力盡，無力打開。維若妮卡的雙手紅腫，僵硬地握著方向盤。我的雙手覆蓋一層污垢，指甲縫塞滿新月狀的黑土。我痛苦地下了維若妮卡的車，步履蹣跚地走到車庫門邊的數位面板前。我使勁張開那鏟子握了太久的右手，按下四位數的密碼，後來才想起門壞了。我把額頭靠在面板上，聽著馬達在文風不動的車庫門另一端發出聲響。

為了讓維若妮卡可以把她的車停在我車子旁邊的空位，我只好手動抬起車庫門，整個背都在哀號，手心的水泡也在尖叫抗議。對街海格蒂太太家的廚房窗戶是暗的，但我沒傻到假設那個老女人沒在偷看。我把車庫門拉過頭頂，雙手不停顫抖。即便如此，我還是忍不住想用一隻手對她比中指，只想瞧瞧她家的窗簾後方會不會有動靜。

海格蒂太太是第一個發現史蒂芬和特瑞莎在搞外遇的人，當時史蒂芬犯了個錯，趁我帶孩子們探望我父母時，把特瑞莎帶回我們家。我一回家，老太太就把我逼到郵箱旁，問我認不認識我丈夫趁我不在家時招待過的那個金髮美女。我知道他們說「不要遷怒於告訴你壞消息的人」，但無論說出這句屁話的人是誰，他家對面肯定沒有住著像海格蒂太太這樣的鄰居。

維若妮卡的本田卡車從我旁邊緩緩駛進車庫時，我的腳踝四周冒著熱呼呼的廢氣。等車子安全進去後，我立刻把門放開。

車庫門的全部重量砰然落下，金屬撞擊在水泥地上的鏗鏘聲震得牆壁嘎嘎作聲。就算海格蒂太太剛才沒有站在廚房裡偷看我們，我敢說她現在一定在看了。

維若妮卡下了車，犀利地看我一眼，迪莉亞和查克則在座位上躁動不安。我們靠在車邊，在一片寂靜中等待孩子兩個孩子重新入睡。他們的呼吸聲變得緩和勻稱後，維若妮卡把迪莉亞抱進懷裡，皺眉看著黏在我女兒臉上亂七八糟的頭髮。我抱起查克，用屁股輕輕把車門推上。

我們把他們放到床上時，他們房間的窗簾邊緣開始透進淡淡的曙光。幸運的話，我和維若妮卡可能有時間在他們起床前洗個熱水澡，喝杯咖啡。我發出哀號，想起昨天我在廚房流理台留下的爛攤子。

我和維若妮卡不發一語，在洗衣機前面脫到只剩內衣褲。我們把衣服、桌布、園藝手套和鞋子丟進去，倒入兩瓶蓋的護色漂白水，最後是一堆洗衣粉。維若妮卡按下洗衣機的開關，然後消失在客房裡。她輕輕鎖上門，把自己關在裡面。

我走進廚房，決定至少在睡覺前把我搞的爛攤子清乾淨。為了不讓海格蒂太太引起不必要的注意，我沒有開燈，而是就著從廚房窗簾透進來的昏暗日光尋找溢出的咖啡。但髒亂不見了，地板和流理台已經擦乾淨，放在水槽裡的髒碗盤也已經沖好放進洗碗機。肯定是昨晚維若妮卡把我的平底鍋放進她的紙箱時順便打掃乾淨了。就在她發現我試圖搶救一具屍體前。

也許維若妮卡說得沒錯。

也許哈里斯．米勒確實是罪有應得。也許明天他老婆會帶著滿滿一袋現金出現，我們也真的可以僥倖逃過殺人罪嫌。但我刮出咖啡壺內部的咖啡渣，扔進水槽底下滿溢的垃圾桶時，內心並不樂觀。我殺了一個人。無論是不是故意的，也已經不再重要。我把他埋了，這讓我感到內疚，儘管我不太確定是為了什麼而內疚。我也不確定要是我拿了米勒太太的錢，事情會變得如何。

廚房傳來餐具敲打麥片碗的聲音，把我從睡夢中驚醒。電視播放的卡通噪音幾乎足以淹沒樓下吸塵器的低沉嗡嗡聲。耀眼的陽光從臥房的窗簾照射進來。我查看手機上的時間，把臉埋進枕頭。枕頭潮濕又冰冷，被我洗了一個長長的熱水澡後仍然未乾的頭髮給浸濕，那不過是四小時前的事情。

我的肌肉依舊僵硬，不願起床。我穿上一條運動褲，把亂髮盤成一個髻，拖著腳步下樓去廚房。洗碗機靜靜地在背景處運作著。前廊那疊帳單已經拿進屋內，分類成一小疊一小疊，整齊放在空蕩餐廳的折疊桌上。

迪莉亞在椅子上抬頭看我，湯匙擺在麥片碗上。她咀嚼時，一滴牛奶沿著她的下巴滑落。我回望著她，不太確定這個盯著我看的女孩是我的女兒。她的頭髮剪得貼近頭皮，黏黏的接著劑已經清乾淨。她用剪刀劃到自己的小傷口在用髮膠打理過的刺蝟頭之間幾乎快看不見。一副反光的飛行員墨鏡架在她的鼻子上，讓她剛洗過的臉看起來好小。她穿著一條刻意弄破的牛仔褲，再把一件有裂縫的粉紅色T恤疊穿在灰色長袖上，最後灑了漂白劑來完成整套服裝。

我挑起眉毛。她挖了一匙麥片粥塞進嘴裡，也跟著挑起眉毛。她的小手戴著一雙條紋無指手套，我上週買的時候肯定還有手指，昨天也肯定還沒那麼時髦。

迪莉亞吃著吃著，維若妮卡的墨鏡從她的鼻梁滑落。「這是一種態度。」她說著，漫不經心地聳了聳肩，彷彿回答了我臉上的問題。「維若妮卡阿姨說的。」

我閉緊嘴巴，阻止自己滔滔不絕開口反駁。

吸塵器停了下來。維若妮卡穿著我的睡衣和瑜伽褲走進廚房。我不願意去想她的這些衣服底下穿著什麼——或沒穿什麼——我非常希望我必須與她共享的那百分之六十的私人物品之中，不包括我的內衣褲在內。她把我的手機放到流理台上，隨意綁成馬尾的長髮在搖晃著。她的雙手很乾淨，指甲經過搓洗、修剪，塗上一層新的粉紅色指甲油，與迪莉亞手套裡透出的指甲油是同一種顏色。

「維若妮卡阿姨是吧？」

維若妮卡咧嘴一笑。「如果特瑞莎可以有個愛咪阿姨，那你也可以有個維若妮卡阿姨。」

查克坐在兒童餐椅上哈哈大笑，他的頭髮用髮膠打理成同樣的刺蝟頭，長得足以互相捲在一起。到處不見我的雞肉剪，但也沒有人流血或發脾氣。我累得不想爭辯，睡眼惺忪地走到桌前。

「去換衣服。」她說著，把一杯咖啡放在我面前，粗略打量著我。我喝下一大口咖啡。「還有，把頭髮稍微弄一弄。你一小時後要去潘娜拉麵包坊跟米勒太太見面，盡量看起來像樣點。」

我嗆了一下，把咖啡噴到衣服上。「你做了什麼？」我衝去拿手機，咖啡從杯子兩側濺出來。我滑著手機，看到維若妮卡傳給米勒太太那兩個字的訊息時，臉瞬間沉下來，失去感覺。

完成。

米勒太太幾乎立刻就回覆了。潘娜拉麵包坊，十一點。

「老天啊，維若妮卡。」我低聲說，但願孩子們不會注意到。我偷瞄一眼，發現他們正全神貫注看著維若妮卡在隔壁房間電視上播放的卡通片。「我才不要跟她見面！」

她把雙手放在我面前的桌上。「你要跟她見面，不然我們要怎麼收錢？我手上這些老繭可不能白長。」

我抓住維若妮卡的衣袖，把她拉進餐廳，然後壓低我的音量。「我不要拿那女人的錢。如果我拿了，我們等於犯下雇傭謀殺罪。」

「不然咧？」她低聲回答。「不拿就只是犯下謀殺罪嗎？這兩者之間唯一的差別是五萬塊美金。五、萬、塊。所以我投給拿錢一票。」

「喔，投票是嗎？好，上次我查了一下，我仍佔有大多數的股份，這表示我的票比較重要！」

「仔細想想，芬莉。我們需要那筆錢。」她伸出手指用力往身後一指。折疊桌上堆放了一大疊的帳單，按重要性排序，首先是房貸，然後是車貸，接著是管理費、保險費和電費，最後是一堆我在幾個月前就刷爆的逾期信用卡帳單。「我們都完成任務了，還不如拿點報酬。我們就把哈里斯的錢包和手機給她，然後拿錢走人。就這樣。」

我看著桌上堆積如山的信封。也許維若妮卡說得對。不付帳單不會讓我成為一個更好的人，我做過的事情也不會因此得到赦免。

維若妮卡的肩膀放鬆下來，彷彿察覺到我準備妥協。「我把史蒂芬的鏟子放在休旅車後面，越早處理掉越好。你可以在去見米勒太太的路上放回特瑞莎的工具棚，然後趁回家前把車開去洗車場，用吸塵器把車裡一些有的沒的清掉。我每一集的識骨尋蹤都看過。如果男女主角能用一粒花粉定罪，那麼跟你姊一起工作的那些蠢貨可能會因為哈里斯褲子上的毛髮逮捕你。」她拿出車鑰匙時，我一臉苦相。

「我會去洗車，把鏟子還回去。但我不會跟佩翠西亞見面的。我要怎麼直視她的雙眼？」

維若妮卡從餐桌上抓起一個信封，放在我面前。信封左上角用深紅色墨水印上了正義天秤的圖案——又一封史蒂芬律師寄來的信。「你要嘛直視佩翠西亞的雙眼，收下她的錢，要嘛可以在你前夫的律師帶走你的孩子時，直視他的雙眼。」她把車鑰匙和未拆封的監護權信件放在一起。其中一個明顯比另一個更重要。我拿起車鑰匙，把咖啡一飲而盡，在兩個孩子的頭上親了一下，邁步上樓準備去收取佩翠西亞．米勒的錢。

14

假髮頭巾戴得我癢到不行。我顯然是受到懲罰。老天或因果報應或哈里斯．米勒的鬼魂鐵了心要我受苦。我把一根手指伸進頭巾抓癢，但願我的褐髮沒有鬆脫露餡，一邊隔著墨鏡的深色鏡片搜尋潘娜拉麵包坊人滿為患的用餐區。我的目光落在我和佩翠西亞初次對視時所坐的那兩張座位上。見她沒坐在那裡，我鬆了一口氣。現在我可以老實告訴維若妮卡我來過這裡，但佩翠西亞沒有現身。然後我就可以回家抱著一桶冰淇淋邊吃邊哭。我只想把這個惡夢拋在腦後，假裝從未發生過。先不管哈里斯．米勒多變態，也不管我知道他做了多麼可怕的事，總之我已經殺了他。殺了他，並且把他的屍體埋在我希望沒人能找到的地方。為此領取報酬總覺得是不對的。

我把墨鏡往鼻梁一推，正準備離開之際，眼角捕捉到一絲動靜。米勒太太縮在角落的一個小雅座裡，一手抓著錢包，另一隻手高舉著，彷彿在向我招手。我們的目光一相遇，那隻手便放了下來。我把金髮勾到耳後，快步走向她，她則焦慮地環顧餐廳一圈。

她的臉和我記憶中一樣蒼白，那睜大雙眼的表情也跟當初我發現她盯著我媽媽包裡血淋淋的抹布和膠帶時如出一轍。我坐進雅座時，她的表情在恐懼和著迷之間搖擺不定。

我把包包緊緊夾在腋下。哈里斯的錢包、車鑰匙和手機都在裡面，以防米勒太太堅持要看證據。但事實上，我只是想擺脫這些東西。我只想離開這裡，把五萬美金全花在洗車場的工業吸塵器上——把屬於哈里斯．米勒的每個細胞和組織從我的生活中吸走。

「真的完成了嗎？」她偷偷往隔壁桌瞥了一眼問道。

我點點頭。

佩翠西亞雙手顫抖地拿出包包裡的信封，推過桌面。她的眼底佈滿黑眼圈，彷彿很久沒睡了。我猜她跟我一樣想要快點結束這場災難。儘管如此，我還是猶豫著要不要去拿信封。

「你可以數一下。全都在裡面了。」她堅持說，把信封再往我推近。

「我相信你。」信封很大一疊，厚到幾乎蓋不起來。我拿起桌上的信封，放在大腿上，手伸進包包裡，拿出哈里斯的錢包、鑰匙和手機。佩翠西亞拿起鑰匙圈，顫抖地把一把小鑰匙跟其他鑰匙分開。

「我會等到今晚再去報他失蹤。」她說著，握住那把鑰匙。「這應該可以給你一點時間收尾。」她把剩下的整串鑰匙，及哈里斯的錢包和手機一起沿著桌面往回推。她用力嚥下一口口水，無法直視那些東西，彷彿也想擺脫掉他剩餘的每個部分。

「你要我把這些處理掉？」我問。

「這不就是我付錢給你的原因嗎？」

這女人可真有膽。如果迪莉亞像她這樣說話，我早就因為她的驕縱態度叫她回房間，並沒收她的玩具。佩翠西亞臉一沉，顯然把我的媽媽臉誤認為別的表情……職業殺手的冷酷表情。也許這兩者之間有相似之處。這我就不得而知了。她緊張的微笑讓她的嘴唇發抖，看起來彷彿隨時會哭出來。

我只好保持沉默，把她丈夫的私人物品連同那筆錢放回包包。

「希望你不介意。」她說著，清清喉嚨。「我有個朋友……非常要好的朋友。我們每個星期二和星期六會一起上皮拉提斯。」她畏畏縮縮地承認，彷彿伸展是一種罪。「她……和她的老公有些……問題。我跟她說我認識一個人可以幫忙。」她把一張折起來的紙條推過桌面時，給我一種不祥的既視感。我張大嘴巴，舌頭打結，急著想要把所有反駁的話一次說出口，直到我看見美元符號旁邊的數字。

一共是七萬五千元。

我盯著那個名字——安德烈．博羅夫科夫。地址位於麥克林市某棟高級的公寓大樓。我把紙條折好，推回桌子對面。

「聽著，」我開口說，「你搞錯這一切了。我不……」

我說到一半停下來，佩翠西亞的座位已經空無一人。

我在雅座裡轉身，東張西望尋找她的身影。在垃圾桶邊、在通往洗手間的走廊上、在甜點櫃旁。但她早已離去。我隔著窗戶看見她坐進一輛車。棕色的速霸陸轎車在迎面而來的車輛之間奔馳，如著火般衝出停車場，後窗貼滿保險桿貼紙。

我凝視紙條。上面的名字不知為何相當耳熟。又或許只是因為這一刻，我再次出現那股熟悉的恐懼感，深信光是拿著紙條，我就已經跨越了一條無法挽回的界線。我把紙條塞進包包，跟那筆錢和哈里斯．米勒口袋裡的東西放在一起，煩惱下一步到底該怎麼辦。

15

我離開潘娜拉麵包坊，直接驅車前往貪杯酒吧。酒吧還要一小時才開門，停車場空空蕩蕩，只有幾輛車，要找到哈里斯・米勒的車變得易如反掌。他的高級鑰匙圈醒目地印著賓士的商標，原本有三把鑰匙串在上面：一把極有可能是辦公室鑰匙，另一把八成是他家鑰匙。而本來懸掛在兩把鑰匙之間、被佩翠西亞拿走的小鑰匙——可能是健身房置物櫃的鑰匙，或保險櫃，或放文件的抽屜鑰匙。我不在乎。我只希望它們消失。我最不需要的，就是有某個警探追蹤到我家，然後在屋內找到這些東西。

我的車在停車場僅有的兩輛賓士車之間怠速徘徊。我按下鑰匙圈的按鈕，從後照鏡瞥見車尾燈閃了一下。我把車倒進哈里斯車子旁邊的空位，讓我們的車門並排。接著我用一條查克的圍兜把所有東西擦拭一遍：他的手機、鑰匙、錢包……出於好奇，我翻開錢包，看見塞在裡面的白花花鈔票不禁睜大雙眼。我可以把錢拿走，我心想。讓現場看起來像搶劫。但話說回來，一個普通的街頭混混為什麼會把裝滿信用卡的錢包和一支昂貴的手機留在哈里斯的車內呢？

不行，最好維持原狀。

如果沒有他殺的跡象，也許警方對他失蹤一事不會過於深入調查。也許他們會假設他離開酒吧，拋下他的生活，跟某個剛認識的神秘女子跑到大溪地或米蘭私奔了。

仍頂著假髮頭巾的我，戴上墨鏡，悄悄溜下車。我摸索著哈里斯的車鑰匙，金色假髮的髮絲落下遮住我的臉。他的汽車警報器響了。車尾燈開始閃爍，喇叭聲跟著我的心跳同步鳴叫。我狂按按鈕，直到騷動停止。

在停車場一陣左顧右盼後，我用衣袖打開哈里斯的車門。我把鑰匙圈擦了一遍，把他的東西放到駕駛座上。我從未被逮捕，沒有留過案底，所以我知道光憑指紋是找不到我的。但萬一我成了嫌犯，一個指紋絕對可以把我定罪。

我把他的車子反鎖，坐回休旅車內，準備發動引擎時，心跳仍然劇烈地怦怦作響。

「喔，不。」引擎發出頑固的喀嗟聲，我踩著煞車、再次轉動鑰匙低聲說。「不、不、不、不！」我得打電話請拖吊車來。這表示我的車會留下從這個停車場被拖走的紀錄，從哈里斯·米勒車子旁邊的空位拖走。

絕對不行。

我急忙下車把引擎蓋掀開。我不知道我為什麼要白費工夫。我盯著引擎蓋底下那一堆金屬零件、管子和電線，根本不曉得自己在看什麼。我知道解決尿布疹、膝蓋破皮和外送晚餐的方法。車子維修——或任何維修相關事宜——向來是史蒂芬的領域。

「特瑞莎？」我轉身找尋後方傳來的聲音，背抵著溫熱的休旅車，心跳得好快，快得彷彿要從胸口飛出來。我靠在保險桿上，一手壓著胸口，希望心跳慢下來。是朱利安。

昨晚在這裡見過我的調酒師朱利安。

八成在停車場另一頭就嗅到我罪惡感的法律系學生朱利安。

該死。

「抱歉。」他的視線落在我因為驚慌而漲紅的脖子上。「我不是故意要這樣偷偷靠近你的。一切都還好嗎？」他朝我肩膀後方那敞開的引擎蓋一看，皺起眉頭。

「很好！一切都很好。」我脫口說道。我的腦中千頭萬緒。他有沒有聽見警報器響起？他有沒有看見我留下哈里斯的錢包和手機？「可能只是電池沒電了。你在這裡做什麼？」我為自己問了這個蠢問題感到尷尬。

「我早班。」他在緊身棉質T恤外穿了一件硬挺的工作襯衫。他撥開眼前濕漉漉的捲髮時，身上飄出沐浴乳和洗髮精的味道。他朝引擎一指。「要我幫你看看嗎？」

天啊，好。

喔，不行。

「麻煩了。」我清清喉嚨，大拇指往肩膀後方比劃。「鑰匙在車裡。」

他微笑時，眼角皺起。昨晚我在酒吧裡沒注意到他眼珠的顏色。在大太陽下，他的瞳孔微妙地介於綠色和金色之間，我也確定我很樂意一直盯著那雙眼睛，直到他做出決定。他湊近車內，轉動鑰匙。引擎發出可怕的喀噠聲，我忍不住用手掌壓住雙眼。

「絕對是電池的問題。」朱利安說著，從車門後方走出來。「我的車上有一組充電跨接線。等一下，我把車開過來。」

他跑向一輛有軟式車頂的深紅色吉普車，步伐輕盈自在。他開過停車場，把車停在我的引擎蓋前方，兩輛車的保險桿僅相隔幾英尺的距離。他拿著一組黑色和紅色的充電線出現，打開他車子的引擎蓋，俯在引擎上方連接電線時，我試圖不要一直盯著他的屁股。

困難程度大概就像我試圖不要殺死哈里斯．米勒、拿走他老婆的錢一樣。

「這輛車以前出過毛病嗎？」他問。

「嗯，沒有，一直都好好的。」他把電線另一端接上我的車子電池時，我這樣告訴他。儘管這不完全是事實。這輛車最近幾個禮拜一直出毛病，但我始終對偶爾的怪聲和閃爍的燈光視而不見，但願這些問題會自動消失，就像銀行帳戶裡的錢一樣。我猜情況本來可能更糟。這有可能發生在昨晚，哈里斯昏倒在後座的時候。

「可能是發電機的問題。充電充個幾分鐘，你應該就能上路了，不過你在回家路上應該找個技師檢查一下。」朱利安現在靠得好近。又或者是我靠他好近。近得足以讓我注意到他光滑的皮膚，聞到刮鬍泡的淡淡香氣，以及在那之下的灑脫氣質。「話說回來，你在這裡做什麼？」他挑眉問道。「酒吧還要好一陣子才開門。」

是煙霧的關係，我告訴自己。或是引擎散發的熱氣讓空氣變得稀薄。絕對不是因為他身上的味道，或他低頭時，頭髮蓋住眼睛的模樣，或他的髮絲映著太陽閃閃發亮的關係。

「我……昨晚在停車場掉了東西。」掉了我的理智，或我的判斷力。「不過我找到了。」我說謊道。

「喔。」他帶著受傷的微笑說。「我本來希望你是改變主意了。」

我眨眨眼，甩掉朱利安在我休旅車後座的畫面。這禮拜我的後座已經夠多人了，看看我的下場。我打算在這輛車裡所做的唯一事情就是拿吸塵器打掃一遍，或放火燒了。「下次吧？」

「我很樂意。」氣氛持續沉默，令人尷尬。他低下頭，掩飾一抹羞澀的微笑。我把一束假髮塞到耳後，他查看手錶，接著點了點頭。「去發動看看吧，應該充得夠久了。」

我把手伸進駕駛座的車門，轉動鑰匙。引擎發動起來，我鬆了一口氣，朱利安順勢拆掉電線。他蓋上引擎蓋，雙手拍了拍，指尖染上了油漬和污垢。想起他上班穿的那件潔白襯衫，我連忙從車上抓了一包濕紙巾和一條乾圍兜，確認上面沒有餿掉的奶味或任何血跡或頭髮，然後才遞給他。

「謝謝。」他說著，擦拭他的手指。

「貝克！」朱利安轉向酒吧的方向。一個頂著啤酒肚的禿頭男人打開門，敲了敲手錶。我低下頭，披散的金髮落到臉上，接著走到朱利安背後，讓他的身體擋住我，以免被那男人看見。朱利安與男人點頭示意。

「那是我老闆，我得走了。你確定你不想再留一會兒？」

「不行。」我毫不猶豫地說，示意我後方那嗡嗡作響的引擎。「我得回家了，孩子還在家裡等我。還有……你知道的……房地產的事。」

「了解。」他揚起一邊的嘴角。那是個很棒的笑容——真摯、溫柔，讓我很難對他說謊的那種笑容。

「不過謝謝你偷襲我。」他那兩道映著陽光的眉毛高高挑起，消失在捲髮底下，我則感到臉頰一陣熱。「這……哇，這不是我出口的本意，對不起。今天真的、真的是很詭異的一天。」

「沒關係，我懂你的意思。」他咬住嘴唇，忍著不讓自己笑出來。他把查克的圍兜還給我時，我只想爬進水泥地下。「我的號碼還在嗎？」

我點點頭。

「那希望之後能見到你了，特瑞莎。」他回到他的車上，一路上看著我的眼神完全清純無害，卻仍能把我徹底融化。我坐回車內，用大拇指滑著手機，查看他的號碼是否仍在裡面。他則把吉普車開回停車位上。

他把襯衫掛在肩膀上悠閒走進貪杯酒吧時，我的手徘徊在手機鍵盤上方。如果我傳訊息給他，他就會有我的號碼。我確定這會是個非常、非常糟糕的主意。哈里斯埋在地底，我不久前才因為謀殺他而收了五萬元。我應該離我和哈里斯最後一次見面的地方越遠越好才對。

可是……

有小孩你還是願意跟我出來嗎？我趁自己改變主意前很快輸入文字，按下傳送。顯然，我在這座停車場仍然沒有找到我的判斷力。

我把頭靠在方向盤上，等待他的回覆，時間一分一秒過去，漫長得叫人難受。萬一我會錯意怎麼辦？萬一那只是他的禮貌說詞呢？萬一那條圍兜毀了那一刻呢？

我的手機在大腿上震動。我坐直身子，摀住雙眼，只敢隔著指縫讀他的訊息。

隨時來接我。你知道哪裡能找到我。

我抬頭看向貪杯酒吧的深色窗戶。我幾乎能看見窗戶另一端朱利安那件白襯衫的輪廓，以及他隔著窗戶在揮手的細微動作。我舉起方向盤上的手，好奇他能不能看見我也在朝他揮手，好奇他是否看穿了我——看穿了我的一切——就像昨晚那樣。

16

三十分鐘後，我站在車庫裡，盯著昨天我們把哈里斯．米勒的屍體包裹起來的地方，一陣疲憊感湧上全身。水泥地是濕的，聞起來有淡淡的漂白水味，車庫門開著，交給午後的陽光曬乾。維若妮卡想必是趁我出門時把地板沖洗乾淨了。粉紅小鏟子已經洗好瀝乾，回到工具牆上的原位。哈里斯．米勒的私人物品已經擦拭乾淨，鎖在他停在貪杯酒吧的車內。史蒂芬的鏟子也回到他的工具棚。而我剛剛花了二十塊美金用吸塵器清除了哈里斯．米勒在我車上的所有痕跡。我已經做了我能想得到的一切去掩飾足跡，但怎麼也甩不掉一種漏了什麼事沒做的感覺。

是罪惡感。這種一直把我拉回車庫、糾纏不休的折磨感肯定是罪惡感在作祟。這種感覺大概會跟隨我一輩子。

對街一陣動靜引起我的注意，海格蒂太太家的廚房窗簾似有若無地輕輕拉上。我大步走向車庫門，踮起腳尖用雙手往下拉。車庫門砰一聲關上，把整間車庫震得嘎嘎作響。

真蠢，我真的太蠢了。我頹坐在通往廚房的低矮木階梯上，眼睛慢慢適應黑暗。所有關於昨晚的「假如」在我周遭轟然襲來，就像那該死的車庫門一樣沉重刺耳。

假如我從未打電話聯絡佩翠西亞會怎麼樣？……假如我從未借走特瑞莎的洋裝，前往那家該死的酒吧？……假如我從未把哈里斯塞進我的車內呢？……假如我從未把他載到這裡、載到我該死的家呢？……假如我沒有讓引擎空轉、關上車庫門——

我的背部肌肉突然一塊一塊變得僵直。我抬起頭，注意力從休旅車移到車庫門上。昨晚的細節在腦中依舊模糊，因為酒精和恐慌而朦朧不清，彷彿有人用橡皮擦擦去邊緣，但我記得……我記得我開進車道，記得我按下遮陽板上的遙控器，等待車庫門開啟。休旅車明亮的車燈照亮了工具釘板和那支粉紅色小鏟子，我清楚記得我下了車，擠過工作檯和保險桿之間的狹小空間，瞇眼抵擋強光，一邊走進屋內。當時廚房漆黑無光。除了隔著牆壁傳來的嗡嗡引擎聲，四周一片寂靜。我靠著牆壁滑坐在地，打電話給我姊……那些細節在我的記憶中栩栩如生。

如今是我不記得的事情哽在我的喉頭。

我不記得我走進廚房前，有按下牆上的按鈕。我也不記得車庫門降下地面時傳來的刺耳機械聲……

我沒有關上車庫門。

我有讓休旅車怠速，但我沒有關上車庫門。

我很快起身，打開牆上的電燈開關。天花板正中央的那顆燈泡在水泥地上灑下昏暗的黃光。我站在燈光下，抬頭盯著控制車庫門的馬達。我的目光往上來到垂掛的紅色緊急拉繩，停在讓門升起下降的滑輪上。滑輪上面的輸送帶鬆脫了。這解釋了為什麼當初維若妮卡按下牆上的開關時，馬達有在運轉，車庫門卻紋風不動——因為根本沒有連接在一起。

但這不合理。

我從酒吧回家時，馬達還能運作。當時我按下遮陽板上的遙控器，門自動打開後，我便把車停進車庫。然而，不過二十分鐘後，當我走出門外，哈里斯已經死去，車庫門也已經脫離馬達，緊緊關上——儘管我很確定我沒有關上。

怎麼會這樣？

我抬頭凝視懸掛在頭頂的紅色拉繩。

拉動緊急拉繩是不靠馬達把門放下的唯一辦法——手動開關車庫門的唯一辦法。這表示肯定是有人趁我在屋內的時候拉動繩子把門關上。趁休旅車仍未熄火的時候。這表示……

凶手不是我。

殺死哈里斯．米勒的人不是我。

維若妮卡往後靠，一隻腳撐在車庫的牆上，用餘光看著我，一副我瘋了的樣子。

「你真的認為有人趁你在屋內的時候拉了紅色拉繩，把車庫門關上。」

「對。」

「為什麼？」

可能的解釋只有一個。「肯定還有別人希望哈里斯．米勒死掉。不管是誰，那個人一定是看到我們離開酒吧，於是跟著我回家。等我進屋讓車子怠速，就留了一個殺死他的完美時機。」這是我有可能寫進書裡的罪行。那種沒人會相信的罪行，因為手法太……乾淨俐落。

維若妮卡從我手中拿走佩翠西亞的信封。我一直緊緊握在手中，都忘了信封的存在。「你確定這不是你的罪惡感在辯解？」

「很多事都讓我有罪惡感，維若妮卡，但我沒有關上車庫門。」

她抽出一疊鈔票，拿到自己面前，閉上雙眼用鈔票搧風，然後深吸一口氣。「我們還能留下這筆錢嗎？」

我伸手去拿工作檯上的膠帶，朝她扔過去。

「好啦、好啦。」她說著，用佩翠西亞的信封當作盾牌，免得我決定再拿別樣東西扔過去。「暫且假設你沒有關上車庫門，而是其他人關的。為什麼要拉繩子？為什麼不直接按下牆上的按鈕就跑呢？」

我咬著大拇指指甲，回想昨晚的事件。要讓車庫充滿一氧化碳需要一段時間，這表示凶手肯定趁我一進屋就關上了車庫門。我當時一直坐在廚房的地板上。跟喬治雅講電話時，背就靠在車庫旁邊的牆上。我們講得太久，我完全忘記車子還沒熄火。接著我上樓梳洗更衣。我的臥室就在車庫的正上方。「不。」我搖頭。「他們不可能用牆上的按鈕，甚至是遙控器。馬達太大聲了，肯定會被我聽見。拉繩的人想要保持安靜。」我抬頭看向紅色拉繩。有些地方還是不太對勁。緊急拉繩一點也不安靜。有一年冬天遇到停電的時候我用過一次。當時車庫門卡住了，風雪不斷吹進屋內。我把繩子一拉，車庫門立刻嘩啦嘩啦往下滑，用力撞上水泥地，發出震天巨響，就像幾分鐘前，我為了嚇海格蒂太太而讓車庫門掉落在地那樣。當時史蒂芬在我們的臥房聽見喧鬧，急忙跑來查看發生什麼事。他整整教訓我一個禮拜，說我有可能會弄壞門框，有可能弄傷自己，或其中一個孩子，說車庫門開著的時候，千萬不要去拉繩子。除非……

「這是什麼表情？我認得這個表情。」維若妮卡看我抓起角落那張生鏽的腳凳時說。「這跟你把培樂多塞進特瑞莎排氣管前的表情一模一樣。」

「開門。」我說著，把腳凳放在紅色緊急拉繩下方。

「很重耶！你開。」

「我不行。我要踩上腳凳。」

維若妮卡用雙手拉開車庫門，一邊氣著說我明明可以把腳凳放在那裡。一陣寒冷的秋風從底下的門縫吹進來，弄亂她的頭髮，讓她身體發抖。她輕輕咒罵我一聲，把車庫門往上推到頭頂，直到大門完全打開，與天花板平行。我爬上腳凳，把輸送帶重新連接到滑輪上，就像史蒂芬向我示範過的那樣。接著，我把繩子用力一拉。

維若妮卡放聲尖叫，看著車庫門沿著軌道往下滑落，速度越來越快。她一個箭步衝過來，趁門撞上地面之前一把接住。「你瘋了嗎？」她嘶聲說。「我們現在最不必要的，就是讓海格蒂太太聽見這些聲音，插手管我們的閒事！」維若妮卡緩緩把門放到地上，發出一聲輕輕的砰，聲音好小，我在屋內有可能沒聽見。

「有兩個人。」我說著，爬下腳凳。維若妮卡對我皺皺鼻子。「這是有人可以不發出任何聲音關上車庫門的唯一辦法。一個人拉繩子，另一個人把門接住，控制落下的力道。」

「讓我搞清楚。」維若妮卡說。「你是告訴我有另一個人……不對，是兩個人……趁你在跟你姊講電話的時候殺了哈里斯？」

「讓凶案現場看起來像一場意外。」

「或讓你背黑鍋。」維若妮卡拿起信封，塞進她的瑜伽褲——我的瑜伽褲褲頭——彷彿擔心我可能會突然決定把錢還回去。我把信封抽走，她大叫一聲，但如今早已於事無補。我早已收下這筆錢。無論把哈里斯關在車庫的人是誰，為了這個骯髒活收錢的人是我。要是有人找到哈里斯的屍體，該為此負責的人是我們。

趁著孩子們下樓睡午覺，我回到書房把門關上。佩翠西亞的信封躺在我的桌面上。信封明顯輕了許多，因為維若妮卡已經拿走她的四十趴，但這並沒有讓我能夠輕鬆直視信封，於是我塞進抽屜。

佩翠西亞那筆錢就跟我寫書的預付款沒有兩樣，不過又是一項我沒有完成卻不勞而獲的報酬。不過又是一個讓我感到內疚的東西。雖說佩翠西亞的錢能解決很多問題，卻也帶來其他更嚴重、更可怕的問題。可能害我失去孩子的那種，可能意味我的餘生都得在監獄度過的那種。如果哈里斯失蹤一案到頭來反咬我一口，我唯一站得住腳的辦法就是找出車庫裡到底發生了什麼事，撥雲見霧，證明殺死他的人不是我。

我打開老舊的電腦，等它一邊發出怪聲，一邊緩慢啟動。我開啟一頁空白的文件檔，輸入標題，接著打出腦海最先想到的幾個字，希薇亞和我的編輯一直心心念念的事——芬莉．多諾文的暢銷鉅作。螢幕白得刺眼。我長滿老繭的手懸在鍵盤上時，游標慢條斯理地閃啊閃，冷漠地回望著我。我好不容易從自我挫敗的泥潭中爬出來，不過是幾個月前的事。自從史蒂芬離開後，我一直無法動筆，頂多只能在一頁紙上拼湊出幾個字。每個情節似乎都毫無希望，每段愛情都平淡無奇，我想出來的每個故事都像是浪費時間。

史蒂芬搬走後，我第一次錯過截稿日的時候，被希薇亞打電話來罵過一頓。我告訴她我碰到寫作瓶頸，但她堅持要我熬過去。她說，有時候，你必須把文字放到紙上才看得到整個故事的完整樣貌，而想要搞清楚下一步會發生什麼事的唯一辦法就是不斷往下寫，一幕接著一幕，直到把故事寫完。希薇亞向來秉持嚴厲的愛，認為人要尋找自己的答案。真要說的話，希薇亞向來以賺錢為重。我或許也應該這樣。

我輕觸鍵盤，絞盡腦汁想為我的簽約小說想個起頭，但怎麼也忘不掉哈里斯的故事。大概是因為我蠢到讓自己牽涉其中。如果警方設法從貪杯酒店追蹤哈里斯一路追到我的車庫，我將成為他們的頭號嫌疑人。我和維若妮卡將被捕入獄，除非我們能證明這起謀殺是別人所為。

我知道開場戲要怎麼寫。哈里斯．米勒就在我眼前遭人謀殺。我要做的是揭開背景故事，搞清楚剩下的情節。我只是需要讓自己置身於角色的腦袋中——弄清楚他們是誰，他們想要什麼，以及他們會失去什麼。一切歸根究柢就是方法、動機和機會。破解我自己的案子能有多難？

我開始打字，從午餐時佩翠西亞塞進我盤子底下的紙條寫起，盡可能回想各種細節：我在車上打的電話、前往貪杯酒店的路程、偷偷把哈里斯帶到停車場，最後發現他死在我的車庫裡。寫作期間，我完全投入在故事裡，讓我的記憶填補空白。我把名字都改了——哈里斯的、佩翠西亞的、我的，甚至是酒吧的名字也不例外，把那晚所有事情毫無保留地揮灑在螢幕上。

敲打鍵盤的速度越來越快。段落成了篇章，我不停打啊打，直到餘暉伸出疲憊的粉紅手指穿透百葉窗之間的縫隙，直到廚房裡碗盤的鏗鏘聲安靜下來，孩子們在被窩裡躁動不安，最後終於沉沉睡去為止。我在接下來長時間的寧靜中繼續寫作，直到螢幕的光成為整間房子唯一的光源。

17

隔天醒來時，房子很寧靜，孩子們早已在樓下睡午覺。維若妮卡在沙發上睡著了，用起滿水泡的雙手抱著頭底下的抱枕，樣子疲倦又狼狽。離開時，我完全沒有要叫醒她的意思。電視正在背景處輕聲播放著當地新聞。她大概熬夜熬了一整晚看著頭條新聞，聽著警察的聲音，等待他們出現在我們的大門前。我們這輩子想要再次安然入睡的唯一辦法就是找出真正殺死哈里斯・米勒的人到底是誰。

我寫了一整晚，但仍然無法理解那一連串導致我發現哈里斯死在我家車庫的事件。除了我和佩翠西亞外，誰有想要殺死他的動機？我對哈里斯的認識全來自於他社群媒體上的資料和他的手機。不用說，那些恐怖照片裡的女人都有動機想要結束哈里斯的性命，但我已經把手機鎖在他停在貪杯酒吧的車上，如今不能冒險把手機拿回來。佩翠西亞是幫助我破解哈里斯命案的唯一人選。前提是她願意接我電話的話。

絕望之下，我找到佩翠西亞任職的公司電話。櫃檯總機向我致歉，解釋佩翠西亞今早請了病假，這禮拜都不會進公司。我對佩翠西亞的認識不比哈里斯多，但多虧了她在潘娜拉麵包坊的托盤上留下的紙條，我知道她家地址。

北利文斯頓街已經為了萬聖節做足準備，樹枝上串著棉花製成的蜘蛛網，家家戶戶的前廊也點綴著鮮橘色的南瓜。我把車停在離四十九號一個街區外的路邊。米勒夫婦的家是一棟六〇年代的分層式建築，完美融入樸實的周遭環境。這個簡單的紅磚外觀可能跟這區多數的房子一樣，內部經過改建，配有花崗岩流理台、華麗的飾板和嵌入式的黑色大理石浴缸，以符合北阿靈頓市的高房價和上流品味。

放眼望去，每扇窗戶的窗簾都是拉上的，車道上也沒有車子。依我看，目前外頭沒有警察蓄勢待發，準備突襲的樣子。

離家後，這是我第三次撥電話給佩翠西亞。手機轉接語音信箱後，自動語音告訴我信箱已滿。我忍不住咒罵一聲，把手機扔進飲料架上。我下了車，在前往米勒家的人行道上漫不經心地閒晃。多數鄰居大概都去上班了，佩翠西亞也應該進公司才對。

她才付錢請人殺死她老公，隔天就請病假實在太傻。或者她只是在扮演一個憂心忡忡的妻子角色。無論她在哪裡，只希望她沒有出城。如果她逃跑了，警方肯定會去找她。萬一他們質問她有關她丈夫的失蹤……呃，我不敢去想她會坦承罪行換取減刑的可能性。

確信沒人監視我後，我過馬路走向佩翠西亞的房子。前廊很整潔：沒有堆積如山的郵件、沒有各種小裝飾品或萬聖節的擺設。我按下門鈴。微弱的鈴聲隔著玄關窗戶幾乎快聽不見。沒有前來應門的腳步聲，沒有狗狗的吠叫聲。我等了一分鐘後，用力敲門。房子始終安靜無聲。我往窗內窺看，屋裡的燈是關著的。

她會去哪裡？

我轉身離開，經過米勒家門邊的郵箱時停下腳步，手在蓋子上游移。我很確定擅自翻別人的郵件是刑事罪，但如果哈里斯的郵件跟我的一樣，裡面肯定包含很多我不想讓別人知道的事情。

我往後一看，再往馬路兩邊看了看，最後打開郵箱。裡面郵件不多，少得足以塞進我的外套，又不會引起注意。我還來不及阻止自己，就把郵件塞進我敞開的外套裡，匆匆跑回車上。我把自己鎖進車內，急忙用拇指翻看信封。

幾份帳單、一些折價券、幾張廣告單……所有郵件都是署名給哈里斯．米勒夫婦。除了一份每月銀行對帳單，署名是一間有限公司——Milkman 有限公司。

Milkman，跟他的手機密碼一樣。

我把鑰匙插進封口，拆開信封，查看對帳單。這顯然不是他和佩翠西亞共有的帳戶。對帳單上沒有雜貨或水電費或商店的提款，沒有髮廊或看診紀錄或跟房子有關的固定支出。我瀏覽費用明細，胃一陣不適。高級酒吧、高檔餐廳、維也納的一家花店和城裡那間金碧輝煌的名牌珠寶店。幾筆在麗池飯店的經常性消費，地點就位於哈里斯的家和貪杯酒吧之間。這一定是哈里斯的營業帳戶——他用來與受害者吃飯喝酒後，下藥並勒索她們逼她們保持沉默的帳戶。

我翻到背面，發現十二筆金額相同的存款——都是兩千美元——全是每月一號從銀行電匯進來的錢。哈里斯想必有兼職做些財務諮詢的工作。而且諮詢生意顯然做得有聲有色。看樣子，他有十二個固定客戶，每月按時付款。九月最後一週，哈里斯的帳戶餘額已經超過五十萬美金。但到了月底，對帳單的結餘金額卻變成了……零？

我翻回提款那一頁。哈里斯在他被殺前的那週，把帳戶裡所有的錢都提領出來。就在佩翠西亞計畫雇用我的一週前。

還是領的人不是他……？

我本來打算用這筆錢離開他，但這種方式更好。

突然間，佩翠西亞輕而易舉拿出五萬塊現金就很合理了。她想必是從她老公的戶頭提出這筆錢，打算用來離開他，希望他永遠不會去找她。但後來她遇見我，心想她有足夠的錢保證他永遠不會找到她。遺失的錢符合她本來打算提供給警方的說法——他把他所有的資產套現，然後跟另一個女人私奔了。與此同時，佩翠西亞擁有在別處展開新生活所需的所有資金。

只剩兩個懸而未決的問題：是誰殺了哈里斯？佩翠西亞又去了哪裡？

我把哈里斯的銀行對帳單放進口袋、準備把其餘信封放回米勒家的郵箱時，一輛亮黑色的林肯轎車從我的車邊緩緩駛過。車子在米勒家的車道前停下時，我連忙在座位上壓低身子。

一個男人打開後座的車門。他那穿著訂製西裝褲的大長腿大步邁向佩翠西亞的家門前。他按下門鈴，等人應門，一手梳過那精心打理的黑髮。司機留在車上，隱身在深色車窗後。

男人再按一次門鈴，隨之而來是兩次我在車內都聽得見的響亮敲門聲。見沒人應門，他走到車庫，身材高大的他可以輕鬆地窺視細長的高窗內。他搖搖頭，轉身走回車邊。

駕駛座的門嘩一聲打開。一對寬闊的肩膀和一雙粗壯的雙腿從狹窄的車門擠出來。司機邁著沉重的步伐，繞到房子側面，一把銀色小刀從衣袖滑落到他肥碩的手中，接著他便消失在屋後。

穿西裝的男人十指交叉，漫不經心地沿著車道來回踱步，在轎車旁等待的同時，眼神也一直在大街上掃視。我在座位上把身子壓低，從方向盤上方偷看，希望他看不見背光處的我。

過了一會兒，司機回來了。兩手空空的他擦了擦手，對西裝男點個頭，兩人就坐回他們的高級黑色轎車裡。林肯轎車倒出車道，從我的方向駛來時，我的心跳得飛快，整個人躲到地板上。一直等到引擎聲消失了，我才小心翼翼地坐起來。

他們就是佩翠西亞警告過我的那些人嗎？整座城市都有耳目的那些人？

我丈夫牽扯到一些非常危險的人物。

我查看後照鏡，確認他們已經遠去，我打開車門，回到郵箱旁。腦中每個聲音都對我大喊，要我離開，要我快跑。但萬一佩翠西亞自始至終都在家呢？萬一她在躲的不是我、而是那些男人呢？司機本來拿著一把小刀，但回來時，刀已經不在手上。我不能就這樣離開，我得確定佩翠西亞是否平安。

我悄悄來到車庫，站上車道旁邊一個高架花盆的邊緣，往窗戶裡看。裡頭停了棕色的速霸陸轎車，跟那天她在潘娜拉麵包坊離開時上的是同一輛車，後窗貼了許多文字貼紙——詹姆斯麥迪遜大學、動物是朋友不是食物、領養代替購買。另外還有一男一女的火柴人和兩個火柴狗。

佩翠西亞在家。

我穿過側院，繞到米勒家後面，在她後院的門廊中間停下腳步。一把插在後門邊的小刀映著陽光閃閃發亮。刀子固定著一張隨風飄動的紙條。

你拿走了屬於我的東西。

在我的耐心耗盡前，你有二十四小時的時間——吉洛夫我摸摸口袋裡的銀行對帳單。難道這些逐月增加的小額存款都是客戶的預付訂金嗎？哈里斯一直從他客戶的帳戶裡挪錢嗎？

……要是他們發現我們幹了什麼好事，他們不會放過我們。

我一直以為佩翠西亞的意思是，如果這些危險人物知道我們對哈里斯幹了什麼好事，他們絕對不會放過我們。但萬一那不是她的意思呢？萬一她指的是她和哈里斯幹的好事？萬一他帳戶裡的錢是屬於那些人的，卻被她偷走了——不是偷她丈夫的錢、而是他們的錢呢？那些人會不會就是殺死哈里斯的凶手？

我顫抖著吐出一口氣。起碼那些人沒有進屋。

我用力敲打後門，把手拱成杯狀，往窗裡看。廚房一片漆黑，水槽沒有碗盤，流理台整整齊齊。我拉長衣袖蓋過手，轉動門把，但門上了鎖。旁邊的窗戶也是。我東張西望尋找有沒有寵物出入口可以打開鑽進去，卻很訝異她沒有這種東西。我再次敲門，但就算她在家，顯然也沒有應門的意思。有鑑於剛才所見，我也不能怪她。如果我是佩翠西亞，我會躲在床底下，打電話報……

喔，不。

我放開門把，豎起耳朵聽見警笛聲，衝回車上時差點絆倒在門廊樓梯上。佩翠西亞會沒事的，我坐進車內時告訴自己。過了今晚，哈里斯正式失蹤滿四十八小時，警方會翻遍這個地方。那個穿西裝的可怕男人和他非常嚇人的司機不會笨到回來這裡。我夠聰明的話，也不會再回來了。

18

我被各種刑具又戳又刺。我對地球每個角落的神祇祈求，禱詞大多由髒話組成，拜託、拜託，看在老天的份上，拜託停下來。

我睜開一隻眼睛，等待眼睛聚焦，讓房間映入眼簾。迪莉亞坐在床邊，從走廊透進房間的光線映襯出她的那顆刺蝟頭。她拚命前後搖晃我，一隻小手按著我右邊的腎臟，搞得我膀胱快爆炸。查克爬到我身上，呼吸帶著奶味，粗胖的手指戳著我的臉頰。

我用枕頭把臉埋住。

迪莉亞從我頭上把枕頭拿開。「起床了，媽咪。維若妮卡說該吃晚餐了。」

「晚餐？」我用一邊的手肘撐起身子。今天是星期幾？現在幾點了？我記得的最後一件事是我讓電腦進入睡眠模式，接著關上書房的門，如喪屍般緩慢走回臥房。

查克咯咯笑著，用他的濕奶嘴戳我的耳朵。我想起哈里斯的舌頭，不寒而慄地坐起來，過去三天發生的事慢慢回到腦海中。「我睡了多久了？」

「一、整、天。」迪莉亞翻了個白眼，用力得我能在黑暗中看見她的眼白。

「我知道，我懂了。我也有同感。」我坐起來伸展，背部和肩膀的肌肉都在哀號。我很肯定這是報應。埋葬哈里斯．米勒所承受的痛苦與我自己的愚蠢成正比。

也許維若妮卡當初對於推土機的建議沒有說錯。

我打開床頭燈，光線把我的生活放回聚光燈下，我不禁面露苦相。我的兩個小綁匪牽起我的雙手，把我拉出房間。走廊聞起來有奶油大蒜、奧勒岡和燉番茄的氣味。我把查克抱在腰間下樓時，肚子餓得咕嚕叫起來。

好像有哪裡不一樣，應該說一切都不一樣了。我把查克放進兒童餐椅，一邊環顧廚房。我看見過去雜物堆積的流理台如今一片整潔，看見吸塵器在客廳地毯上留下的痕跡和一籃籃折好的乾淨衣物，看見昨天放在廚房裡的成堆催款通知信，如今被掀開的筆電、計算機和會計學教科書取代。

我突然湧上一股不祥的預感。「帳單都到哪兒去了？」我問維若妮卡。

「我處理好了。」她說著，端出幾盤義大利麵和大蒜麵包。

「什麼叫你處理好了？」

「我去繳清了。」

「拿什麼繳？」

她揚起一邊眉毛，把迪莉亞的盤子放到桌上。我奔到二樓的書房，拉開抽屜。佩翠西亞的信封不見了。

我奔回一樓，差點在樓梯底部剛拋光過的地板上滑倒。「錢呢？」我低聲說，焦急地看了孩子們一眼。迪莉亞吸了一口長長的麵。查克抓起一把義大利麵和醬汁，尖叫一聲扔到托盤上。

維若妮卡在他們旁邊的空椅子坐下。「我用你的名字開了一間有限公司，再開了一個帳戶，用來付清你的帳單。」她撕下一口大蒜麵包。「不客氣。」她吃著食物說。

我重重跌坐在椅子上，食慾全消。「所有的錢？」

維若妮卡把叉子插進義大利麵，彷彿這個問題的答案再明顯不過。

「你不覺得這看起來有點可疑嗎？要是史蒂芬質問我錢從哪裡來，我該怎麼解釋？」迪莉亞一聽見她爸爸的名字，立刻抬起頭來，於是我連忙閉嘴。

「這是新的帳戶，而且是你的公司。他的名字不在上面。」維若妮卡聳聳肩，替自己斟了杯酒。「等他知道帳單付清的時候，你的書已經完成了。」

「什麼書？」

「你昨晚寫的那本書。」她喝了一大口。「順道一提，寫得很好。」

「什麼叫很好？你怎麼可能知道什麼叫好？」

「誰是朱利安．貝克？」她挑了挑眉。

「你偷看我電腦嗎？」

「你的瀏覽器停在他的Instagram頁面。」她從眼鏡上緣看著我，露出賊笑。「他很帥。」

「誰很帥？」迪莉亞問。

「沒人。」我瞪著維若妮卡，把成堆的起司粉撒在盤子上，然後用力放下起司罐。關了靜音的電視在客廳播放著當地新聞。維若妮卡吃著吃著，時不時瞥看電視的滾動資訊條。「他只是一個朋友。」我對著盤子喃喃地說。

「他有點年輕喔？」維若妮卡問道。

我用力插向義大利麵。「我才三十一歲，還沒到一隻腳已經入土的地步。」

「上次我看到的時候，你兩隻腳都在土裡。」我在桌底下踢她一腳。

「那安德烈・博羅夫科夫呢？他是什麼來頭？」

我停止咀嚼。我從未向維若妮卡提過佩翠西亞的有錢朋友或我塞在書桌抽屜裡那張七萬五千美元的票據。「你怎麼會知道？」

維若妮卡放下大蒜麵包，睜大雙眼盯著我後方的電視。她衝到流理台拿遙控器、調高音量時，椅子發出刺耳的刮擦聲。我回頭看見螢幕上熟悉的面孔，腸胃不禁一陣翻攪。

據警方所說，阿靈頓市有對夫妻分別在兩起不同的事件中雙雙失蹤，調查人員不排除他殺的可能。佩翠西亞・米勒於星期三傍晚七點左右，聯繫了當地警局，舉報她的丈夫哈里斯・米勒失蹤，聲稱他前一天下班後就沒有他的消息。然而，警方抵達米勒太太家中準備做筆錄時，她卻沒有現身應門。警方說他們企圖用電話聯絡她，並不止一次前往她家拜訪，卻始終未果，讓他們越來越擔心。今晚，警方開始對這對夫妻的下落展開調查。

鏡頭轉到米勒夫婦家的街上，鄰居似乎都說著同樣的話。不，他們沒有注意到任何異常。不，米勒夫婦再平凡不過，兩人話不多，沒有孩子，也沒有寵物。兩人的工作體面，工作時間長，從來沒惹過麻煩。

新聞主播宣布進廣告時，維若妮卡仍緊抓著我的手臂。

「媽咪，我可以離開了嗎？」迪莉亞把吃了一半的碗推開，鼻頭緊皺。

「可以，親愛的。」我聲音空洞地說。「去洗洗手。你可以回房間玩。」

迪莉亞一上樓，維若妮卡立刻轉向我。「我們該怎麼辦？」

這可不是我計畫內的情節轉折。「我們不能慌。」我強調。我在跟誰開玩笑？我們絕對該慌。

「她到底跑去哪裡了？」

「佩翠西亞？她大概怕了，就離開這裡了。」

「這樣會讓她看起來有罪！」查克被她突如其來的勃然大怒嚇得抬起沾滿醬汁的臉。他在我們之間來回看，維若妮卡壓低她的音量。「如果警方找到她，她可能會全盤托出。」她從流理台上拿起我的手機遞給我。「打給她，跟她說她犯了大錯。她得快點回來。」

「我已經打了十幾次了。她不肯接我的電話，所以我去她家——」

「你瘋了嗎？」

「沒人看見我。」起碼我希望沒有。我用力嚥下口水，想起插在佩翠西亞後門的刀。「可是……我在那裡的時候，出現兩個男人。」

「什麼男人？」

「我不知道。可是我想他們可能是佩翠西亞警告過我的那些人。他們留了一張紙條。我想他們是哈里斯的客戶，他好像一直在偷他們的錢。我打開他的郵件時，找到一張銀行對帳單——」

「你開他的郵件？信封上八成統統是你的指紋！」

我把手伸進口袋，把對帳單放到桌上。「沒事的，我帶回來了。」

維若妮卡嗆了一口食物。她搶過桌上的對帳單打開，瞇起眼睛細看。「十二筆存款，全是當月第一天進帳，同樣的金額。你認為他一直在挪用客戶的錢嗎？」

我點點頭。「還有更糟的，看看背面。」維若妮卡把對帳單翻到背面，看到最底下大大的阿拉伯數字零，做出「喔」的嘴型。「紙條說佩翠西亞有二十四小時的時間歸還她拿走的東西。」

「你想會不會是那些人殺了哈里斯？」

「他們的確有動機。他們想要拿回他們的錢，而我們擁有其中的五萬塊。」

維若妮卡抓著我的手機，在廚房裡來回踱步。「佩翠西亞付我們現金。就算這些男人真的從酒吧跟蹤你回家，也只會假設你在跟他約會，而他不小心喝太多，不可能知道是佩翠西亞雇用了你。有了五十萬美金，她可以去任何地方。如果他們找不到佩翠西亞，就找不到我們，對吧？」

「對。」

查克開始在兒童餐椅上躁動。我擦掉他臉上的醬汁，把他從椅子上抱下來，讓他跌跌撞撞地去找他姊姊。

維若妮卡跌坐在椅子上，把盤子推到桌子中間，看著食物彷彿要吐了。「如果警方早我們一步找到佩翠西亞怎麼辦？」

「她只知道我的電話號碼，不知道我的名字，也不知道我住在哪裡。我就算跟別人排成一排，她大概也認不出我。」我一直戴著假髮，穿著高跟鞋，妝也化得很濃。但願這樣已經足夠。

「況且，我有你當作我的不在場證明。」我說著，在她旁邊的椅子上坐下。

「我不是共犯嗎？」

「警方無法證明就不是。就其他人而言，哈里斯・米勒失蹤那天晚上我和你一起待在家。我用廚房的家用電話打電話給我姊。我們去接孩子的時候，喬治雅看到我們在一起。我們要做的就是處理掉任何可能引導警方追回我們身上的證據。」

維若妮卡低頭看著我的手機，接著扔到我面前的桌上，彷彿上面爬滿蝨子。

「放輕鬆，這是預付手機。上個月我帳單遲繳，電信公司已經停掉我的帳戶了。這支手機是我在藥局買的。」

「警方不會找到付款紀錄嗎？」

「我的信用卡早就都刷爆了。我用現金買的。」我把手肘靠在桌上，手掌按著雙眼。「這支手機跟我沒有任何連結。」

「你沒看過《法網遊龍》嗎？他們可以追蹤這些東西！」

「手機只對最近的塔發出訊號。」

「那有多近？」

「我不知道……幾英里吧？」

「對我而言夠近了。」維若妮卡從椅子上站起來。她把我的手機丟到砧板上，我立刻抬起頭。她從放餐具的抽屜拿出一把肉槌，接著高舉過頭。

「等一下！」我趁她把手機砸爛前，一把搶走手機。接著背對她，快速滑動我的聯絡人資料。維若妮卡踮起腳尖，從我的肩膀後方往前看，只見我把朱利安的號碼抄到便條紙上。

「只是朋友是吧？」

「他是一名律師。」我說著，撕下便條紙放進口袋。「他的號碼將來可能會派上用場。」

「他太年輕了，不可能是律師。」

「他是個公設辯護律師。」我嘲諷地說。「或至少、等他畢業後的某一天、就是了。」

「不、不、不。」維若妮卡誇張地搖頭，抗拒這個想法。「如果我們被抓了，我可不要雇用某個內衣模特兒來幫我們解決牢獄之災。我要戴著袖扣和勞力士名錶的老白人，就像你前夫的律師那樣。」

「我前夫的律師也沒那麼老，他才大我三歲。而且他一小時收兩百塊美金。」

「如果我們殺了安德烈．博羅夫科夫就付得起了。」

我狠狠瞪了她一眼。

「話說回來，你在哪裡認識他的啊？」

「博羅夫科夫？」

「不是啦。」她說著，搶走我的手機。「朱利安．貝克。」

她在流理台上敲打指甲，等我的答案。

「他是調酒師。」我坦承道。「我在貪杯酒吧綁架哈里斯那晚認識的。」

「他就是那個調酒師？你故事裡的那一個？你瘋了嗎！」她嘶聲說，瘋狂比手劃腳。「你不能留他的電話號碼。萬一他告發你怎麼辦？」

「他根本不知道我是誰！我當時戴著金色假髮，而且我給他的名字是假的。他以為我是一個叫特瑞莎的房仲。」

廚房突然一陣沉默。維若妮卡張大了嘴，眨眼看著我。她的喉嚨深處開始發出咯咯聲響，接著越來越大聲，最後爆出狂笑。我也跟著大笑起來。「不會吧？」

「真的。」

她邊搖頭邊走過廚房，為我們的酒杯雙雙斟滿。她把我的酒杯遞給我，邊喝著酒，邊用一種通常用在我孩子身上的戲謔眼神看著我。「你喜歡他，對不對？」

我靠在她旁邊的流理台上，主要是因為這樣我就不必看著她的雙眼。我緩緩喝了一大口，滿肯定答案已經很明顯。

維若妮卡喝光她的酒，放下酒杯，一手摟住我的肩膀。「你知道你不能打電話給他吧？如果被他知道你是誰，他可以粉碎你的不在場證明。你自己也說了，我們必須處理掉跟米勒夫婦有關的任何線索。」我知道她說得沒錯。然而，我卻沒辦法逼自己刪掉他的號碼。「你覺得我們該不該殺掉他，以除後患？」

「不！」我回頭瞪著她。「我們沒有殺死任何人！我們也不會去殺任何人！我們不殺安德烈．博羅夫科夫，也絕對不會去殺朱利安。就這樣，到此為止。」

維若妮卡放聲大笑，兩頰因為酒精而變紅。「放輕鬆，我只是在開玩笑！」

我拆開手機，把SIM卡扔進廚餘處理器。我轉開水龍頭，再打開廚餘處理器的開關，維若妮卡的笑聲也隨之減弱。金屬相互摩擦的聲音突然傳來，把我們都嚇了一跳。我們與佩翠西亞．米勒最後的連結嘩啦嘩啦流進排水管，聲音沿著我的背脊往下滑，讓我不禁打了個冷顫。

19

有個做警察的姊姊，讓我學到兩件非常重要的事：第一，你幾乎可以在網路上找到任何人。第二，在自己家中犯案被逮到的機率，比在光天化日下還高。

這就是為什麼我選擇來到當地公共圖書館的原因。

這週末孩子們與史蒂芬在一起，維若妮卡在家為她的會計期中考做準備。我告訴她我要去圖書館為新書做研究時，其實不算說謊。如果我不找出佩翠西亞去了哪裡，我怎知道圍繞在米勒家種種謎團的下一章會發生什麼事呢？

我在圖書館後方最後一張工作桌找了個座位，打開網路瀏覽器，接著輸入佩翠西亞的名字，在各種社群媒體網站尋找她的相關訊息：她以前住過的區域、她親近的人、她常去的地方……不到一個小時我就開始打哈欠，而且絲毫沒有進展。佩翠西亞．米勒的生活讓我的生活相較之下看起來光鮮亮麗。除了公司、當志工的動物收容所和她提過的皮拉提斯課以外，她似乎鮮少外出。看樣子她的朋友甚至比我還少。

佩翠西亞個人帳號上的動物照片比人多，唯一的例外是一張收容所志工團的照片，是一個月前在一場領養活動上拍攝的。明顯年紀最大的佩翠西亞抱著一隻白臉的混種狗，一邊的眼睛有塊黑色毛皮。標題說這隻狗的名字叫海盜，而她旁邊頂著捲髮、名叫亞倫的年輕志工抱著同一窩的另一隻狗狗，莫莉。

我點開她的好友名單，尋找照片中的志工，但沒發現任何相同的臉龐。佩翠西亞除了在收容所外，似乎都沒有跟他們聯絡。我想我不該驚訝；其他志工都很年輕，多半是大學生，而被笑紋和黑眼圈出賣的佩翠西亞，在一群年輕面孔中顯得格格不入。也許這就是她選擇用來劃分她另一個生活的原因。話雖如此，她看起來仍然比我在潘娜拉麵包坊遇見的那個憔悴女人年輕得多。不知怎地，也看起來快樂許多，更自在。彷彿這個地方才是她的家，而這些動物是她的家人。

根據公開紀錄，佩翠西亞是獨生女，雙親都已離世。我從她的社群媒體得知她和哈里斯是在喬治城大學的麥多諾商學院認識的，這也表示她這輩子都住在華盛頓特區環線公路四英里半徑範圍內。我無法想像她領出所有的錢，獨自前往其他地方重新開始。她的個性似乎太膽怯，幹不出像那樣的大膽之舉。她可能只是一時困惑、一時害怕，躲在飯店房間裡，嚇得不敢面對自己的所作所為，或太害怕與哈里斯有所牽連的那些人。

無論她在哪裡，如果她不盡快出現，警方會開始主動去找她。他們會問她很多問題，而那些問題將不可避免地引導到我身上。她付錢要我辦事，我也告訴她我完成了。就警方而言，這個案件一目了然。我唯一的希望是搶先找到她，向她解釋事情發生的真相。解釋殺死她丈夫的人不是我。說不定我們可以聯手找到方法證明有罪的是那另外兩個男人。

我把椅子往後推，伸展痠痛的雙腿。埋葬哈里斯至今差不多過了四天，但我用來挖墓地的每吋肌肉仍在懲罰我。我把手高舉過頭，背就痛得不得了。佩翠西亞肯定有她足夠信任、可以傾吐心聲的朋友，一個知道要去哪裡找她的人。

我的雙手伸到一半停住了。

皮拉提斯。

當初佩翠西亞滑過桌面的紙條出自她每個禮拜一起上皮拉提斯所認識的女人——安德烈・博羅夫科夫的妻子。佩翠西亞說她們只是點頭之交，但她顯然在說謊。如果佩翠西亞跟這個女人熟到可以向她引介職業殺手，那麼她也很可能把她生活中其他的敏感事情傾訴給博羅夫科夫太太聽……像她付錢給我殺死她老公後打算去哪裡。

我把椅子拉回電腦前，在上面搜尋安德烈・博羅夫科夫的妻子，準備如往常般接二連三地點擊各種社群媒體。但才點擊第一個頁面，出現的就是最近那起三重謀殺案的新聞標題——爾後的所有資料也差不多是同樣的內容。

我記得幾個禮拜前喬治雅提過那個犯罪現場；三名當地商人在赫恩登的一間倉庫裡被人發現慘遭割喉身亡。根據螢幕上的標題，該案件最後審判無效。

我滑過的每篇文章都附有同一張照片——兩名男子在法院的樓梯底部低身坐進一輛豪華轎車。其中一人外表嚴肅，單眼皮，頂著一個大光頭。另外一人時髦優雅，大概是他的律師。照片擷取自我在喬治雅家的電視上看到的同一個新聞片段。

我把畫面放大，湊近細看。

腸胃瞬間一沉。

他們是開林肯轎車的那些人，把刀插在佩翠西亞家後門的人。

這就是我在安德烈他妻子的紙條上讀到他的名字覺得那麼耳熟的原因。因為我聽過，在新聞上聽過。埋葬哈里斯那晚，我去喬治雅家接小孩的時候，背景一直在播。

安德烈．博羅夫科夫不只是隨便一個有問題的丈夫。他是緝毒組未能定罪的殺人嫌犯，喬治雅的朋友們一直想要逮捕歸案的壞胚子。他無罪釋放的那天早上，哈里斯．米勒就被殺了。

據報導，伊琳娜．博羅夫科夫的丈夫替一位名叫菲力克斯．吉洛夫的富商——與俄羅斯黑幫有關聯的傢伙——擔任保鑣的職務。

我一手摀著嘴巴，強忍倒抽一口氣的衝動。

你替菲力克斯工作？

當時我在酒吧不經意暗示哈里斯我們隸屬同一個財團時，他這樣問過我。他問那句話的時候看起來很不舒服，但我以為是藥物的關係。佩翠西亞也不光是在皮拉提斯的課堂上認識伊琳娜．博羅夫科夫的。她們的丈夫是生意夥伴——黑幫生意。

哈里斯一直從黑幫手裡偷錢。

我抖著雙手關掉螢幕上的搜尋，唯恐有人看見，接著清除所有的搜尋歷史紀錄，搖搖晃晃地起來。安德烈．博羅夫科夫不只是一名保鑣。保鑣負責保護人。他們不會因為在倉庫裡砍死人而被逮捕。他們不會因為有人偷了老闆的錢而在別人家的後門留下死亡威脅。

有人雇用我去殺死俄羅斯黑幫的殺手。

忽然間，我不確定哪個更可怕了——是有可能因為沒犯下的謀殺案而遭到警方逮捕，還是一旦安德烈．博羅夫科夫得知他妻子幹了什麼好事後，我有可能被他殺掉。

我甩上廚房門，往後靠著門板，整個人喘不過氣來。房裡的燈是關著的，維若妮卡的車不在車庫裡。我鎖上後門，脫掉鞋子，兩步併作一步來到二樓的書房。我把自己關在書房裡，笨拙地把門鎖好，手指不停顫抖。

孩子們在史蒂芬家很安全，我提醒自己。安德烈．博羅夫科夫的妻子根本不曉得我是誰，只要我不打伊琳娜紙條上的號碼，她那非常可怕的丈夫就永遠不會知道他的妻子雇用了誰，也不會知道該怎麼找到我。

餘光的一抹粉紅色引起我的注意。維若妮卡貼在我電腦螢幕上的便利貼在飛揚著：有約會，別等我了，我會準時回去參加迪莉亞的派對。

該死。迪莉亞的生日派對是明天早上十一點。最近這團混亂下，我差點就忘了。我的鍵盤上擺著一張從筆記本撕下來的頁面，迪莉亞用大大的字體一筆一劃寫下「我的生日願望清單」。唯一登上清單的東西是……一隻小狗。清單底下，我發現另一份史蒂芬律師寄來的掛號信。我不必拆開就知道是什麼。

我從螢幕上撕下便條紙。明天中午，我的房子將擠滿尖叫著要吃披薩和蛋糕的孩子。迪莉亞的生日我完全還沒準備好。我甚至還沒幫她買禮物。

也許史蒂芬說得對。也許我真的不適合做孩子們的母親。史蒂芬從來不是模範父親，但我的生活在他離開後已經失控，而我完全不知道該怎麼辦。我唯一知道的是，在我確定沒人在找我之前，我不會闔眼的。我必須找到方法避開警方，同時遠離安德烈・博羅夫科夫。

我悄悄來到窗邊，盯著外面的陌生車輛。我瞥見海格蒂太太的廚房窗簾闔上的瞬間，也連忙拉上我的窗簾。我轉身，驚訝地發現自己的襪子在剛吸過的地毯上留下踩踏的壓痕。我搓搓手指，手指很乾淨；窗簾竟然一點灰塵都沒有。我聞聞客廳，嗅到酸味，以為是我自己因為恐慌而散發的汗味，但原來只是維若妮卡打掃時用來除垢的白醋。

我拂過一塵不染的桌面時，內心有某種東西放鬆了。那是一種解脫，知道有人在身邊分攤重擔。也是一種安慰，知道有人幫忙處理帳單，清理我的爛攤子，而不是在我的傷口上撒鹽。少了維若妮卡和孩子們在家過夜，房子感覺太安靜，也太空曠。

我打開書桌最上層的抽屜，準備把伊琳娜・博羅夫科夫的紙條燒掉。但紙條也不見了。想必是昨晚維若妮卡在慌張之下丟進廚餘處理器了。抽屜裡唯一的紙條是上面寫著朱利安電話號碼的那一張。我拿出紙條握在手裡，想起維若妮卡的警告。她說過打電話給他是在做傻事，但話又說回來，她並沒有把他的號碼扔進水槽。

如果警方有前往酒吧附近打聽情報、尋找哈里斯的車，朱利安一定會知道。他可能也有注意到那天晚上是否有一輛林肯轎車跟隨我離開停車場。

趁改變主意前，我用稍早在藥局新買的預付手機撥下他的號碼。電話響到第四聲時接起，我的心焦急一跳。

「喂？」接電話的聲音很低沉，充滿睡意。我考慮掛斷。「不管你是誰，反正我已經醒了。你不如就開口說話吧。」肯定是朱利安，而且肯定不太爽。電腦上的時間顯示現在已經超過中午十二點，但如果他昨晚有上班的話，大概凌晨三點前都還沒睡。「你再不說話，我就掛了。」

「是我，特瑞莎。」我屏住呼吸，報上名字。

「嘿。」他沉默片刻之後說。背景傳來窸窸窣窣的聲音。我的腦海不由自主地冒出他裸著上半身、僅穿貼身睡褲的畫面。「你換號碼了嗎？你打來我的手機顯示『未知來電』。」

不，我絕對是個已知。我就像一本攤開的書，清楚明瞭。「是啊。」我說著，甩開腦中的想法。「我的手機不幸出了與廚餘處理器有關的意外。」

「很遺憾。」這句話似乎帶著一絲睏倦的微笑。「我很慶幸你搶救了我的號碼。」

天啊，我聽起來八成很飢渴。「對不起，我完全忘了你上晚班。我不應該那麼早打過來，可是……」可是什麼？我還沒想到如果他真的接起電話，我要說什麼。我不能直接問他有沒有人去過酒吧詢問關於哈里斯的問題，也不能問他那天晚上是否有人跟蹤我離開停車場。這些問題勢必會引起他的好奇。如果我對自己夠誠實的話，我甚至不確定這是我打來的唯一理由。

我閉上雙眼，頭抵牆壁。「老實說，我這週過得真的、真的很慘，我只是需要有人可以說說話。有人跟你說過你很平易近人嗎？」他的笑聲減輕了我肩膀上的緊繃感。我垂頭喪氣，覺得這樣打擾他簡直荒謬。「算了，這大概聽起來很神經，我該掛電話了——」

「不會。」他說。「不神經。」他的聲音重新出現一種慵懶的週六早上會有的溫柔語調。

「其實我有點希望你會打來。」隨之而來的沉默中，我想像他仰躺在床上，一手放在後腦勺，蜜糖色捲髮落在眼前。「我很擔心你。」

「真的嗎？」我坐直身子，決心忽視我心中七上八下的感覺。

「是啊，我一直想知道你有沒有平安到家。你去檢查發電機了嗎？」

我想起車子電池，嘆了一口氣。「還沒。」我坦承道。「不過我會去的，謝謝你那天的幫忙。」

「我只是很高興有機會再見到你。」

我勉強擠出一抹微笑。「抱歉那天我不能久留。」

「我本來希望你昨晚能來酒吧一趟，但你沒空大概也好。那裡忙翻了，我們也沒多少時間說話。」

「喔？」聽見他突然轉變語氣，我頸背的寒毛立刻豎起。「怎麼說？」

「警方好像正在進行某種調查。酒吧來了一名警察，一直把服務生叫住問問題。我整晚都忙得不可開交。」

「發生什麼事？」

「有個傢伙的老婆舉報他失蹤了。他星期二晚上出席社交活動後，就音訊全無。」

「真的嗎？」我嚥下一口口水。「那個警探有……跟你說話嗎？」

「他對在外場工作的服務生比較感興趣，可是招待那傢伙的服務生昨晚休假，我們其他人都太忙了，記得不多。」我不由得鬆了一口氣。後來他說：「有個服務生記得看見他和一個穿黑色洋裝的金髮女人離開酒吧。」那瞬間，我說不出話來。

我把膝蓋收到胸前，緊緊抱住。「喔？」

「我告訴那個警察，貪杯酒吧每晚起碼有二十個身穿黑色洋裝的金髮女人。但在我心中特別突出的那個人是你。」

「我？」我哽咽地問道。「為什麼是我？」

「你說除了漂亮又健談以外的原因嗎？」

我忍不住緊張地笑了出來。「你有沒有……你跟他說了我什麼？」

「只說了你要離開前我在停車場碰到你，還有雖然我一直想說服你跟我喝一杯，但我看見你獨自上車離去。」我的頭用力靠上膝蓋。好，很好。朱利安不是目擊證人，他是不在場證明。

一個覺得我漂亮、健談，可能還想跟我約會的不在場證明。

我敢說維若妮卡也會同意保持溝通順暢是明智的決定，對吧？

「所以，你覺得我特別突出？」我挑著襪子上一根鬆脫的棉線問道。

「毫無疑問。」

「酒吧裡還有其他人……嗯……在你眼裡特別突出的嗎？」

「那天晚上九點沒有其他人點了一杯血腥瑪麗吧？」他的笑聲溫柔、療癒、令我內心感到放鬆，我也跟著笑了起來。

「你不知道……有沒有……碰巧注意到我離開時有人跟蹤我出去……？」

「沒有。」朱利安略帶擔憂地沉默下來。「為什麼這麼問？發生什麼事嗎？」

「不、不，沒事。」我連忙說。他當然沒有注意到。他當時八成已經走了，而我在停車場逗留了幾分鐘，給佩翠西亞打電話。他現在大概覺得我個性偏執又黏人。我撥開臉上的髮絲，驚訝他沒有從電話裡聽見熱血衝上我臉頰的聲音。

「說真的，特瑞莎。」我喜歡他喊我名字的語氣，低沉、親暱，彷彿我們在同個房間。我也痛恨他低聲喊的名字不是我的。「暫且不說血腥瑪麗了，我這幾天一直想著你。所以，回到你原來的問題，是的，我真的很高興你打電話來。而且說實話，我還是有點擔心你。」

我咬著嘴唇，恨不得可以收回好多事情，恨不得可以把這個禮拜重新過一遍。

「你想告訴我你這禮拜有多糟嗎？我可是調酒師，非常擅長傾聽。」

「不用了。」我疲倦地笑著說，恨不得真能與他傾訴。「我現在好多了，謝謝。」我很驚訝這句話感覺起來是如此真實。我只需要策劃一場生日派對，然後別殺死任何人就行了。很簡單，對吧？

「如果你改變主意了，我隨時都在。我還是希望改天能約你出去。」

改天……等我不用躲避警察和黑幫的時候。等我不必假裝成別人的時候。

「等情況沒那麼複雜了，也許我可以再打給你。」我說。

「隨時奉陪。」他的語氣讓我覺得他是真心的。我也好奇現在入獄前，他們是不是仍會給你一次打電話的機會。

20

我正忙著包裝最後一批禮物袋時，手機響了。我媽的名字在螢幕上閃爍，我考慮不接。查克在廚房裡兜圈子奔跑，尿布垂得低低的，一條橘色彩帶像尾巴掛在他的屁股上。迪莉亞和她的朋友追在他身後，命令他「坐下」和「不要動」。

「嗨，媽。現在有點不方便。」我把手機夾在耳朵和肩膀之間，把一包包的椒鹽脆餅和金魚餅乾倒進大碗。房子裡已經爬滿了孩子。我只希望維若妮卡能盡快帶披薩回來。

「我不會講太久。我和你爸五點要在遊輪的散步甲板上喝雞尾酒。我一直想這麼說。」她竊笑著說。我爸媽正在地中海某處的遊輪上慶祝他們四十週年的結婚紀念日。「讓我跟小壽星說說話。」

迪莉亞從我身邊匆匆跑過時，我一把抓住她的上衣背面。門鈴響了。我把手機壓在胸前，開始數人頭。迪莉亞邀請的女孩都已經在這裡了。我從一個小時前就在等史蒂芬，但他從來都懶得提早告知他快到了；他通常是直接闖進來。

門鈴再次響起。我動也不動站在原地。萬一是警察怎麼辦？萬一他們在我女兒的生日派對上把我逮捕怎麼辦？或更糟，萬一是安德烈和菲力克斯呢？

「你要去應門嗎，媽咪？」迪莉亞問。

我把手機塞到她手裡。「來，跟外婆說說話。她打來祝你生日快樂。」

我撥掉牛仔褲上的餅乾屑，躡手躡腳地走到門口，隔著窗簾往外看，正好看見外面的男孩踮起腳尖準備第三次伸手按門鈴。我如釋重負，連忙推開門，用手摀住門鈴，神經快要爆炸。「嗨，托比。你怎麼會在這裡？」托比的爸爸是史蒂芬的朋友，但托比和迪莉亞並不熟。來賓名單全是女孩子，他並沒有在名單上。

托比聳聳肩，一手拿著禮物袋，另一手往流著鼻涕的鼻子抹了一下。他往大街上他爸爸家的位置指了過去。「我爸聽說迪莉亞要開派對，就把我載過來了。他要去別的地方。」托比摟著我的手臂走進玄關。「他說我可以在這裡吃午餐。」托比週末與他爸爸在一起。而他爸爸週末大多時間都在與他新女友廝混，把托比丟給鄰居和朋友。我不忍心把他趕走。

「披薩和蛋糕很快就會來了。不過如果你餓的話，廚房有餅乾和椒鹽脆餅。」

「我對麩質過敏。」他說著，把迪莉亞的禮物放到地上，幫自己拿了一個我剛剛包裝好的禮物袋。

「不意外。」我有種快要頭痛的感覺。我轉身準備關門，結果一臉撞上一個色彩繽紛的禮盒。我後退挪出空間，讓史蒂芬把禮盒帶進屋內，他的臉被盒頂巨大的粉紅色蝴蝶結遮住了。特瑞莎跟隨他進來，高跟鞋在木地板上喀喀作響。以一個五歲小孩的生日派對來說，她打扮得過分華麗。「這是什麼？」我問史蒂芬。

「這是迪莉亞的禮物。」他說著，把禮盒放在托比禮物旁邊的地板上，聲音大得足以引起她的注意。迪莉亞從廚房衝過來，把手機塞給我，轉了一圈投入他的懷裡。我匆匆跟我媽說再見後掛斷電話。史蒂芬把迪莉亞外翹的頭髮往後梳，在她額頭上親了一下才把她放下。迪莉亞接著去擁抱特瑞莎，我的頭又更痛了。

「謝謝你們來。」我說著，決定表現大氣的一面，儘管他將近遲到了一個小時。有可能更糟。他有可能選擇完全不出現。

「怎麼會錯過呢？」他說。特瑞莎摟住史蒂芬的手臂。她看著氣球和彩帶笑得拘謹，不認同的眼神落在各處，就是不看我的臉。

「也謝謝你們讓我們把她的派對辦在這裡。」感謝的話哽在喉嚨說不出口。把派對辦在這裡是特瑞莎的主意。嚴格來說，週末孩子們是史蒂芬的，但她不敢冒險讓一群五歲的野孩子毀了她整潔的房子，史蒂芬又不願意花錢租下其他地方。我掛上愉快的微笑。「愛咪阿姨會來嗎？迪莉亞很期待她來。」

「不。」特瑞莎說著，仍沒有看我。「愛咪很忙。」

「我們也得走了。」史蒂芬說。「我們跟一個開發商在利斯堡約了吃中餐。回家前我們會過來接迪莉亞和查克。我只是想先帶她的禮物過來。我想她可以在我們離開前拆禮物。」

我來不及抗議，史蒂芬就叫來了迪莉亞和她的朋友，在那佔據了整個玄關的奢華禮盒前號召了一票觀眾。我和特瑞莎尷尬地肩並肩站在所剩無幾的小空間裡。她裝模作樣地在手機上查看訊息，滑動手機時，偌大的鑽戒顯露無遺。在發生潘娜拉麵包坊那件事之後，我們幾乎沒說過話。

除非你把幾個月前我們在法庭上陳述培樂多事件的證詞算進去的話。

「迪莉亞一眼就能看穿你。」我說。「她已經五歲了，她不笨。」

特瑞莎揚起眉毛。「我猜她優越的洞察力不是從她媽那邊遺傳來的。」

「真會說。」

「我說的是事實。」她低頭看了我的球鞋一眼，彷彿打死都不會穿這種鞋的模樣。

「你買不了迪莉亞的忠誠。」

「也許吧。」她說著，仔細看著她的指甲。「不過我能出錢幫她剪個像樣的髮型。」

特瑞莎從走進我家開始，還沒看過我一眼。也許是因為罪惡感作祟，但我很懷疑。史蒂芬告訴我他要搬出去那天，她死盯著我，等不及精準記下我情緒崩潰的那一刻。他向她求婚那天，她簡直得意到不行。羞愧這兩個字不存在於特瑞莎的字典裡。所以她到底在隱瞞什麼？「你為什麼要這麼做？你根本不喜歡孩子。」

「因為讓孩子跟我們一起住能讓史蒂芬開心。」她的紅唇緊緊抿成一條線。原來是這麼回事。史蒂芬不開心，這困擾著她，讓她寧願犧牲潔白的地毯和充實的社交生活。這是她不願承認的困境，是她不能對親朋好友說的秘密。

「帶走我的孩子不能修補你們的關係，但怎能離開我丈夫呢，對吧？」特瑞莎挪動她穿著名牌高跟鞋的雙腳，變換重心。她查看手機上的時間，假裝沒聽見我說話。「你知道嗎？我願意主動放史蒂芬走，但對於我的孩子，我不會乖乖束手就擒的。」

「你何不叫你的律師打電話聯絡我的律師。喔，等一下。」她說著，若有所思地用手指敲打下巴。「我忘了，你沒有律師。」

這招很低劣。維若妮卡說得沒錯。我需要一個可以對抗蓋伊的律師。一個老律師，有錢的律師，值五萬元的律師。「我不會讓你輕易得逞的。」

「我已經得逞了。」她繞著我打轉，瞇起犀利的綠色眼睛直盯著我。「我也跟你一樣不喜歡這個安排，芬莉。你以為等你無法當他們的媽媽時，是誰要負責照顧他們？如果你有你聲稱的那麼愛孩子，也許你會對我好一點。」

我驚訝得張大嘴巴。迪莉亞總算解開盒子上的蝴蝶結、拆掉禮物的包裝紙後，立刻放聲尖叫起來。她倒抽一口氣，完全忘了願望清單上的小狗。芭比夢幻屋有三層樓那麼高，就像特瑞莎的連棟透天一樣。「我們會帶回特瑞莎家，放到你房間裡。」史蒂芬告訴她，扛起盒子。「你今晚回家就可以玩了。」

迪莉亞追著他來到門口，攀在門上看禮物最後一眼。我為她買下並精心包裝的小絨毛狗突然顯得很可悲，象徵了她想要我卻買不起的東西。特瑞莎說得對，我太輕易就讓他們得逞了。如果我入獄了，史蒂芬和特瑞莎將是我孩子們僅有的父母。

車庫傳來車門砰一聲關上的聲音，把我嚇了一跳。迪莉亞奔向廚房找維若妮卡，她隨時都會帶著披薩進來。史蒂芬匆匆從前門出去，示意特瑞莎走在他面前，急著要離開。「記得在五點前讓孩子們準備好、行李帶著。我會在派對結束後過來接他們。」他回頭大聲說。大門一關，維若妮卡剛好走進廚房，手上抱滿一盒又一盒的披薩。

晚上，等史蒂芬把孩子們接走後，我坐在前廊，凝視著他逐漸消失的車尾燈，水泥地的寒意從襪子滲進來。孩子們不過離開一個晚上。他們明天就會回家，而且他們也才距離我幾個街區罷了，但我痛恨他總是如此輕輕鬆鬆闖進來、拿走他想要的東西、然後離開。我痛恨這有多不公平，痛恨這似乎沒人注意，也沒人在乎。

這是史蒂芬慣用的伎倆。他總是優雅得體，很快抹去他所做過的事。例如今天，他遲到了一個小時才來到迪莉亞的生日派對，仍如他所願達成任務，趁維若妮卡還沒看到他前就偷偷溜走，連迪莉亞都沒注意到他離開了。他的時機總是抓得完美無缺，伎倆總是耍得萬無一失。當初他背著我和特瑞莎偷情了好幾個禮拜。要是海格蒂太太沒有看見他、說出真相的話，我可能永遠不會知道他們已經——

我突然抬起捧在手上的臉。馬路對面，海格蒂太太家的窗簾嘩一聲拉上。我起身過馬路，直奔她家門口。要說有誰在哈里斯．米勒死去的那晚看見兩個陌生人鬼鬼祟祟出現在我家車庫附近——要說有誰能站起來為我作證、證明我說的是實話——那肯定是我們那位愛管閒事的鄰居。我敲著玻璃窗上的守望相助貼紙。

「海格蒂太太？」我隔著門叫道。「我有話要跟你說！」我把耳朵貼在門上，很確定她就在另一端聽著。我再次敲門，這次加重力道。「海格蒂太太！可以請你開門嗎？這件事很重要。」她的電視機開著。背景正播放某部情境喜劇微弱的罐頭笑聲。「算了。」我喃喃說著，最終放棄。

這都是史蒂芬的錯。在她揭發他與特瑞莎的婚外情後，史蒂芬罵她是老巫婆，叫她管好自己的閒事。我一得知史蒂芬外遇的消息傳得人盡皆知的那刻，態度也沒有比較客氣。此後，她拒絕跟我們任何一人說話。

我穿著襪子，拖著腳回到馬路對面，抵達家門口時，雙腳已經凍得麻痺。我把自己關在屋內，背靠著門，等待腳趾恢復知覺，一邊想著海格蒂太太。

在我跟哈里斯一起回家和維若妮卡自行從大門進來的這段時間裡，有人趁我或維若妮卡不注意的時候偷偷溜進我的車庫。海格蒂太太是守望相助會的會長。如果她看見任何可疑情況，我們甚至還來不及把哈里斯塞進後車廂，她就一定會打電話報警。但警方從未出現，所以我可以合理假設她看到的不多。

所以說，凶手是怎麼躲過海格蒂太太的耳目的？

那晚，我和維若妮卡之所以嚇到對方，是因為她從另一扇門進來。史蒂芬在派對上完全沒碰到維若妮卡也是同樣的原因。如果說凶手是把車停在路口，偷偷穿過鄰居的後院，從後方接近我的車庫呢？

我越想越不對。安德烈和菲力克斯不像那種偷偷摸摸的人。安德烈·博羅夫科夫砍了三個人，把他們丟在一間倉庫地板上流血至死。他沒有花費力氣收拾善後，似乎也不打算隱藏自己的罪行。何必呢？喬治雅說過他們總是有辦法脫罪。他們靠行賄達成審判無效的伎倆顯然通行無阻。所以，何必為了一樁冷血低調的罪行陷害一個育有兩子的郊區母親呢？如果他們想要哈里斯死，何不直接割開他的喉嚨，把他留在我家車庫的地板上？

不對，這個犯案手法感覺很懦弱。凶手從頭到尾都不必觸碰屍體，也不必見血。哈里斯斷氣的那一刻，他們甚至不必在場。這不像兩個凶狠無情的罪犯幹下的傑作。我敢說凶手以前從未做過這種事。這整件事感覺是見機行事，或一時衝動。

話雖如此，凶手顯然做了些計畫。他們先是在酒吧盯上他，然後尾隨我們來到我家。他們一直等到哈里斯失去意識、毫無防備的時候動手，就像……

就像哈里斯對待他的每個受害人一樣。

我突然挺直靠在門上的背。也許這個手法不是一時衝動。

如果說是極度私人的呢？

我奔上二樓來到書房，經過維若妮卡緊閉的房門，她正在裡面為了期中考臨時抱佛腳。我打開書桌抽屜，攤開哈里斯的銀行對帳單。

每個月的第一天就有十二筆存款。

而哈里斯的手機裡有十三個編號的文件夾——前面十二個包含過去受害人的照片，外加被我在女廁潑番茄汁的那一個。

乖乖照我的話去做，而且給我小心點，否則我就把這些照片拿給你丈夫看，告訴他你幹了什麼好事。

每個月的第一天存進十二筆錢，每一筆兩千塊美金。

如果說這些錢不是挪自菲力克斯·吉洛夫的戶頭呢？如果說這些錢是封口費呢？如果說他一直在敲詐她們呢？

我再次瀏覽那些費用，確信我想的沒錯。對那些住在華盛頓特區近郊的高收入分子來說，兩千塊不是一筆很大的數目，如果一個男人的妻子悄悄用她的個人帳戶匯款，這筆錢很容易被忽視。哈里斯一直利用他的受害人賺取不義之財——他每次剝削一個新的女人，金額也跟著逐月增長——拿照片威脅她們，告訴她們如果不照他的要求去做，他就會把她們外遇偷情的事告訴另一半。她們怎麼可能不照他的要求去做呢？照片描繪的畫面，與發生在她們身上的情況截然不同。

這些女人個個都有很強烈的私人動機希望哈里斯死。犯案手法感覺也合情合理。但究竟是哪一個人下手的呢？

這會兒哈里斯的手機八成已經到了警察手裡。少了手機，我很難利用這些存款追溯個人帳戶，但我可能有辦法弄清楚這些女人是誰，縮小名單。

我從列表機拿了一張白紙，盡可能把我記得的十二個名字一一抄下。接著我打開瀏覽器，搜尋哈里斯的社交團體，點開會員頁面，找到一張會員名單。螢幕上出現超過七百張縮圖照片。

今晚將會是個漫漫長夜。

21

我和史蒂芬剛結婚時，我媽曾向我保證，有些料理是不可能搞砸的。理論上，沒有人需要食譜才能做出像樣的雞湯或簡單的肉餅，但做媽媽的我，有些事是我怎麼也學不會的，烹飪就是其中之一。顯然，另一個就是婚姻。

烤箱裡的平底鍋在冒泡泡，邊緣已經微焦。我打開烤箱門，謹慎地聞了聞。我在網路上找了焗烤料理的食譜——比起哈里斯的受害人，我找到更多食譜——而且廚房已經具備所有的材料，感覺就像小小的勝利。

昨晚的研究沒有預期順利。因為只有名字和外表可以參考，我花了好幾個小時仔細搜尋個人資料，縮小可能性。有些人，我很肯定我已經設法找到她們的身分了。在瀏覽過其他的社群媒體後，我淘汰了一些可能的嫌犯。有幾個搬家了。有一個在住院。有幾個貼了那天晚上的家庭聚會或出席活動的照片。但有些名字我仍遍尋不著。不少人已經直接刪除她們在臉書群組裡的社交資料，要找到她們簡直比登天還難。

我擺好餐具，放了一堆髒衣服進洗衣機，鋪了床，從客廳地板上撿起堆積如山的玩具。我讓維若妮卡放一天假考期中考，自己花了一整天刮除地毯上的蛋糕糖霜、研究哈里斯的受害人可能叫哪些名字，以及做些家事。

車庫傳來車門關上的聲音。我在洗碗機前抬頭看，只見維若妮卡如旋風般走進廚房，在流理台上放下包包，踢掉一雙黑色細高跟鞋。我把幾個乾淨碗盤疊在手上，放上餐桌，仔細看著她那剪裁俐落的西裝、潔白的衣領、優雅的法式盤髮和鮮紅色唇膏。這不是週一下午去上社區大學穿的衣服，甚至不是週一下午火辣午餐約會穿的衣服。這是參加高薪會計師事務所求職面試穿的衣服。一小部分的我擔心維若妮卡整個下午不知道去哪裡了。

迪莉亞過完生日的那天起，我們一直沒什麼聊過。我甚至沒機會問她上次的約會怎麼樣。生日派對結束後，我們一邊打掃，我一邊把我和特瑞莎的對話重述一遍。後來，我們吃冷掉的披薩當晚餐，維若妮卡去為期中考複習，我則把自己關在書房裡寫作。

「期中考考得怎麼樣？」我問，但願她不是準備遞辭呈，告訴我她找到了更好的工作。有健保和帶薪假、不會牽扯到尿布的工作。或屍體。

她聳聳肩，摘掉墨鏡後，抽抽鼻子。「這是什麼味道？」她打開烤箱往裡看。

「焗烤鮪魚。」

她搧著從烤箱冒出來的滾滾濃煙。「焗烤鮪魚是黑色的嗎？」

維若妮卡跳到一邊，我猛地打開烤箱門，趁煙霧警報器響起前跑去打開窗戶。我站在餐椅上，拿著抹布對天花板上的煙霧偵測器揮舞，這時維若妮卡把手伸進錢包，拿出一疊現金丟到流理台上。「我可不吃。我們點外送吧。」

我扔掉了抹布，睜眼看著那疊厚厚的百元大鈔，差點從椅子上摔下來。我爬下椅子，關上窗戶，再匆匆拉起窗簾。「那是什麼？」我問，用手指戳戳那疊錢。

「那個啊，」維若妮卡說，「是三萬七千五百美元扣掉百分之四十。你可以請我吃晚餐謝我。」

「謝你什麼？」

「謝我跟伊琳娜．博羅夫科夫見面，拿了一半的預付款。」全身上下的空氣彷彿瞬間離開我的體內。我的膝蓋一軟，從剛剛站立的椅子上滑下來。「芬莉？你怎麼了，芬莉？」維若妮卡踢我的椅腳，我一下子抬頭與她四目相交。

「你知不知道那女人的老公是什麼人？」我的聲音異常冷靜，與我內心的慌張程度完全不成比例。

維若妮卡漫不經心地揮揮手，轉身背對我。她打開冰箱。「當然，伊琳娜都跟我說了。那傢伙聽起來很糟糕。我敢說這一票我們可以幹得問心無愧。」維若妮卡叫她伊琳娜，彷彿她們已經是老朋友似的。

「維若妮卡，」我用極度壓抑的聲音說，「安德烈．博羅夫科夫是俄羅斯黑幫的殺手。他以殺人為生。他會割開別人的喉嚨，就像今年夏天在赫恩登的倉庫發現的那三名男子一樣。」

「就像我說過的，很糟糕。我相信一定有很多人想……」維若妮卡關上冰箱，轉身面對我，拿著可樂的手，指節泛白。「等等，你能再說一遍嗎？最後那段我可能聽錯了。」

我把臉埋進手裡。「我們應該切斷所有線索，處理掉所有證據！你到底明不明白這是什麼意思？」

我被維若妮卡打開可樂罐的聲音嚇得跳起來。她把可樂用力放到桌上，一把抓起鈔票，對著我揮舞。「意思是你總算請得起一個像樣的離婚律師，把孩子留在身邊了。就是這個意思！」

我目瞪口呆地看著她。昨晚，我把特瑞莎說過的一字一句告訴維若妮卡，說他們試圖買迪莉亞的愛，而我沒錢請律師。我說特瑞莎明明不想要孩子，仍決定把他們從我身邊帶走。我應該把我對安德烈・博羅夫科夫的了解告訴維若妮卡，結果我從頭到尾都在抱怨史蒂芬和那該死的芭比夢幻屋。

「這筆錢我們不能拿！」我說著，把錢推還給她。我們已經還清了我所有的債務。我好不容易重回正軌。只要不做傻事，我大有機會把迪莉亞和查克留在身邊。「你現在就打電話給那個女人，告訴她一切都是誤會。然後你要把錢還給她。」

「沒辦法。」

「為什麼？」

「因為我已經花掉一些了。」

「多少？」

「百分之四十。」

我的舌尖頂著上顎，一邊在腦中心算。「你一個下午就花掉了一萬五千塊美元？」她點頭，彎腰喝著可樂時看起來很後悔。「你買了什麼？」

維若妮卡挺起身子，一手指著我，提高音量說：「是你說我們應該處理掉所有相關證據的！所以我就照做了。」

「你這話什麼意思？」

「意思是我的後車廂曾經有一具屍體！我每一集CSI犯罪現場都看過，你知道那是處理不掉的。」維若妮卡眨著那塗了厚厚一層睫毛膏的睫毛，心虛地看著我。「所以我把我的車子賣給我表哥拉蒙了。」

「然後呢……？」

「然後我買了一輛新車。」

我站起來，打開通往車庫的門，開燈的那瞬間，我就被閃閃發光的石墨黑車身和亮銀色的排氣管閃得睜不開雙眼。那輛道奇大型轎車停在我的休旅車旁邊看起來大得嚇人。車商的待售貼紙仍貼在後窗上，遮蔽我的視線，讓我看不見固定在後座的兩個兒童安全汽座。「那是什麼？」

維若妮卡擰著雙手。「6.2升V8機械增壓引擎的道奇轎車……附帶一個非常大的後車廂。」

我把門甩上。

維若妮卡走向酒櫃。「我想說我們之後會需要馬力強一點的車。」

我張嘴準備用至少五種我還沒學會的語言咒罵她，但就在這時，室內電話響了。我和維若妮卡同時靜止不動。我們盯著電話，看著它響起第二聲。從來沒人會打室內電話，除非是電話推銷員或團體募款，像是當地警察同業會這樣的團體。

維若妮卡緩緩退後一步。「你想會是誰？」

一部分的我希望是安德烈．博羅夫科夫打來的，這樣我就能告訴維若妮卡「我就跟你說了吧」。我做好準備，伸手接起電話。「喂？」

「芬莉，你都到哪兒去了？這三天我一直在找你！你為什麼不接電話？」一聽見希薇亞的聲音，我的肩膀頓時放鬆。

「我知道，對不起。」我說著，坐進一張椅子，按摩太陽穴。我現在沒空聽我的經紀人訓話。她在週五下午寫了封電子郵件詢問稿子的最新進展，我回也沒回就關掉郵件。「我的手機壞了，我買了一支新的。抱歉，希薇亞，我這幾天忙翻了。我再把電話號碼寄給你。」

「你的編輯想知道你的書寫到哪裡了。我努力拖著她，要她再給你一點時間，但她堅持要看看你到目前為止寫了些什麼。」

「什麼？不行！」我氣急敗壞地說。「我什麼也沒辦法寄。」我手邊只有哈里斯的故事。即使名字改了，仍太接近事實。祭出這個故事過於冒險。「我的稿子簡直是一團糟。我甚至還沒校對過，還差得遠了。」

「我來告訴你什麼叫一團糟！你已經違反合約。你知道這是什麼意思嗎？意思是他們可以取消你的下一本書，收回你的預付款。你非得寄點什麼給我。什麼都好。你有多少？」

「不多。」

「芬莉。」天啊，她的口氣聽起來就像我媽。

「好啦、好啦，我有幾章內容可以寄給你。」反正她一定不會喜歡。但至少她可以告訴我的編輯我盡力了。

「不是我們討論過的故事，但那是我手邊僅有的了。」

「有多少？」

「我不知道，兩萬個字左右吧？」

「立刻寄給我。」

「我今晚寄給你。」

「不，芬莉。現在馬上寄。除非在信箱看見稿子，否則我不會掛電話的。」

我把無線電話夾在下巴，帶著上樓。我滿腦子只想快點讓希薇亞掛電話，才能思考該拿安德烈．博羅夫科夫怎麼辦，該怎麼處理廚房裡的現金和從黑幫手中得到的、如今停在我家車庫的那一萬五千塊美金。

我連主旨都沒打，就直接把檔案寄給希薇亞。「好了，你高興了嗎？」

希薇亞用指甲敲打鍵盤，一邊發著牢騷說：「如果你沒有落後截稿日三個月的話，我會很高興。如果我過去兩天一直在語音信箱留言而你有回覆的話，我會很高興。如果廚神戈登．拉姆齊今晚出現在我家並堅持要幫我做晚餐的話，我會很高興。但這個，」她沮喪地嘆口氣說，「我只能將就接受了。把你新的手機號碼給我。」

我從口袋拿出預付手機，劈哩啪啦說出號碼。

「我會先讀一讀，看能不能用這個幫你爭取到更多時間。與此同時，馬上給我在椅子上坐好，開始打字，否則準備跟你的預付款說再見吧。」

「謝了，希薇──」突然喀噠一聲，她掛斷電話。

我靠在椅子上，雙手放在鍵盤兩側，頭懸在上方。我準備被我的經紀人開除了，然後是我的編輯。我剛才寄給希薇亞的稿子根本牛頭不對馬嘴。我甚至不確定故事有沒有連貫。幸好，哈里斯和佩翠西亞失蹤一事還沒登上全國新聞。我的經紀人和編輯都住在紐約。即便如此，我仍拚了命祈禱我在寄出稿子前沒忘記換掉所有的名字。

我在跟誰開玩笑？我的稿子爛透了。希薇亞大概看不到第二章就會把稿子退貨，叫我重新寫過。

我緩緩吸了一口氣。整間房子聞起來像燒焦的鮪魚和起司，我的肚子餓得咕嚕叫。空虛無力的我拖著腳回到一樓，看見維若妮卡坐在餐桌旁，雙手撐著頭，一只一口杯擺在我們埋葬哈里斯那晚就開始喝的波本酒旁邊。我不確定今晚結束後，酒會剩多少。

她把一口杯斟滿酒，推到我面前。酒精燒灼著食道而下，讓我的雙眼滿盈淚水。我盯著那疊鈔票。就算編輯把我開除了，起碼我還有辦法償還我欠出版商的預付款。

三個禮拜……我有三個禮拜寫完一本書，找到辦法解決一切。

我從那疊鈔票抽了一張五十元。

「潛艇堡還是中國菜？」我問維若妮卡。「就算殺手也得吃飯，對吧？」

22

星期二放學時間，動物收容所的停車場已經客滿，於是我停到了路邊最後一個空位上，確保我的車頭和前面那輛車之間有足夠的距離，避免遇到我的車突然發不動、不得不叫拖車來的窘況。朱利安說得對。我必須把車帶去檢查，但如果我真的開到車行，他們會發現一大堆問題——輪胎沒有校準，已經錯過一次保養（或兩次），煞車皮磨損，變速箱不穩定，國家規定的排氣檢驗還沒做，大概也得換幾個新輪胎。現在每次轉動鑰匙，我都在祈禱和發誓。這麼做比較便宜。

「我們明明可以開你的車。」我對維若妮卡抱怨道。

「不行。我的車不載寵物。」維若妮卡把查克從汽座上抱下來。我牽起迪莉亞的手，一起過馬路走向收容所。

「我們只是看看，沒有要帶回家。」

「為什麼？」迪莉亞氣呼呼地說。「爹地說等我們過去跟他一起住的時候就可以養狗。」

「是嗎？」我喃喃地說。考慮到特瑞莎精美的純白地毯，我猜史蒂芬在討好我們女兒的時候她並不在場。「那我們何不把你最喜歡的那些寫一張清單給爹地？」

我們走近高大的圍欄時，一陣狗吠和咆哮聲朝我們襲來。查克摀住耳朵，鑽進維若妮卡的肩膀。我放開迪莉亞，拉開沉重的大門。接待區也沒有比較安靜。壓克力觀景窗幾乎無法減輕辦公桌另一邊的狂吠聲。坐在電腦前面的女人正在玩接龍，我來到她旁邊，隔著窗戶往裡面的狗舍偷看，尋找佩翠西亞照片裡的熟悉面孔。

「哈囉？」接待員的注意力從螢幕上移開。「我和孩子們想領養一隻狗。」我說。「請問我們能不能到處看看？」

「當然，不過別讓孩子們把手伸進籠子，鉸鏈是自動關閉的，所以他們有可能被夾到。如果看到喜歡的狗，跟我說，我會請一位工作人員幫你安排一間互動室。」

她按下桌子下方的按鈕。刺耳的蜂鳴聲讓我打了個冷顫。現場所有的壓克力板和柵欄都讓人覺得彷佛置身喬治雅工作的地方。我只想找到線索，推敲佩翠西亞的下落——搶在警方或黑幫之前找到她——這樣我就能弄清楚是誰殺了哈里斯，找到證據證名我的清白，然後回家。

我們拖著孩子們走進震耳欲聾的房間時，兩側狗籠裡的狗都用後腿站起來，向我們吠叫。迪莉亞開始挨家挨戶查看每隻狗，我幾乎聽不到她高興的尖叫聲。她停下腳步，在其中一個籠子前蹲下。

蜷縮在籠子角落的那隻狗很嬌小，一身蓬鬆凌亂的毛，眼睛和我女兒的一樣痛苦且渴望。

「你想要摸摸他嗎？」我們身後的一個聲音問。

「可以嗎？媽咪？」她用懇求的眼神看著我問道，年輕志工就跪在她旁邊。他從口袋拿出一串鑰匙。他的身材高瘦，一頭凌亂的捲髮和一雙水汪汪的藍眼睛。我立刻認出他是佩翠西亞臉書上那張團體照裡的人。你好，我的名字叫艾倫印在他的名牌上。

「當然了。」我說。「如果亞倫說可以的話。」我和維若妮卡隔著他的頭頂四目相交。她想必也從佩翠西亞的臉書照片認出他來。

他翻找那串鑰匙，接著打開狗籠，迪莉亞直拍手。小狗嗚咽著，往狗籠裡鑽，艾倫解下他腰間的皮帶，把皮帶塞進鉸鏈，撐開狗籠的門，小心翼翼不要嚇到小狗。接著，他把手伸進口袋，拿出一個狗零食放在迪莉亞的手上。他坐在地上，拍拍他旁邊的位置。她跟隨艾倫的吩咐，靜靜坐下，把狗零食放到自己前面。

「這隻很特別。」他說，音量跟其他籠子傳來的咆哮聲比起來不過螞蟻那麼大聲。「他叫山姆，個性有點害羞，所以我們必須對他非常溫柔，讓他覺得有安全感。你做得到嗎？」迪莉亞點點頭。

狗狗待在籠子的陰暗處，鼻翼往外掀。他低著頭，一步步向前走，耳朵拉平，尾巴夾在兩腿之間。艾倫低聲對迪莉亞說話，鼓勵她要有耐心，告訴她等狗狗知道這裡很安全，就會過來找她。

狗狗總算把頭探出籠子、鼻子湊向零食的時候，迪莉亞淺淺地吸了一口氣。慢慢地，他開始接近她，小心地把零食吃進嘴裡。狗狗吃著有嚼勁的零食，被艾倫抱起來放到迪莉亞的懷裡時，因為分心而沒有抵抗。

查克開始躁動，手往籠子伸。維若妮卡把他抱在腰間上下晃動，接著把他帶走，離開前她給了我一個銳利的眼神，下巴朝艾倫點了點。

「山姆怎麼了？」我問，注意到狗狗的後腿打著小石膏。

「山姆是被救回來的流浪狗。」艾倫看著迪莉亞輕撫山姆的背，露出微笑。「我在幾個禮拜前發現他被自己的鏈條纏住。山姆很乖，只是個性有點緊張。不過一個溫暖的家可以解決一切。流浪狗是很棒的同伴。」他把手伸向掛在旁邊牆壁上的寫字板。「說到這個，我們會要求所有收養家庭填寫一張申請表。」他遞給我寫字板和一支筆。

迪莉亞跟山姆玩耍的時候，我尷尬地盯著申請表。我最不希望的就是留下我來過這裡的紀錄，但如果拒絕可能會看起來很可疑。艾倫禮貌微笑，查看手機上的時間時盡量不表現得太明顯。

我開始填寫表格，在空白處填上特瑞莎和史蒂芬的名字及家裡地址。反正養狗是史蒂芬的主意，而且他向迪莉亞保證過狗狗可以和他們一起住，這麼寫感覺理所當然。

迪莉亞在我腳邊咯咯笑，山姆不停舔她，想再吃一塊狗零食。她在狗狗耳邊輕柔低語，過分關愛他的傷勢。

難怪佩翠西亞花那麼多時間在這裡。照顧這些被拋棄或不被疼愛或從糟糕的主人手上拯救回來的動物大概讓她感覺良好。被哈里斯這樣的男人束縛了半輩子後，待在像艾倫這種溫柔又善良的人身邊大概也讓她覺得安全自在。如果這個收容所是她的避難處，與她一起工作的這些人又是她最接近家人的人，說不定她會對這裡的某個人吐露心聲？

我把表格還給艾倫。「上次我們來的時候，我和一個叫佩翠西亞的女人聊到一隻狗——他一隻眼睛的周圍是黑色的毛，身體是雜色的，大約這麼大。」我描述我在照片中看到她抱著的那隻狗，一邊用雙手比劃。

「你是說海盜？」

「對！這就是他的名字。我在這裡沒看見他。你有她的電話號碼讓我可以聯絡她詢問那隻狗的事嗎？」

「我很希望能夠幫助你，但可能沒辦法。」他說著，臉垮了下來。「我們所有人都試圖聯絡她。佩翠西亞從上禮拜起就一直沒出現，也沒人聽到她的消息。至於海盜和他的姐妹莫莉幾週前已經被領養走了。我很抱歉。」

「喔，太可惜了。」我說著，尋找新的切入點。「我真的很想跟她聯繫。佩翠西亞說她的皮拉提斯老師很棒，但我忘了她去的健身房叫什麼名字。」

艾倫聳聳肩，臉頰微微泛紅，一邊瀏覽我的申請表。「抱歉，我不知道。皮拉提斯不是我熟悉的領域，而且她從來沒提過健身房的事。」

「她還有哪些朋友可能知道我可以去哪裡找她嗎？」

他斜眼看著我。「我想沒有，警方已經問過所有人了。」

「警方？」我佯裝驚訝地問。「警方為什麼要找她？」

他皺起眉頭。「新聞有播啊。佩翠西亞和她的丈夫失蹤了，沒人知道她在哪裡。」

「喔，很遺憾。」聽到這個消息要擺出難過的表情不是太難。如果她沒有跟這裡的人聊過，等於又是一條死胡同。「警方有任何線索嗎？」

「他們沒說。有個警探搜了她的置物櫃，問了一大堆問題。我跟他說佩翠西亞最後幾次來做志工的時候一直很焦慮，還有點神經質，但她從未提過要去什麼地方。警方主要是想知道她丈夫的下落。我們有些人……」他牙一咬，緊張地朝四周張望，然後壓低音量。「我們有些人覺得他們夫妻關係可能不是太好。他聽起來像個王八蛋。」有人喚了艾倫的名字。他踮起腳尖，往我的頭頂看去。他對他們舉起一根指頭，示意他一會兒就過去。

「我該把山姆放回去了。」艾倫說著，彎腰從迪莉亞的手中抱走山姆。他把山姆放回狗籠時，眉頭依然緊皺。「你還想再看看其他的狗嗎？」

「沒問題。」我說著，在另一端捕捉到維若妮卡的眼神。「你不介意的話，我們想再到處看看。」維若妮卡腳步輕快朝我們走來，趁艾倫把皮帶繫回腰間時，不小心撞上他。他們匆匆向對方致歉。等他拐過牆角，我立刻問，「你有什麼發現？」

「後面有個員工休息室。」她輕聲說。「門沒鎖，我探頭進去看，但有幾個志工在裡面。」

「你看到什麼？」

「每個員工都有一個寫著自己名字的置物櫃。」

「佩翠西亞有嗎？」

維若妮卡點頭。「值得一試。」佩翠西亞的置物櫃裡說不定有什麼線索讓我們知道她在哪裡。可是我們要怎麼掩人耳目打開櫃子呢？

「我們不能直接大搖大擺走進去偷看啊。」

「看我的。」維若妮卡在我面前揮舞著艾倫的鑰匙。

「你從哪裡拿的？」

「剛剛從他的皮帶上拿走的。他一點感覺都沒有。」

她把查克丟到我懷裡。「到休息室跟我會合。」

「什麼時候？」

「等等你就知道了。」她溜進一排排的籠子中。我跟隨迪莉亞走過一個又一個籠子，張大眼睛等候維若妮卡的暗示，不太確定自己在找什麼。

這時，突然爆出一記尖銳的叫聲，緊接著是籠門砰的一聲。收容所傳來一陣陣刺耳的狗吠，兩隻貓在中間走道奔馳，尾巴炸毛，背部拱起。又是砰的一聲。四隻狗齜牙咧嘴，狂追在後。這些動物飛奔而過時，孩子們開始大哭，家長們也放聲尖叫。查克鑽進我的懷裡。最後一個志工衝出來去制服那些跑出籠外的動物時，我連忙牽起迪莉亞的手，帶她沿著走廊走向休息室，她也沒有抗議。

維若妮卡招手要我快一點，順便從我手中抱走查克。「快，休息室沒人，但我不知道能撐多久。」她東張西望確定沒人在看，把我推進休息室，門一關上，貓叫聲和狗吠聲瞬間變得模糊。

我直接走向那排置物櫃找名字，最後發現佩翠西亞的置物櫃。就算本來有上鎖，現在鎖也已經不見了。這表示艾倫說得沒錯，警方已經搜過了。

鐵製櫃門鏗鏘一聲打開，讓貼在門上的黃色警用膠帶沙沙作響。櫃門內側貼滿動物的照片——大多是海盜和莫莉的照片。櫃門角落塞了一張名片：費爾法克斯縣立警察局，尼可拉斯・安東尼警探。他大概就是佩翠西亞・米勒這個案子指派的警探。

我小心翼翼不要弄亂警用膠帶，一邊翻找她置物櫃的東西，從衣架上拉出一件運動衫。深藍布料上沾了黑色和白色的狗毛，遮住正面印有泰森健身俱樂部的字樣。架子上方有一把滾動除毛刷、一張狗飼料的發票和幾張星巴克的發票。除非警方找到了我沒發現的東西，否則這裡沒有任何跡象顯示佩翠西亞去了哪裡。

我關上置物櫃，用肉眼細看休息室，尋找我或維若妮卡可能錯失的東西。門邊的佈告牌佈滿鮮豔的圖釘，有團體照片和工作時間表。佩翠西亞和艾倫及其他幾個人負責星期二和星期四的志工團。照片中的她坐在艾倫旁邊，穿著我在置物櫃看到的那件運動衫，海盜和莫莉分別趴在他們的大腿上。我湊近那張照片，瞇眼盯著她的手看。她的無名指是空的，鑽石婚戒明顯不見了。

狗舍那邊出現騷動。我打開一條門縫往外偷看。幾公尺外，維若妮卡正在分散兩名收容所志工的注意力。我溜出休息室時，她的眉毛上揚，表情急促。

「霍爾太太？霍爾太太？」一個聲音蓋過了狂吠的狗群。「特瑞莎！」這次提高音量。我轉過身看。艾倫正沿著走廊朝我跑來，看起來很慌張，我這才意識到他是在跟我說話。「你有沒有碰巧看見一串鑰匙？我肯定是在剛才的混亂下弄丟了。」

我搖搖頭，雙手本能地伸進頭髮抓了抓不存在的癢感。我真不該在表格上寫下特瑞莎的名字和地址。警方已經來過這裡了，我再三告訴自己。他們已經搜過佩翠西亞的置物櫃，盤問過所有人了。然而，我卻一直覺得我來到這裡是錯誤的決定。「抱歉，我沒看到任何鑰匙。」

就在這時，一隻橘色虎斑貓從我們之間奔過，艾倫拔腿追了上去，我不禁深深感到後悔。

23

突如其來的門鈴聲把我從睡夢中驚醒，我在床上猛地坐起來，睜大雙眼，眨個不停。來了，他們要來逮捕我了。就在這時，手機在床頭櫃上震動起來，我嚇得把毛毯緊緊抓在胸前。希薇亞的號碼在黑暗中閃爍著。我倒回枕頭上，等待心跳緩和。不是警察，只是我的經紀人。

我摸黑找到手機，查看時間，不確定現在是早上還是晚上的五點四十五分。過去三個晚上我幾乎沒睡，研究哈里斯的受害者名單，決心找出到底是誰殺了他，但我只能把名單裡的嫌犯從十七人縮減至九人。筋疲力盡、毫無進展的我，在天亮前一小時終於放棄，倒頭大睡。

「喂？」我對著話筒不耐地說。

「你聽起來很累，但願是因為你寫作寫了一整天。」還一整夜呢。我揉揉眼睛。「你坐著嗎？」

「沒有。」

「我讀了你的手稿。」我一手遮著臉，準備迎接壞消息。「我昨天寄給你的編輯了。她準備要向你報價。」

我慢慢坐起來，動腦讓自己清醒。「報價？可是我這本書早就簽約了。」

「再也沒有了。」

我伸手遮住雙眼。這比我想像的還糟。所謂的報價大概是一個還款計畫。我不僅丟了合約，還得把預付款還回去，外加希薇亞的佣金。她大概也不想再當我的經紀人了。我不敢想當史蒂芬得知這一切後會說什麼。

「希薇亞，我很抱歉。我們有沒有可能——」

「我告訴她我要買斷你的合約。」

我搖搖頭，肯定自己聽錯了。「你做了什麼？」

「我告訴她我知道這本書一定會大賣，而他們給你的錢太少了。我告訴她我會親自把你的預付款還回去，然後我要拿回你的版權。」

我打開檯燈，唯恐自己還在做夢。我盈著淚的雙眼被燈光照得瞇起來。「她怎麼說？」

「她讀了你的手稿，也同意我的看法。她覺得你這本書大有可為。」

「真的嗎？」

「故事架構太精采了——膽怯的妻子僱人殺死她可怕的丈夫，勇敢的女主角和年輕帥氣的律師……他們在書中有很棒的化學反應。我是說，很火辣，芬莉。你至今最好的作品。我等不及想知道凶手是誰了。」

我發出陰沉的乾笑。「我也是。」

「如果你答應不把手稿帶去其他出版商的話，你的編輯願意買下版權優先權。她會把合約增加到兩本書，提高你的預付款，再給你多一點時間完成手稿。」

「提高我的預付款？提高到多少？」

「一本書七萬五千塊美金。」我很確定我的下巴目前掉到大腿的某個地方。我的編輯打算要付給我十五萬美金，為了哈里斯．米勒被殺的故事。我描述了每個犯罪細節、目前正受到調查、我還是秘密參與者的故事。「芬莉？你在嗎？」

「我在。」我聲音嘶啞地說。「可以給我幾天時間思考嗎？」

「相信我，芬莉。」希薇亞的語氣甜如蜜糖。「我完全明白你的感受。我也有閃過同樣的想法。」

我忍住想歇斯底里大笑的衝動。「我極度懷疑。」

「我明白，真的。而且你是對的。這個故事夠精采，我們可以買斷合約，帶著手稿去找其他大牌編輯，甚至交付拍賣。但兩鳥在林不如一鳥在手，芬莉。畢竟你之前的書賣得不好，我們不應該太自大。我說我們把錢收下，滿足他們的要求。」

「我不知道，希薇——」

「太好了，我很高興我們有共識。」

「這沒那麼簡單！我不能就這樣——」我隔著話筒聽見她的電腦發出寄出電子郵件的咻咻聲。過沒一會兒，我的手機響起通知。

「我寄給你一份修改過的合約，我幫你爭取到一些額外的條件。你的編輯認為你應該換一個新的筆名。我們覺得菲歐娜．多諾文聽起來很不錯。我告訴她你很興奮。她已經把手稿寄給其他同事了。我們應該在幾週內就會收到修改後的合約和預付款的餘額。你有三十天的時間給她一份手稿，所以快上工吧。我幾天後再打電話給你。」

希薇亞掛斷電話。我躺回枕頭上，不肯置信。

我手上突然變得非常多錢，多到我不曾想像的地步。這些錢足以請一個全職褓姆和昂貴的律師，足以把車修好，更重要的是，拯救我的孩子，也足以讓史蒂芬和特瑞莎無法繼續數落我。

我不知道哪個情況更糟。是我這輩子第一次為自己感到驕傲，還是我賺的每一分錢日後可能害我坐牢坐一輩子。

隔天早上史蒂芬過來接孩子的時候，我仍在宿醉。昨晚迪莉亞和查克睡著後，維若妮卡堅持開一瓶香檳慶祝書順利賣出，我們喝到一滴不剩才罷休。她興奮得（也醉得）在我告訴她我要去聯絡伊琳娜．博羅夫科夫並安排把預付款還給她時，她完全不介意。我之所以沒聽見史蒂芬把鑰匙插進鑰匙孔、自行進屋的唯一解釋就只有宿醉了。我來到一樓時，他已經幫迪莉亞和查克穿上外套。我攔下他們，匆匆跟他們擁抱，抱得我心疼。

「門鈴沒壞，你知道嗎？」我從孩子們的頭頂上方怒視著史蒂芬。

「外面很冷，我不想等。」他為迪莉亞和查克開門，把他們推到門外。「去吧，到爹地的車上找特瑞莎和愛咪阿姨。我一會兒就過去。」他們穿著羽絨外套東倒西歪走出門時，我們暫時停止爭執。

「這是我的房子，史蒂芬。」大門一關上，我立刻說。「你不能隨隨便便想進來就進來。」

「我當然可以，房契上寫的是我的名字。」

維若妮卡從廚房出現在他身後。她把手伸到他前面，搶走他手上的鑰匙，匆匆把我家鑰匙從鑰匙圈上解下來。她動作誇張地把鑰匙抽走，看得史蒂芬瞠目結舌。她拿著鑰匙走向浴室，打開門，掛著滿足的笑容扔進尿布處理器。她轉動操作桿，把我家唯一一把備用鑰匙包上塑膠膜，他氣得臉色漲紅。

「她在這裡做什麼？」他對我嘶聲說。維若妮卡擦擦手，蓋上蓋子。「我跟你說過我不會支付你的褓姆費。」

「我碰巧是多諾文女士的會計師兼業務經理。」維若妮卡翹起屁股打斷他。「你的房租已經匯過去了。」

「沒有全付。」史蒂芬嘲諷地說。

「全都付了。」維若妮卡反駁道。「讓我們把事情說清楚，房東先生。即使你的名字在房契上，仍然沒有隨便闖進來的權利。或許你應該讀一讀租賃合約，尤其是第四段、條款b，上面明確記載你想要進屋的話必須先知會房客。下次再這樣不請自來，你或許會不小心撞見你恨不得沒看到的東西。」

「像是什麼？」

拜託別說屍體、拜託別說屍體。

「像是芬莉做內衣模特兒的那個帥氣新男友。」史蒂芬突然瞪大雙眼。我在維若妮卡的手肘上捏了一下。

「他不是內衣模特兒。」

「他只是長得像內衣模特兒——」

「他也不是我的——」

「他其實是一名律師。」她說。我覺得頭開始隱隱作痛，或者只是宿醉的關係。「我建議你下次遵守租約條款，否則我可能得聘請他為多諾文女士提供全方位的服務。」維若妮卡故意上下打量史蒂芬的身材，一臉失望。「有意見的話，你可以把你那自大、愛偷吃的——」

我按著我的太陽穴。「維若妮卡跟我們住在一起，史蒂芬。」史蒂芬的注意力瞬間來到我身上，一臉不敢置信。他還來不及開口，我便說：「我有付她錢。」

「你付她錢？」

「這麼說吧，我們兩人都對你的安排不甚滿意。」

沉默像錘子一樣重重落下。維若妮卡帶著勝利的微笑、眨著眼睛看著他。史蒂芬的額頭上冒出一條青筋。

「你拿什麼錢付她？」他問，看著我們彷彿我們都瘋了。「你根本沒錢，芬莉。你每筆帳單都遲繳好幾個月了，你不可能負擔得起。」

「多諾文女士有很多錢。」維若妮卡嘲諷地說。「總之她已經不再欠你租金了，她的付款能力不關你的事。」

「她在說什麼？」

我瞪著維若妮卡。她端詳自己的指甲，摳著指甲油，假裝沒注意到。史蒂芬已經把我逼到角落。我非得跟他說些什麼，否則他會直接帶著這些有關我資產的疑問去找蓋伊。「我賣了一本書。」

「是兩本。」維若妮卡糾正我。我在她熾熱的黑色眼睛看到的自豪，讓我不禁喉頭哽咽。從來沒人把我的工作當成是……嗯……工作。從來沒人捍衛我的工作、對我的工作感到驕傲，或大肆吹噓。一直就只有我，獨自坐在書桌前。

「所以你這樣賺多少？三千美元？」史蒂芬噘起嘴巴，話中充滿濃濃的諷刺意味，濃得我都可以用來幫車子打蠟了。「那些刷爆的信用卡呢？車貸？還有她……」他說著，拇指朝維若妮卡點了點。「她肯定要花上你——」

「多諾文女士的收入同樣不關你的事。」維若妮卡站到他面前說。

「狗屁！」史蒂芬低頭狠狠看她，手指著我。「她那幾本書賺的錢絕對不夠付清所有的債。」

這句話正中我的胸膛，以一種令人窒息的羞愧感把我擊倒。每次我在他面前打開一張預付款的支票時，都會有這種感覺。他會拍拍我的背安慰我，反諷地說這些錢可能夠我們買幾箱尿布，幸運的話，也許還能買些雜貨。他指向身後的前廊，所有未拆封的郵件本來堆放的地方。「那些帳單已經堆在那邊好幾個月了。她欠我的錢遠遠不……」他的臉突然垮下。他皺起眉頭，放下手臂，眼睛像探照燈一樣環顧房子四周。「那些帳單呢？」他匆匆經過我們走進廚房，翻找流理台上那疊薄薄的廣告單和折價券，維若妮卡緊跟在後。我跑上二樓走到書房時，仍聽得見他們在爭吵。

我受夠了被別人貶低，覺得自己做的事情無關緊要。我受夠了我無法照顧自己或孩子的窘境。我受夠了認為自己不屬於史蒂芬和特瑞莎那種上流階級的人。我打開電子郵件，把一張白紙塞進列表機，看著機器開始運作 一邊默默咒罵史蒂芬。印好後，我抽出托盤上的紙，衝下一樓，維若妮卡和史蒂芬正在那裡大眼瞪小眼，隨時準備撕掉對方的臉。

我來到他們之間，把那張紙重重拍上桌面。

維若妮卡緩緩退後，雙手交疊，對著史蒂芬揚起眉毛，故意激他看，笑容近乎挑釁。

「這是什麼？」他問，不願意拿起來。

「我的報價信。你想知道我那些爛書值多少錢嗎。自己看吧。」

史蒂芬拿起桌上的紙，藍色眼睛如雷射般掃視內容，接著在美元符號附近停留許久，彷彿要燒穿一個洞了，我不禁湧上一陣滿足感。「那個數字是什麼？」他問。

「是我的預付款。」

他的嘴巴在動，但舌頭沒能跟上。這可能是我第一次看到他啞口無言的樣子。他把紙還給我，清清喉嚨。「他們是時候給你合理的薪資了。但這還是不夠——」

「繼續往下看。」維若妮卡說著，把紙塞回他面前。「這是兩本書的合約，所以她是賺兩倍，賣給媒體、電影和翻譯版權的話另有分紅。這些全部都還不包括版稅。你想算一下嗎？還是你需要我幫你算？」

史蒂芬把報價信丟到桌上，狠狠瞪著維若妮卡，接著從她身邊走掉往大門前進。他沒有看我一眼。也許是因為他辦不到。這些年來，他一直把我視作一個失敗者，感覺就像他已經忘了如何用別的方式看待我。

「我星期天會帶孩子們回來。」他喃喃地說。

「下次記得按門鈴喔。」維若妮卡在他身後叫道。

他頭也不回對她比了個中指，他把她給開除比起其他所有事情都更讓我生氣。

「史蒂芬。」我語氣中的強硬連我自己都嚇了一跳。他在門口停下腳步。「你和特瑞莎最好重新考慮一下你們的監護權訴訟。根據我會計師的說法，我們有資源與你們對抗。」

史蒂芬下巴的鬍碴抽動一下。他用力甩開大門，再狠狠砰一聲關上。

我看著史蒂芬離去，維若妮卡一手搭上我的肩膀。我聽見她準備上樓回房時，樓梯在她腳底發出的嘎吱聲。「你為什麼要那麼做？」我問。

她停下腳步。「做什麼？」

「那天晚上，哈里斯的事，你本來可以丟我一個人在車庫的。你為什麼要幫我一起埋葬他？」

維若妮卡聳聳肩。「我喜歡你的機率。」見我一臉困惑，她說：「當初你第一次雇用我的時候，我算了一下。我必須知道我犧牲掉那份銀行的工作是為了什麼。就我算起來，你找到文學經紀人的機率是萬分之一，拿到出書合約的機率就更低了。但不知為何，你成功做到了這兩件事。

逃掉謀殺罪嫌肯定簡單多了，對吧？」她動身上樓，走著走著又再次停下來，回頭看我。「我媽是個單親媽媽。她聰明又勇敢……就像你一樣。如果我得選一個夥伴來押注我未來的收入、甚至是我的自由，」她苦笑加上一句：「那我想把錢押在你身上應該是個安全的賭注。」她上樓回房的那晚，我坐在空白的電腦螢幕前，好久以來第一次知道，往後的路我將不必獨自面對。

24

「我們該拿這東西怎麼辦？」星期天下午，我把塑膠袋拿到眼前問道。

「他不是東西。他有名字。」迪莉亞說。我吞下所有想要反駁的話。如果給牠取了名字，牠就不再只是一條魚，而是寵物。根據過去幾個禮拜的紀錄，我並不擅長讓東西活下來。「他叫克里斯多福。」

「克里斯多福？真的假的？」

她眉頭一皺，伸手想要搶走塑膠袋，但我舉在她搆不著的地方。「爹地喜歡這個名字。」

「克里斯多福是很棒的名字。」我讓步說。「我才正想說他長得就是克里斯多福的臉。克里斯多福的爸媽一定非常自豪。」

維若妮卡在走廊對我賊笑，肩膀靠在迪莉亞房間的門框上，肢體語言透露著她賭我會把牠弄死。

我解開橡皮筋，把克里斯多福倒進裝雞尾酒的玻璃大淺碗——我從車庫的紙箱找出來的結婚禮物，史蒂芬的奶奶送的。迪莉亞湊到玻璃前，看著克里斯多福搖搖晃晃、翻到一側，鼓鼓的眼睛睜得老大，嘴巴咕嚕作響，擔憂地皺起眉頭。太好了，這已經不是我帶回家幾分鐘後第一個缺氧的生物。起碼這個埋起來比較輕鬆。

克里斯多福重新振作起來，亮橘色的鱗片閃閃發光著。魚在玻璃碗裡轉圈圈時，查克在旁放聲尖叫。

樓下的門鈴響了。「我去開門。」我對維若妮卡說。「肯定是史蒂芬忘了什麼東西。」她翻了個白眼。「嘿，起碼他這次按了門鈴。」

「孺子可教啊。」她跟著我走下樓。我來到樓梯底部，從窗戶瞥見車道上的車子，頓時停下腳步。一輛樸素的深藍色雪佛蘭轎車停在我家門前，後車廂豎著好幾根天線，儀表板上有一顆警示燈。

不是史蒂芬。

維若妮卡撞上我的背，差點把我撞倒在最後一個階梯上。她咒罵一聲，跟隨我的視線看見一個背對大門的人影，頓時陷入沉默。那個人影身材高大，肩膀厚實，一頭深髮。他連站姿都像警察，雙腳與肩同寬，雙手扠腰。他對著大街張望，接著慢慢轉向大門。這時候，他的手槍從外套裡的槍套露出來，皮帶上的警徽也閃閃發光。

「靠、靠、靠。」維若妮卡繞過我動彈不得的身體，躡手躡腳走進廚房，透過窗簾的縫隙偷看。「喔幹、喔幹、喔幹。」她輕聲說。「我們該怎麼辦？」

房子四面八方朝我逼近，直到我的視線只剩下窗戶另一邊的警察。我的選擇隨之銳減，但也變得清晰。「我們要去開門。」我逼自己冷靜地說。「沒有律師在場，我們什麼也不會說。如果他是來這裡逮捕我的，你就留在這裡陪迪莉亞和查克。然後你要打電話給我姊，叫她保我出來。」維若妮卡臉色發白，然後點點頭。

我來到門前，轉動門把，叫自己的雙手別再發抖。

門打開一條縫。另一端的便衣警察微微一笑。

「天啊，他好帥。」維若妮卡在我的後方說。

我用手肘撞她的肋骨，清清喉嚨說：「警官，有什麼可以幫忙的嗎？」

他的鬍碴上出現一個深深的酒窩。他伸出一隻手，逼得我不得不把門打開一些與他握手。

「我是尼克．安東尼警官，任職費爾法克斯縣立警局。我想找芬莉．多諾文。」我差點站不住腳，連忙扶住大門。警官皺起眉頭。「如果現在不方便的話，我可以晚點再來。」他的聲音有點沙啞，像個成天在嘶吼下達命令的人，但他的黑眼珠在纖長濃密的睫毛底下顯得柔和。他叫我的名字時，口氣比較像是疑問而不是命令。

「我就是芬莉。」我謹慎地說，往他身後看還有沒有別人。如果他是來這裡以涉嫌謀殺的罪行逮捕我，大概不會獨自前來。

他本來遲疑的笑容變得熱情，加深了他眼睛周圍的皺紋。「我是你姊的朋友。我目前正在處理一個你可能有興趣的案子，喬治雅覺得我跟你聊聊可能是不錯的主意。」

「我？為什麼？」我問，身體半掩在門後，維若妮卡則在門後偷聽。

警探抓抓後腦勺，笑容幾乎變得害羞起來。「我遇到瓶頸，她認為你可能有辦法幫助我。」他回頭看向海格蒂太太家的窗戶。「請問我可以進去嗎？」

他沒有亮出搜索令，或對我唸出我有權保持沉默的警告。看樣子他不是來逮捕我的。我把門打開，希望這不是錯誤的決定。「當然，請進。」

維若妮卡揚起眉毛，在他走進玄關時打量他的大長腿。我用下巴朝樓梯點了點，但她搖頭。安東尼警官一看到她，便停下腳步。「不好意思，我不知道你有客人。我應該先打電話過來才對。」他用拇指朝大門比劃。「我晚點再過來——」

「不用。」我和維若妮卡異口同聲地說。要是他現在離開了，我接下來一整天都會擔心他一開始來這裡的原因。最好趕快結束這一切，就像撕掉OK繃一樣。

「這位是維若妮卡，我的褓姆——」

「會計師。」維若妮卡插嘴說著，與他握手。

「維若妮卡跟我們住在一起。她正準備上樓。」我眼神犀利地看她一眼。「我們可以在這裡聊。」我說著，帶領安東尼警官走進廚房。「想喝點什麼嗎？咖啡、汽水？」

「汽水就行了。」我打開冰箱時，他脫下風衣。我隔著冰箱門觀察他。他穿著一個後交叉吊帶款的咖啡色皮革槍套，在我的桌子旁坐下時，黑色的槍柄似乎指著我。

我用力嚥下一口口水，喉嚨跟著上下震動。「所以……安東尼警官——」

「叫我尼克就好。」

「尼克。」如果他是來這裡逮捕我的，不可能表現得那麼隨和，對吧？大概也不會面帶微笑。或者他會。我姊說過有些警察就是那麼混帳。「你認識喬治雅？」我把汽水放在他面前的桌上，冰塊在杯子裡嘎啦作響。

「是啊，我們很多年前是警校的同學。」他看起來沒有比我姊大多少，濃密的鬍碴沒有一絲白色，亨利衫的袖子捲起，黑髮就披在衣袖底下那強壯的臂膀上。「我們偶爾會一起去喝啤酒。聽說你是個作家，她經常跟我提起你和你的孩子。」

我坐下前，漫不經心地把椅子往後拉了幾英寸，在我們之間保持一些距離。「真的嗎？」

「別擔心，都是好話。」

我緊張地大笑出聲，他也笑了。但我感覺到他敏銳的目光仔細地打量我的全身上下，讓我有點坐立難安。「所以……你正在辦一個案子？」

他的臉染上紅暈，微笑時一邊臉頰意外出現深深的酒窩。「啊，對了，案子。我覺得有點尷尬，但喬治雅堅持說你不會介意。」他幾乎是害羞地說。「他認為我們可以幫助彼此。」

我改變我的猜測。也許這件事壓根與哈里斯或佩翠西亞無關。這不是第一次喬治雅企圖把我介紹給她工作上的朋友了。他伸手拿汽水時，我看一眼他的左手。沒有婚戒，沒有可疑的曬痕顯示過去戴過婚戒的跡象。我瞇起眼看他。「怎麼樣幫助彼此？」

「這是一件失蹤案，你可能在新聞看過。阿靈頓市有對夫妻失蹤了——哈里斯和佩翠西亞．米勒？」

我突然口乾舌燥。二樓走廊上的地板發出吱吱聲響，肯定是維若妮卡在那裡偷聽。「我可能看過一些。」

「老婆那邊我還沒有線索，但我們知道老公是十二天前在麥克林市的一間酒吧失蹤的。我們在停車場找到他的車，連同他的錢包和手機。看來他跟一個女人約見面喝酒，但那女人遇到一些緊急情況在女廁待了一陣子。有個服務生記得看見他和另一個人離開，而我們認為我們已經找到那個人的身分。」

我的背脊一陣涼。「是嗎？」

他點點頭。「她是哈里斯某個社團的一員。當時他在酒吧參加社交活動。那女人從未回覆他的邀請，或在網路上確認她會出席，但酒吧那個女人的名字與社團的個人簡介相吻合，也符合服務生給我們的外貌描述。」

我緊張地鬆了口氣。他們找到一個嫌犯，而那個人不是我。「這一切跟我有什麼關係？」

「事情就是在這裡開始變得有點奇怪了。」他放下汽水，拇指朝杯身凝結的水珠劃出一條線。「我的意思不是說她是嫌犯，但她絕對是這個案子的重要人物。」他抬起頭，黑色眼睛看著我。「我們認為哈里斯．米勒那天可能是跟你前夫的未婚妻，特瑞莎．霍爾一起離開酒吧的。」

我不小心打翻杯子，汽水灑滿桌面。我和警探同時跳起來，兩人都伸手去拿餐巾架上的餐巾紙。我抓起一把紙巾，喃喃道歉，收拾殘局時雙手不停顫抖。

我做了什麼？

我扶著桌子支撐自己，一屁股坐進椅子上時，尼克伸手扶住我。

我告訴朱利安我的名字是特瑞莎。我告訴他我是房地產業的。我戴著金色假髮，穿著特瑞莎的黑色洋裝。我在社交活動的網頁上研究哈里斯時，忘了查看有沒有其他我認識的人。那個社團有七百名會員。即使到了這禮拜，我也只是在會員名單上尋找有沒有跟哈里斯手機上相符的名字。

「你確定嗎？」我問。「我是說，這些線索感覺不夠讓你調查下去。」

「如果這些是我僅有的線索，確實沒辦法。但哈里斯的手機那天稍晚發出訊號，就在她家方圓三英里的範圍內。」

不對，不是從特瑞莎的家，是這裡。哈里斯的手機是從我家車庫發出訊號的。就在史蒂芬和特瑞莎那間連棟透天的同條街上。

「你跟她聊過了嗎？」我聽見自己問。

「今天早上我去她公司找她。她強烈否認那天晚上有去過那間酒吧。那裡有個調酒師記得他服務過一個符合描述的女人。他告訴我們她的名字，說她是一名房仲，但沒有要求看她的身分證件，所以我們無法證實就是她本人。目前我們有的全是間接證據，但數量不少，而且哈里斯失蹤那晚，特瑞莎沒有確切的不在場證明。」

「什麼意思？」特瑞莎那晚不在那間酒吧。我為了找哈里斯，把那個地方上上下下仔細搜遍了。如果她在那裡，我一定會看到她。

「無論她在哪裡，總之她不打算告訴我。她堅持她獨自在家，而你老公——」尼克糾正道。「史蒂芬說他外出應酬去了，沒辦法證明她那晚在家。」

「這不表示她不在家。」我不敢相信我在幫她說話。但這女人準備成為我孩子的繼母，她差點要被警方指控犯下重罪。

他斷然搖頭。「我告訴你，芬莉。我做這行很久了，還挺會看人的。特瑞莎肯定在隱瞞什麼。她緊張到差點被自己絆倒。」

「你畢竟是警察。」我說著，示意他的槍。「警察讓人緊張。而且就算她真的去了酒吧，她有什麼理由綁架哈里斯？」

「這也是我百思不得其解的地方。」尼克摸摸鬍碴，再次開口時，聲音帶著一絲疲倦。「我們在哈里斯的手機上找到一些照片。他跟幾十個女人的合照，有些照片……很親密，我們猜測有些可能是沒有徵得女方同意拍攝的。」我不動聲色，小心不洩漏出我已經知道的事實。「但特瑞莎不在照片裡。我當初逼自己看過每張照片，唯恐看見認識的人。「大約一年前，有個女人打電話到費爾法克斯警局的熱線電話，聲稱她跟哈里斯見面小酌後，遭到他下藥性侵。」

「她是誰？」我問，努力不讓語氣聽起來著急。「她有說她叫什麼名字嗎？」

「熱線電話是匿名的。接電話的人試圖說服她到警局報案，但她說哈里斯威脅要告訴她丈夫他們在交往。她說如果她出面的話，他會毀了她的婚姻。從這傢伙手機上的照片看來，他很可能是累犯。誰知道外面還有多少女人想要跟那傢伙算帳？我本來猜測特瑞莎可能是其中一人，但她不在手機任何一張照片裡。除了兩人所屬的社交圈外，我找不到其他線索可以把她與哈里斯聯繫起來。如果找不出動機，調查將無疾而終。」

「我還是不明白這一切跟我有什麼關係。」

他撥開眼前的黑色捲髮，揉揉眼睛彷彿一個禮拜沒睡。「我大概什麼都不該說，我本來也不會說。只是昨晚我跟喬治雅在喝啤酒時聊到這一切，我根本不知道她認識特瑞莎。她提到你的監護權官司。她說你和特瑞莎討厭彼此，所以她想讓我問問你，你可能會知道些什麼。」

我的心頭湧上一絲不安。「你想要我做什麼？」

他把手伸進口袋，把名片放到桌上推向我。「我知道特瑞莎在隱瞞一些事情。如果你能幫我找出答案，也許我能蒐集到夠多的證據把她帶進警局。如果我猜得沒錯，她真的與哈里斯有牽連的話，那看樣子我可能也幫得上你。」

「怎麼幫我？」

「要是特瑞莎因為涉嫌謀殺而被逮捕的話，你前夫的律師可能會建議他放棄監護權之爭。」

「謀殺？你不是說哈里斯是失蹤嗎？」我謹慎地說。

尼克十指交叉，把名片留在我們之間的桌上。「他已經失蹤超過一個星期了，他太太也是。我們沒接到贖金電話，他們的帳戶也沒有任何活動。正如我說過的，我這行做很久了。」隨之而來的沉默迴盪著他那意有所指的暗示。

我拿起尼克的名片，手指輕觸銳利的邊角。若想把我犯下的罪嫁禍給特瑞莎、讓她去承擔責任，簡直易如反掌。或許特瑞莎失去未來的丈夫和家庭真的是罪有應得吧。畢竟她不加思索地就偷走了我的丈夫和家庭。但無論我多討厭她，她都將成為史蒂芬的妻子——我兩個孩子的繼母。

她也許做了很多壞事，但綁架哈里斯不在其中。

是我害特瑞莎成為警方關注的焦點，即使這不是我的本意。我用了她的名字，又穿了她的衣服。過去兩個禮拜，我跨越了很多條界線，但如果我讓尼克為了我犯的錯誤逮捕她的話，我成了什麼樣的怪物？

這，這是我絕對不能跨越的界線。我無法讓哈里斯起死回生，但我可以避免其他人付出代價。

我把尼克的名片握在胸前。「我會做些調查，看我能找到什麼。」

25

「這個主意糟透了。」現場燈光閃爍，到處是尖叫的孩子和電動機台的吵雜聲，我和偏頭痛只差一個打地鼠遊戲的距離。我犯了個錯，讓我姊挑選我們每月一次的午餐聚會地點。我猜這個恐怖的電動遊戲場之所以吸引她，是因為查克不必像療養院的病人一樣被綁在兒童餐椅上，讓她陪他玩上一個小時。起碼在這裡，我們可以讓他自由奔跑。

「開車的人最大。」喬治雅提醒我，拿一團餐巾紙擦掉上衣的油漬。

「你說得倒容易。」我心不在焉地說著，查看手機上的時間。還是沒有維若妮卡的訊息。這不是好事。「你手上有鑰匙可以逃跑。」

今早我的休旅車無法發動，於是我把鑰匙交給維若妮卡，請她打電話給她表哥拉蒙拖到店裡。回家路上，她應該要順道去銀行一趟，貸款如今已經缺少的一萬五千元美金，還給安德烈·博羅夫科夫的老婆——或賣掉車子。她選擇貸款。接下來，維若妮卡應該要安排與伊琳娜見面，讓我們順利退出交易，同時退還她支付我們的預付款。對我而言，只要那女人的殺人酬金離開我的房子，我就會舒服許多。

「孩子們玩得很開心，而且是你說想吃披薩的。」喬治雅對警笛聲和燈光似乎完全無所謂。她把一片油膩的披薩折起來放進嘴裡，我則拚命盯著在頭頂上方的攀爬架上玩耍的迪莉亞和查克。「你的書研究得怎麼樣?」

「這是你派尼克到我家的原因嗎?讓我可以拿我那些怪問題去煩別人?」

「我之所以派他去你家,」她吃著滿嘴的披薩說,「是因為史蒂芬的未婚妻是一個熱門失蹤案的重要人物。在我們找出特瑞莎到底是如何涉入之前,我不希望我的外甥花太多時間待在那裡。」

「所以你派尼克來監視我?」

她喝了一大口汽水,嚥下那句話。「應該說尼克是自願的。」

我癱坐回長椅上。「太好了,所以現在我多了個褓姆。」

「他不是褓姆,他是警探,而且是非常優秀的警探。」她說著,拿吸管指著我。「既然你們兩人有共同利益,都想確定特瑞莎到底有沒有犯罪,我想你們或許可以互相幫忙。」

「就這樣?」

「就當作是還我一個人情吧,如果這樣你比較好受的話。」

「我什麼時候欠你人情了?」

「兩個禮拜前我幫你帶小孩的時候。」我張嘴想爭辯,但一看見喬治雅凶狠的表情又閉了起來。

「尼克的搭檔要住院一陣子,癌症。」她鄭重地加上一句。「尼克很寂寞,有人陪對他是好事。」我姊向來不會說謊。

「所以這是在牽線嘍？」

她聳聳肩。「他是個好男人，芬莉。他單身、正直、有份穩定工作。」她舔著手指上的披薩油漬。「你要知道，警察的健保和退休金很優渥。」

「我不需要褓姆或老公。我過得很好。」喬治雅毫不掩飾地擺出懷疑的表情。我用下巴對她點了點。「那你呢？你什麼時候要幫自己找個老婆？你上次出門約會已經是快十年前的事了吧，你可沒聽到我因此替你擔憂。」

「別誇張了，才沒有十年那麼久。」我挑眉質疑地看著她把最後一片披薩塞進嘴裡。她邊咀嚼，我邊伸出一根手指在交叉的雙臂上敲打。她往後坐回長椅上，擦拭雙手。「你非要知道的話，大概有十八個月了，而且我不需要老婆。我有我自己的退休金和健保。反倒是你——」

「真的，喬治雅。我很好。」

「多好？」

「我簽了一份出版合約。」喬治雅露出不舒服的表情，接著用拳頭往胸口一捶，輕輕打個嗝。

「很好，繼續在公共場合這樣做，時間很快就會拉到十年了。」

喬治雅翻了個白眼。「你不是早就有一份出版合約了嗎？」以前我簽過不少出版合約，但等希薇亞拿走她的佣金，再加上扣稅，剩餘的錢甚至不夠買頓晚餐和做個像樣的足部保養。

「我簽到一個很不錯的。」

她心不在焉地喝了一大口汽水。「是嗎？多少錢？」

「兩本書十五萬。」

喬治雅張大了嘴，一滴油滑落她的下巴。「屁咧。」

「我說真的。我只剩不到三十天要寄一份手稿給希薇亞，所以我沒時間為了你朋友那徒勞無功的調查去招待他。」

喬治雅用力朝桌子一拍。「我的媽呀，芬莉！你成功了！」我縮進椅子裡，隔壁座位的媽媽轉頭生氣瞪著我們。「我簡直不敢相信。那天晚上你請我看孩子，我以為你只是想讓自己休息一個晚上。我並不覺得你真的在工作什麼的。」

「謝謝你對我那麼有信心。」

她把餐巾紙揉成一團丟我。「我說真的，芬莉。我真的好替你驕傲。」她是真心的，我從她眼裡的光芒可以看得出來。喬治雅最後一次這樣看我，是查克出生的那一天。在那之前，是我生下迪莉亞那天。喬治雅從警校畢業那天、以及往後每次的升遷，我的父母也是像這樣看著她的。苦樂參半的自豪感在我的喉嚨灼燒，我喝下一大口汽水壓抑這個感覺。我終於寫出有價值的故事，但那故事八成會讓我身陷囹圄。「你打電話告訴爸媽這個消息了嗎？」

我搖搖頭，撥弄吸管。「你知道他們對我這份工作是怎麼想的。」婚後有個嗜好很不錯，我媽曾說。但史蒂芬離開後，他們都清楚表示寫書是不負責任的職業選擇。從那之後，他們一直催促我去找份公職。

喬治雅湊向桌子，壓低音量。「既然你已經賺進一大筆錢，或許有辦法解決與史蒂芬和特瑞莎爭奪監護權的問題。運氣好的話，你和尼克會弄清楚那晚她到底去哪裡，也許就能結束這一切。」

我忍住想笑的衝動。喔，絕對能結束這一切。如果尼克循線找到哈里斯的屍體，我這輩子就別想再看見我的孩子了。

我搖搖頭。「特瑞莎做了很多骯髒事沒錯，但我真的不覺得這件事與她有關。在被證明有罪之前都是無辜的，對吧？」

喬治雅發出嘖嘖聲。「如果那天晚上她不在酒吧，就沒什麼好隱瞞的。」

沒什麼好隱瞞。除了她家工具棚裡的鏟子、筆電上的搜尋歷史紀錄和埋在她未婚夫農場裡的屍體。特瑞莎現在每一步都如履薄冰，她卻毫不知情。她只需要在哈里斯失蹤那晚，拿出一個有力的不在場證明，就能證明她的清白。這表示為了不讓她坐牢，我要做的就是弄清楚她那天晚上到底去了哪裡。

停在我家車道上的深藍色轎車平凡得可疑。外型跟安東尼警官的車類似，只是天線較少，生鏽得比較嚴重。我突然一陣焦慮。

「你在等誰嗎？」喬治雅問，在那輛車後方停下來。

「大概是維若妮卡的朋友。謝謝你載我回來，我晚點再打給你。」

我把孩子們從後座抱下來，輸入車庫門的密碼。維若妮卡的道奇轎車還在，但我的休旅車不見了。

維若妮卡坐在餐桌前吃著最後一塊奧利奧餅乾。查克如子彈般飛奔到遊戲室，邊跑邊脫掉外套。我把迪莉亞的外套從地面撿起來掛到椅背上，等他們安全離開後問：「車呢？」

她隔著牛奶看我一眼。「拉蒙在等一些零件，零件送來之前，他先給你一輛代步車。」

我疲憊地吐了一口長長的氣，憋在內心的焦慮隨之散去。「他人真好，所以壞消息是什麼？」

我坐在她對面，看她把一張收據推過桌面。

「你的車要修的地方很多。」

我檢視收據，唯一令人驚訝的是維修費。「哇喔。」

她喝光最後幾口牛奶，沮喪地嘆口氣，把玻璃杯放下，彷彿恨不得用來沾餅乾吃的是更烈的東西。「好消息是我們要付錢給他沒有任何問題。」維若妮卡起身，從冰箱裡拿出一個鼓鼓的保鮮袋，接著用力往桌上一放，發出冰涼涼砰的一聲。

我兩隻手臂立刻寒毛直豎。「那是什麼？」保鮮袋裡的東西是長方形的、綠色，我很肯定不是冷凍菠菜。

「我跟伊琳娜見面了，也跟她解釋了。我告訴她我們犯了個錯——我們不知道她丈夫是誰。我告訴她這份工作太危險，我們要退還預付款。她以為這是為了重新談判、跟她討更多錢的戲碼，因為我們已經知道安德烈替誰工作、知道他值多少錢。所以她把酬勞提高兩倍，不接受我們拒絕她。」

我一屁股坐到椅子上，整間屋子都在天旋地轉。「不、不、不、不、不、不！」我用手指按著太陽穴，一邊搖頭。維若妮卡的聲音蓋過我腦海深處的尖叫聲，這不可能是真的。

「我試過了，我發誓，芬莉！我根本是把錢塞進她的手裡，但她不肯收。她說她不在乎你要怎麼做，總之完成就對了，而且要盡快。」

我壓低聲音不讓孩子們聽見。「安德烈．博羅夫科夫是一個冷血的職業殺手！你有上谷歌搜尋過他嗎？他去年因為活活燒死人而被逮捕！六個月前，他因為在停車場肢解某人並用處決方式殺光所有目擊證人而被起訴。還有別忘了七月在倉庫發現被割喉的那三個傢伙！」

「他都沒有因此被定罪啊。」她辯稱。「說不定他沒有聽起來那麼危險。」

「他無罪開釋是因為有人不當處理證據，維若妮卡！因為菲力克斯．吉洛夫在警局有自己的人！我到底該怎麼殺死一個黑幫殺手？」

「我問過伊琳娜同樣的問題。她說你會想到辦法，你只需要適當的動機。」維若妮卡的臉色變得有點難看，乾燥的嘴唇沾滿餅乾碎屑。

「什麼適當的動機？」我厲聲問。「更多的錢？」

「不算是。」

她麻木地盯著奧利奧餅乾的空盒，一陣冰冷的恐懼在我的心窩蔓延。「什麼樣的動機？」

「我們要在兩個禮拜內解決掉她的丈夫，否則……」維若妮卡用力嚥下口水，喉嚨跟著上下震動。

「否則怎麼樣？」

她抬頭看我，眼神閃爍著恐懼。「否則伊琳娜會告訴她老公是我們偷了那些錢，然後她會派他找到我們。」

26

對付伊琳娜．博羅夫科夫只有一個辦法，就是像個成人與她面對面交談。不再透過中間人，不再有任何偽裝，不再有一堆裝滿現金的信封。我會直接跟她解釋佩翠西亞雇用我的時候會錯意了，我不是她以為的那種人。我會解釋我並沒有殺死哈里斯．米勒——是其他人闖進我家車庫下的毒手——因此，我沒有資格（也不願意）暗殺她那有問題的丈夫。

然後呢？

然後，我會做出最成熟的決定。我會把裝滿現金的後背包丟給她，趁她來不及攔下我之前逃跑。物品不在某人手上就很難證明他擁有物權。我不確定這是誰的法律，也不確定黑幫是否在乎這條法律。但不管是誰拿著計算機，數學就是數學。如果我沒收下伊琳娜．博羅夫科夫的錢，她就沒理由指責我拿她的錢不辦事，她也就不會派她可怕的老公來割我喉嚨。

泰森健身俱樂部的專屬停車場停滿各種閃亮的進口車，每月還款額可能比我的房貸還多。我把拉蒙給我的代步車停在一輛奧迪和保時捷之間，接著緩緩走出車外，小心翼翼不要撞到任何人的車門。這輛生鏽轎車與周遭比起來顯得特別突兀。顯然，我也是。我走向櫃檯，抓著迪莉亞的迪士尼公主後背包，用力得關節都泛白了。肯定就是這間健身房了。名字和商標都與佩翠西亞放在收容所置物櫃裡的運動衫吻合，但這裡感覺完全不像佩翠西亞會來的地方。健身房內部裝潢非常時髦，大廳有果汁吧，還有帶噴水池的庭院和被彩色玻璃天花板照亮的明亮長廊。我無法想像佩翠西亞掛著假笑、身穿網球短裙在這些走廊上走動，但根據維若妮卡對安德烈他老婆的描述，我完全可以想像伊琳娜．博羅夫科夫出現在這裡。

隊伍後面的女人發出嗤鼻的笑聲。我回過頭，發現她正盯著我的後背包，然後是我的頭髮和球鞋。我把迪莉亞的後背包往肩頭一拽，不理會那些女人經過櫃檯時的竊笑和注目。要是她們知道這個迪士尼公主背包裡有多少錢，或我是因為做過什麼事而得到這筆錢的話，她們就不會笑得這麼厲害了。

「有什麼需要幫忙的嗎？」年輕活潑的櫃檯小姐化著濃妝，身穿一件壓花休閒衫。櫃檯上的指紋掃描器閃著紅光。

「是的。」我說著，小心看了掃描器一眼。「我有興趣參加皮拉提斯的課程。我有個朋友推薦你們這邊的老師，我朋友叫伊琳娜．博羅夫科夫。我剛才打電話來，櫃檯說十點有一堂課。我想再加入前先試上看看我喜不喜歡。」今早我看過皮拉提斯的影片，維若妮卡說得沒錯。YouTube上真的能學到任何東西。我絕對應付得來。「你知道伊琳娜在不在嗎？」

「琳琳嗎？是的，她剛到，不過她今天上的是飛輪課。課程再十分鐘就開始了，您需要我幫忙廣播請她過來嗎？」她把手伸向桌上的電話。

我趁她拿起話筒前衝向前阻止她。「不，不用了，沒關係！」突襲大概是比較明智的做法。畢竟，我能請櫃檯說什麼呢？博羅夫科夫太太，請注意。您雇用的職業殺手目前正在大廳等您。

我擠出一抹微笑。「我直接去教室找她就可以了，謝謝。」

「您需要鞋子嗎？」

我低頭看我的球鞋，接著搖搖頭。

「好的，這邊我需要您填寫這些與健康和安全相關的免責聲明同意書。完成後，我會很快掃描你的指紋。女性更衣室就在走廊走到底的右手邊，現場教練會告訴你教室在哪裡。」

「謝謝。」我接過寫字板，在空白格隨便寫了假名和假地址，她繼續接待隊伍的下一個人。趁她轉身之際，我把寫字板丟到櫃檯上，在她請我壓指紋前匆匆走向更衣室。

我低著頭，只敢抬頭偷看健身教室，尋找維若妮卡對伊琳娜的描述相符合的柔順黑髮和整過形的精緻臉龐。

一群女人聚集在一條長長的走廊上，走廊兩側是燈火通明的壁球場。她們一個接一個走進一間健身教室。我在人群中瞥見一閃而過的烏黑秀髮，便連忙追上去。我擠進飛輪課的隊伍，伊琳娜的錢在我的後背包裡晃動著。

我混入人潮中，小心不要踩到任何人的腳。所有人都穿著相同的黑鞋，像附有魔鬼氈和防滑釘的保齡球鞋。我的白鞋相較之下形成鮮明對比，就像迪莉亞的後背包一樣格格不入。

我跟隨人群走進一個方正的漆黑房間，一排排的飛輪單車被天花板上管線外露的紫色燈泡給照亮。周遭的女人紛紛選了一輛單車。她們爬上車子，調整座椅高低，把水瓶放進水瓶架，一邊踏著踏板伸展，一邊興高采烈地交談。

教練在教室中央爬上一輛單車，測試掛在耳朵周圍的麥克風音量。我瞥見伊琳娜彎腰把鞋子扣在踏板上時的烏黑秀髮。教室變暗，她的馬尾在紫外線燈光底下閃著紫光。我趁音樂響起前衝到她旁邊的空單車。

「這裡有人坐嗎？」我背後牆壁上的喇叭響起電音節奏。我提高音量，壓過音樂的聲音再次問道。

伊琳娜抬頭看我一眼。她搖搖頭，冷靜一笑，瞥見我白得發亮的球鞋時揚起眉毛。她沒再看我的臉，完全沒有認出我的跡象。很好。漆黑的房間，滿滿的人，吵雜的音樂。她沒辦法把我看得太清楚，我們的對話大概也不會被偷聽。

我把雙腳放上腳踏板，踩起踏板時，霓虹般的白鞋開始慢條斯理轉起圈來。我用餘光偷看伊琳娜，模仿她的動作。教練對全體學員喊出一系列的指令，我心想這不算太難。

全班齊聲站起來，如海浪般踩起踏板，接著再次坐下，燈光也跟著音樂節拍從紫變綠變藍。我努力找到節奏，跟隨她們上上下下，但總是慢半拍。周遭每個人的表情都很專心，全神貫注。就是現在了。

「伊琳娜？」我盡量大膽喊出她的名字，音量剛好足以蓋過音樂。

她微微歪過頭，表現出她有聽見我在叫她的跡象。

「你見過我的朋友。」我邊踏邊喘著氣說。「你給她一些錢要我幫你做事，但這是一場誤會，我想跟你談談。」

她的目光飄向我的手臂、我的雙腿，然後是我死命踩在踏板上的鞋子。她幾乎沒流一滴汗。「沒有誤會。」她說。她的語氣像她的眼睛一樣深沉又犀利，發音短促，帶著濃濃的口音。「錢是你的了。」她說著，用她的尖下巴對我點了點，筆直的瀏海有層次地落在她的臉上。「完事後你就能拿到剩下的錢。我們沒什麼好談的。」

教練對著全班大喊，「準備好加快速度了嗎，女士們？」音樂開始變快，教室響起一陣歡呼聲。我試圖跟上節奏，卻與起伏的人浪完全不同步，就在這時，我腳下的踏板突然往前傾斜，我的屁股用力撞上椅墊。踏板卡進腳後跟，我好不容易才重新踏上踏板。我很確定我的酬金不值得我來到這裡。

「可是……問題在這裡。」我氣喘吁吁地說。「我不是你以為的那種人，我不夠資格去做你要我做的那種工作。」

「佩翠西亞不是這樣說的。她說你很能幹，辦事俐落。」

「她錯了。」

「我可不這麼想。佩翠西亞知道我老公是幹哪一行的。如果她不確定你到底適不適合這份工作，絕對不會推薦你。」

「但那不是我！」我一手放開握把，按在胸前。這個動作讓我失去平衡，我的腳又滑了出去。我把腳重新放上踏板。「我不是那個完成……」我左顧右盼，在不停砰砰作響的重低音下，盡量壓低音量。「我不是那個完成任務的人。」汗水沿著脖子滑下，我的大腿開始燃燒。「我們能不能去個隱密的地方讓我可以好好解釋？我這裡有你的東西，我想還給你。」我踩著踏板，朝我倆中間地板上的迪士尼後背包看了一眼。

「沒什麼好解釋的。」她說著，壓低身子，再挺起胸膛，與其他人的時間完美一致。「佩翠西亞的老公已經解決了，對吧？」

「不。」我上氣不接下氣地說。「我是說，對。可是……」我著急地環顧四周，但附近的女人全都專注地看著教練，上上下下，像瘋子似地踩著踏板。音樂實在太大聲，我簡直無法思考。

「增加強度！」教練大聲說。

伊琳娜調整膝蓋之間的旋鈕，在握把上方往前傾，屁股離開椅墊高高仰起。

我使勁地踩，決心跟上速度，腳踏板像飢餓的活獸轉得飛快。我踩得更快了，害怕要是一停下來，踏板就會把我的後腳跟咬掉。

「你是我唯一的選項。」她說著，額頭開始冒汗。「我老公認識你那一行所有的人。而你，」汗水浸濕我的衣領，她得意地笑著說：「他不認識你。要下手會比較簡單。他絕對想不到像你這樣……」我的鞋子差點在踏板上打滑，我也差點從單車上飛出去。她的笑容變得燦爛。「平凡無奇的人會對他下手。」

很好，太好了。在她心中，我不僅合格，甚至是這個工作的最佳人選。

「再繼續增加強度！」

不，該死。不要再增加強度了！

「你不擔心有人發現嗎？」

「誰？菲力克斯？」她問得我措手不及。她不屑地揮揮手，從頭到尾都沒有掉拍。「菲力克斯不涉入家務事的。如果安德烈粗心到害自己被一張漂亮臉蛋制服，我敢說菲力克斯也會同意安德烈是自作自受。安德烈最近行事魯莽，已經變成一個累贅。菲力克斯沒有親自動手已經算他幸運了。」

「用力點，各位！」教練咆哮道。「再更用力點！」這女人在開玩笑嗎？我自從生完查克以後就沒有這麼用力過。

所有學員悶哼一聲，同時加速，彷彿惡夢中會出現的場景。我的雙腿已經失去知覺，然而全身上下每處都在痛。伊琳娜咧嘴一笑，在單車上向前傾身，房間出現迪斯可舞廳的氣氛和色調。燈光狂閃，警笛大作，重低音砰砰作響。我的心簡直快跳出胸膛。

「我尊重你特地過來拒絕我。」她在吵雜的音樂聲中說。「我理解你的立場。」

「真的嗎？」

「我尊重你堅持想要拿更多。」

「我不是……我沒有……」

「很好！再多給我一點，女士們！」教練大聲吼道。

「不是。」我喘著說。「我不想要更多。」

伊琳娜微微一笑，腦內啡讓她嚴肅的表情變得柔和。她看起來真心在享受這個運動。這女人根本是被虐狂。「在男人主宰的世界裡當個女人不是件容易的事。」她在一片音樂聲中說。「這世界要我們相信我們沒有價值，但這就是我相信你的原因。你會為我完成這個任務，菲力克斯付給其他人多少錢幹這件事，我也會付給你同樣的錢。女人必須團結在一起。這也是佩翠西亞把你手機號碼給我的原因。因為這是她能理解的事情。」

「你難道一點都不擔心她嗎？」我上氣不接下氣地說。

「我為什麼要擔心？」

「警方現在正在全面搜索她。萬一他們找到她怎麼辦？」

「你怎麼以為她在這世上還有剩餘的東西可找？」

我的雙腳停止踩動，球鞋隨著踏板旋轉的動能帶著走，她的話也在我腦中天旋地轉。「你這是什麼意思？」

伊琳娜側眼看著我，眼神冷漠又犀利，下巴抬得高高的，彷彿不在乎旁人的指責，也無悔恨之心。「佩翠西亞．米勒已經不存在了。我處理好了。」

我喘不上氣開口說話。我環顧四周，好奇有沒有人聽見伊琳娜．博羅夫科夫剛剛招認了什麼。但房間裡所有人都直視前方，目光全在教練身上。除了伊琳娜以外。她側著臉對我露出戲謔又奸詐的微笑。一滴汗水沿著她的太陽穴往下滑。不知為何，她看起來還是很冷靜，彷彿心率完全不受影響。

「這對大家都好。」她說。「對你也是。佩翠西亞向來很膽小，容易被嚇倒。如果警方逼得太緊，她有可能會說出傻話，這對我們倆非常不利。」

我張大嘴巴，一邊使勁地踩，想要跟上大家，雙腳都麻了。佩翠西亞・米勒已經死了。伊琳娜把她給殺了。就為了封她的口，為了掩飾我還沒犯下的罪。我以為她們是朋友。不是說女人要團結嗎？

音樂來到最高潮，震耳欲聾的重低音壓過所有的呼吸聲和說話聲。我的肺腑在燃燒，我的嘴巴好乾，說不出半句話。我告訴自己下課後我要跟著伊琳娜進更衣室。然後我會把裝滿錢的後背包還給她，告訴她我再也不想見到她。她和佩翠西亞之間的任何過節都與我無關。就在這時，音樂停了，我們前方的女人也紛紛從單車上下來，我總算鬆了口氣。伊琳娜轉向我，用毛巾輕輕擦臉。

「完事後我會跟你聯絡。」她腳一晃，從飛輪單車上下來。我還來不及換氣說話，她就把毛巾往肩膀一掛，往門口走去。

「不，等一下！」我在她身後叫道。我從單車一側下來，被迪莉亞的後背包絆了一下，接著雙腳一軟，笨拙地倒在地上，整個人汗流浹背。我前面的學員轉過身，伸手拉我起來。伊琳娜溜到走廊上，我失去她的蹤影。我奔向門口，雙膝癱軟無力，後背包沉重地壓著我又濕又冷的上衣。等我好不容易走出教室，伊琳娜已經不見了。

我艱難地走到飲水機前，閉上眼睛，把一大口一大口的銅色冷水灌進乾渴的喉嚨。我用手捧了一些水，潑向大汗淋漓的臉上，恨不得自己能醒過來，發現整段對話只是一場惡夢。雇用我殺害哈里斯．米勒的女人已經死了——一個可能連累我也可能證明我清白的人——而我不確定該有什麼感覺。我唯一確定的是伊琳娜．博羅夫科夫就跟她丈夫一樣危險，我手上仍握有她的錢。我不確定萬一沒有完成任務，我會發生什麼事。或是在我完成任務後，她會怎麼對我。

我挺起腰桿轉身，全身每根骨頭都在哀號，結果一臉撞上排在我後方等著喝水的人。男人一手拿著球拍，另一手把衣角拉到臉上，擦拭額頭的汗水，緊實黝黑的腹肌在衣服底下閃閃發光。朱利安的衣服落回原位，把他的捲髮往後梳時，我喉嚨一緊，腦中出現一連串的念頭。他剛運動完的臉頰通紅，金髮也因為滿頭大汗而變成深色。

我低下頭，讓馬尾散落的髮絲落在臉上。喬治梅森大學距離這裡只有幾英里。我像個笨蛋一樣完全沒考慮到可能會在這裡撞見他，或如果撞見他會發生什麼事。

我側身離開飲水機，他挪到一旁讓我過去。我們不小心踩到對方的腳。

「對不起。」他扶住我時，我喃喃地說。

「不，請別道歉，是我的錯。我分心了。」他溫柔地扶著我的上臂，抬頭企圖與我眼神接觸時，我別開目光。轉身逃跑不僅可疑……而且很無禮。但如果他發現我是誰——如果他在這裡想起我的身分，知道我和伊琳娜．博羅夫科夫上同一堂課——那麼他下次跟安東尼警官的對話可能會對我們兩人非常、非常不利。也許他沒注意到我是從哪個教室走出來的。如果我現在離開，他可能不會認出我。

「上飛輪課啊？超累的吧。」他喘著大氣說，用他的球拍隨興指向我剛剛走出來的教室。

「是啊，沒開玩笑。」我別過臉，轉身奔向更衣室，頭壓得低低的。

「等一下。」他在我身後叫道，小跑步追上來。「我們認識嗎？」

「我想沒有吧。」我整個人大素顏，又熱，又全身起滿疹子，大概紅得像甜菜根一樣，軟塌的棕髮和失眠的眼袋一覽無遺。

「你確定嗎？」他問，跟在我身後幾步。

我停下來，掙扎著是該偷看他最後一眼還是拔腿就跑。他的微笑溫柔，表情和善，汗水多到可以讓我透過他的衣服看見他每塊肌肉的輪廓。「我們認識的話，我很確定我會記得你。」

「我只是覺得……你看起來很眼熟。」我伸向更衣室的門把時，他的聲音在後方離得好近，近得我能聞到他身上散發出的乾淨汗水味，他的呼吸仍有點喘。

我不該轉身。我真的不該轉身。維若妮卡說得沒錯。跟朱利安交談既危險又愚蠢。尤其是如今尼克已經去貪杯酒吧問過話了。一旦朱利安想清楚我的真實身分，他是唯一一個能夠正確指認出我的人。然而，一部分的我卻想轉身，向他坦白一切。

我隔著頭髮偷看，正好看見他瞇起眼睛，努力想要把我的模樣拼湊起來。

「我該走了。」我把後背包緊抓在胸前，推門準備走進更衣室。「我快遲到了，我要去……某個地方。」

我連忙躲到裡面，靠在門板上。但我環顧更衣室，卻發現伊琳娜早就走了。

27

「真不敢相信佩翠西亞．米勒已經死了。」維若妮卡在駕駛座上壓低身子，刻意把車停在停車場的另一邊，觀察特瑞莎房仲辦公室的大門。查克在後座喃喃自語，一邊吃著金魚餅乾，一邊用維若妮卡的手機看卡通。「我無法判斷這是好事還是壞事。」

「這怎麼會是好事？」

「因為既然現在警方找不到她了，她就不能把你抖出來了。」

「是，但伊琳娜可以。」而且我很確定如果我不殺掉她老公，她二話不說就會用宰掉佩翠西亞的方式把我宰了。

「你覺得她是叫她老公殺掉佩翠西亞的嗎？」

我想到她家後門上的刀，不禁打了個冷顫。「可能吧。」伊琳娜成功讓我陷入騎虎難下的絕境，逼我在她給安德烈理由對付我之前去解決掉安德烈。但我現在沒時間想這些。首先，我必須找出特瑞莎的不在場證明，這麼一來，在我可能英年早逝的情況下，還有人可以陪孩子們一起生活。

我查看時間，在座椅上坐立不安，後悔早餐喝了兩杯咖啡。迪莉亞的幼兒園中午就放學了，而我們從一個小時前來到這裡至今，還沒發生任何令人興奮的事。

「我要去尿尿。」我說。

「你不能去尿尿，我們在跟監耶。」

「這不是跟監。」

「是。而且這是一輛跟監車。」

「我的膀胱不在乎。」

「如果你在我的新車上尿尿，我會殺了你。」她說得簡單。她才二十二歲，沒生過小孩。她大概可以一直憋到更年期。

「我根本不知道我們在找什麼。」我抱怨道。

「你聽到那個帥警官說的啦。我們在找任何可疑的東西。」

「直接去問特瑞莎那天晚上去哪裡不是比較合理嗎？」

維若妮卡用力斜眼看我。「特瑞莎什麼時候跟你說過實話了？你真的以為她會出面告訴你，她某個星期二晚上在做什麼？她連去年一整年都在跟你的老公上床都懶得告訴你。」

我往座位陷得更低。三十分鐘前，我的屁股就已經麻了。「特瑞莎在這裡，史蒂芬在農場。我們何不直接去他們家到處看看？」

「第一，這是非法闖入。」維若妮卡伸出一根指頭說。「而且沒人付錢要我們這麼做。第二，如果那晚她刻意趁史蒂芬在工作時幹了見不得人的事，她才不會把證據留在他找得到的家裡。連特瑞莎都沒那麼笨。任何有罪的東西會存在她的筆電或手機上，而她可能有那些——」

「她出來了。」我壓低身子說。隔著大廳的玻璃門可以看見特瑞莎的大長腿和高跟鞋。玻璃門嘩一聲打開。一個穿著昂貴西裝的男人跟在她後方邁步走出來。「哇靠，那是菲力克斯・吉洛夫。」

熟悉的黑色轎車在他們前方的路邊停下來。安德烈從駕駛座下車，替菲力克斯開門。特瑞莎把手伸向菲力克斯，純然的專業舉止，但菲力克斯趁機把她拉近，在她耳邊低語，接著在她臉頰上親一下。她羞紅了臉，焦急地往她身後的大樓窗戶看一眼。

「我覺得這好像不只是公事那麼單純。」維若妮卡說。

菲力克斯慢條斯理地打量特瑞莎，接著坐進車子後座。轎車一駛離路邊，特瑞莎立刻往她的BMW走去。

「你覺得這是怎麼回事？」維若妮卡問道。

「我不知道。」我唯一知道的是，我不希望尼克警官在我之前找出實情。我伸向後座拿起媽媽包，在包裡翻找假髮頭巾戴上，接著摘下維若妮卡臉上的鏡面墨鏡。「待在這裡，我一會兒就回來。」

「你要去哪裡？」維若妮卡嘶聲說著，我戴上墨鏡下車。

「去調查特瑞莎和菲力克斯・吉洛夫在搞什麼鬼。」還有我人在貪杯酒吧那晚她到底去了哪裡。我穿越停車場，趁自己改變主意前溜進大廳。我靠近櫃檯時，櫃檯小姐抬起頭來。

「有什麼需要幫忙的嗎？」她問。

我把墨鏡往下推到鼻梁上，從鏡框上方低頭看她。「我是吉洛夫先生的私人助理。他剛剛和霍爾女士碰面，但把一樣非常重要的東西忘在她的辦公室。他請我過來拿。」我把墨鏡推回原位。

女人伸手要去拿話筒。「她剛離開。我幫你打她的手機──」

「不用！」我回答得太快，花了一會兒時間冷靜下來。「沒有必要，而且吉洛夫先生沒時間等，我自己去拿就行了。」

我動身往走廊盡頭的玻璃門走去，一邊故意扭腰擺臀的，讓她不敢阻止我。「哪間是她的辦公室？」我把門推開，回頭大聲問道。

「最裡面左邊那間。」女人焦急地說。「你確定不用我──」

玻璃門咻一聲在我身後關上。我低著頭，走過一排又一排小隔間，抵達盡頭的角落辦公室時停下腳步。我轉動門把，祈禱門沒上鎖。門開了一條縫，我隔著門縫隱約看見四張桌子──是共用辦公室。其中三張沒有人。只有一名房仲在工作，她背對著我，話筒壓在耳邊。我溜進去，小心不發出聲音。

特瑞莎的位置不難找。她的桌子就像她家那樣一塵不染，桌面擺滿了放在相框裡的婚紗照。沒有日程表或桌曆，只有一台電腦和一些抽屜櫃。我回頭看，確認那女人仍背對著我，接著我擺動滑鼠。螢幕要求我輸入密碼。

該死。我完全不曉得特瑞莎的密碼，也沒時間猜了。對於特瑞莎，我唯一可以確定的，就是她從不把髒衣服放在外面讓人看得見的地方。我打開她的抽屜。半包口香糖、咬爛的原子筆、散落的迴紋針、一些零錢和皺巴巴的便利貼……我在這些雜物底下翻找，找到一疊薄薄的文件夾和一本黃色記事簿。記事簿裡寫滿了潦草難解的筆記。我翻閱文件夾，拿起上面寫有菲力克斯．吉洛夫的名字那一份，把其他的放回去。我匆匆翻看裡面的內容——房地產清單、地圖和手寫紙條。所有清單都是兩週前印出來的——也就是哈里斯．米勒失蹤的那一天。

我把那份文件和記事簿捧在胸口，關上抽屜。如果我能找到證據證明哈里斯失蹤那晚特瑞莎在帶人看房子，我就可以告訴尼克她跟客戶在一起，讓他別再找她麻煩。

我準備轉身離開之際，她桌上的一張照片讓我停下腳步。我不知道為什麼那張照片引起我的注意。也許是因為那是唯一一張沒有史蒂芬的照片，又也許是因為照片裡的女孩讓人覺得似曾相識。她摟著特瑞莎的肩膀，兩人年輕、皮膚黝黑、一頭金髮，穿著正面印有希臘字母的姊妹會運動衫。相框上刻著**一輩子的摯友**。

她肯定就是常聽到的愛咪阿姨——這女人教過我女兒怎麼畫眼妝，星期六經常和我的孩子在一起，如果最後我去坐牢了，大概還會幫忙養育他們——但我從來沒有見過她。

「喔，嘿，特瑞莎。你忘了什麼東西嗎？」我愣住了，照片看得太專注，沒聽見我後方的仲介掛斷電話的聲音。我的頭巾好癢，我忍住轉身的衝動。

「是啊。」我用手摀著嘴咳嗽。

「你找到需要的東西了嗎？」

為了特瑞莎好，我真希望我找到了。

我舉起菲力克斯・吉洛夫的文件夾遮住我的臉，經過她旁邊奪門而出時，一邊祈禱我需要的答案就在裡面。

我和維若妮卡趁孩子們午睡時坐在書房的地板上，把菲力克斯的文件夾和特瑞莎的記事簿攤在我們之間的地毯上。我需要的只是一個不在場證明，幫她擺脫尼克的調查，以及星期二晚上特瑞莎可能去了哪裡的線索，還有更重要的，她不想讓其他人知道的原因。畢竟擁有像菲力克斯・吉洛夫這樣惡名昭彰的客戶，也許她只是想保持低調。但這不符合我所認識的特瑞莎。特瑞莎最重視的就是社會地位和聲望。如果有機會把頭探出菲力克斯那輛黑色豪華轎車的車頂，朝月亮大聲炫耀自己有他這樣的知名客戶，她絕對不會錯過。不管她和菲力克斯・吉洛夫是什麼關係，我都不希望費爾法克斯警局知道這回事——至少現階段還不行。探究那條線索會讓他們與安德烈離得太近，最後不可避免地引導他們來到我和維若妮卡身上。

「我賭他們有一腿，特瑞莎不想讓史蒂芬知道。」維若妮卡猜測。

「也許吧。或者那個星期二她根本不是跟菲力克斯在一起，而是跟別人。」

「那為什麼不直接出面告訴警方她那天在幹嘛？不對，她一定是跟那個俄羅斯人有一腿。你看到他看她的眼神了，那個吻完全就寫著我在幻想你全裸的模樣。」

我翻閱菲力克斯文件夾裡的內容：一份簽署完畢、委任特瑞莎代表他購買或租賃土地的代理合約，一份搜尋條件清單，一些已經被劃掉的地址……從成堆的清單和地段圖來看，他打算買地。這些地段圖主要都是大片的農地。地界用黃色螢光筆框起來，紙張空白處潦草寫著各種註記：離主幹道太近，樹太多，樹太少，排水不良，地役權太多，坡度太大……所有土地都被他拒絕了。

「我猜他們星期二晚上九點才不是在參觀鄉間丘陵地。」我放下地圖，揉揉眼睛。也許維若妮卡是對的。

「我跟你說啦，他們八成是在他的豪華轎車後面亂搞。」

我不確定哪個比較糟。是她的推測貌似有理，還是這對史蒂芬的意義。我並不是替他難過。他在草皮農場顯然跟布里姬玩得很開心。我越了解他們私下錯綜複雜的關係，就越相信史蒂芬和特瑞莎是天生一對，也越來越不會嫉妒他們之間所擁有的東西。

我的思緒飄到特瑞莎和她朋友愛咪的合照。我好奇那張照片是否跟她放在玄關上的其他照片一樣——只是在展示她想讓大家看見的一面……我好奇她和愛咪是否真的是最好的朋友。

維若妮卡俯身看著黃色記事簿尋找線索。她把我的孩子當成親生小孩一樣照顧。她挺身和史蒂芬嗆聲，幫我付帳單。她讀我的草稿因為她很喜歡。老天啊，她甚至幫我埋過一具屍體，我卻沒有一張我們的合照。也許是因為我不需要。因為我們老早證明了我們需要向彼此證明的一切。

「我覺得他們有點可憐。」我說。

「誰？」

「史蒂芬和特瑞莎。」

維若妮卡乾笑一聲。「你不該浪費力氣。我不知道他到底看上那女人哪一點。我是說，除了外表以外。」

我低頭看著我那鬆垮垮的T恤，陳年泛黃的奶漬和衣角的小破洞。即使我把衣服脫光站在鏡子前，仍會看起來像個媽媽。我那睡眠不足的黑眼圈不會說謊。純棉內衣上的破洞或兩個孩子留下的銀白色妊娠紋也不例外。

朱利安約我出去那兩次，我都打扮得像特瑞莎。我好奇如果昨天在健身房被他發現我真正的模樣，他還會不會有興趣。

「怎麼了？」維若妮卡問，捏捏我的襪子。

「為什麼男人都喜歡像特瑞莎那樣的女人？」為什麼男人都會像菲力克斯那樣看她——幻想她全裸的模樣？

「相信我，他們如果能看穿那個金髮美女皮囊底下的糟糕性格就不會這麼想了。」這正是我害怕的。我沮喪地嘆口氣，把菲力克斯的文件夾丟回地上。維若妮卡拾起文件夾，把黃色記事簿遞給我。「來，跟我交換。我們說不定漏看了什麼。」

我瀏覽著那些黃色頁面，內容全是一些雞毛蒜皮的小事：批號、地址、頭髮預約、雜貨清單……接著，字跡突然改變，我停了下來。我一眼就認出史蒂芬斗大的字體。

莎——

在農場和客戶開會。查克在我這邊，芬莉有急事。需要你去她家關車庫門。她家停電，馬達卡住。帶璦咪跟你一起去。門拉下來時，你需要有人把門接住。謝啦，欠你一次。

這是他在我與希薇亞見面那天早上寫的。我家停電、車庫門關不起來的那個早上。

……她和愛咪在吃午餐的路上順道去你家把車庫關起來了。

不是愛咪。璦咪。

「他的照片……」我低聲說。

正在研究記事簿的維若妮卡抬起頭。「誰的照片？」我跳起來，坐上書桌前的椅子。

「怎麼了？」維若妮卡問，看著我像瘋了似地打開電腦。

「璦咪是哈里斯手機裡其中一個檔案的名字。我很確定。」

我打開瀏覽器，找到哈里斯．米勒的社團。我點開會員頁面，瀏覽會員名單，滑過特瑞莎的縮圖，停在一個名字上——璦咪．R。她的縮圖是一個空格。我點進去，結果個人頁面空無一物。除了她的名字外，所有詳細資訊都被抹得乾乾淨淨。

她其餘的社群媒體點進去後全是死胡同，帳號不是刪除就是關閉。璦咪．R是個幽靈。

一定是她。璦咪這個名字不常見，而且她符合哈里斯選擇的受害人特質。她和特瑞莎參加同一個社團也是合情合理。她們做什麼事都黏在一起。

「就是她，我很確定。」我說。「她最後一次在那個社團貼文的日期已經超過一年，跟尼克說曾經有個女人打電話到警局匿名投訴的時間點差不多。」我的腦海慢慢浮現一個畫面。「兩個人殺了哈里斯。如果尼克對特瑞莎的預感是正確的呢？如果特瑞莎和璦咪真的在貪杯酒吧外面等哈里斯呢？」

「你認為她們在跟蹤他？」

「她們會知道他要去那裡。她們可能看見我扶他坐上我的車。」黑夜中，她們大概以為步伐不穩的那個人是我。哈里斯太重了，我被他壓得走起路來也跌跌撞撞的。「也許她們誤以為我是他的下一個受害者。特瑞莎有可能認出我的車，跟蹤我們到這裡。也許她的本意不是殺掉他，也許她只是想要阻止他。但後來我跑進屋內，留給她們一個完美的機會。」我把史蒂芬的紙條拿給維若妮卡看。她瞇起眼睛讀起內容。「她們早就知道如何不用馬達關閉車庫門。她們之前一起做過。」

維若妮卡臉色發白。「難怪特瑞莎不想告訴尼克那晚她人在哪裡。你真的覺得是特瑞莎和瓊咪殺了哈里斯．米勒？」

「我不知道。但尼克說他只差一個動機就能把她帶進警局。」特瑞莎有個很大的動機。而我給了她機會和方法去下手。

但如果我告訴尼克，他的懷疑是對的……如果我告訴他關於瓊咪的事，給他足夠的情報去找到她，他自己再串連起來的話，無論瓊咪和特瑞莎是否有罪，那些線索都會直接把尼克指引到我的車庫。突然間，讓尼克得知菲力克斯這個人似乎沒那麼可怕了。

我從皮包裡拿出尼克的名片。

「你要幹嘛？」維若妮卡的聲音充滿慌張。「你不能把這件事告訴尼克！」

「我沒有。」我邊打字邊說。「我要給特瑞莎一個不在場證明。」

維若妮卡從我後方湊近，讀著我剛剛字斟句酌寄給尼克的訊息：我想特瑞莎有婚外情。

28

我經過書房時覺得手指發癢。當初寫完車庫那一幕後我就失去靈感，完全不曉得接下來會發生什麼事，直到特瑞莎涉入其中的新消息打開了通往下一章的大門。這條劇情線很合理。所有線索似乎都能拼湊起來。我只有不到一個月的時間寫完這本書，過程中還得小心不讓自己牽扯進去。

就算我改了名字，特瑞莎和璦咪也不能是我故事中的凶手。寫得過於貼近真相就太蠢了。不行，故事必須導到其他地方。其他沒那麼真實的地方。凶手必須是某個不凡之輩，必須是某個典型的反派人物，讓大眾相信是我憑空編造出來的，因為他們已經在電視或電影裡見過他的演出。我能想像扮演這個角色的唯一人選，是一個現實生活中的惡棍，我打算把他供給安東尼警官。

幾乎沒人能把菲力克斯·吉洛夫定罪。根據喬治雅的說法，即使他罪證確鑿，卻從來沒有在監獄裡待過一天。如果菲力克斯嗅到有人在調查他——即便是他沒有直接涉入的案子——我敢說他也會讓調查陷入死胡同。他是我最安全的選擇，可能也是唯一能夠阻止我和特瑞莎去坐牢的人。

我坐在書桌前，打開故事草稿，瀏覽我到目前為止寫好的場景：一名經驗豐富的職業殺手接下任務要殺死一個有問題的丈夫。她仔細調查目標，跟蹤他進入一間酒吧，對他下藥，帶他到某個廢棄的地下修車廠。

我把頭靠在桌上，怪自己沒有深思熟慮就把這份手稿寄給我的經紀人。所有細節都離真相太近。但或許我可以稍做修改，藉此逃過一劫。

我重新埋首到手稿中，拆解目前為止所寫的內容，稍微修改角色和設定：有問題的丈夫是一名會計師，為顯赫的黑幫老大工作。他碰巧也是超級有錢的富豪，有一份受益人在他妻子名下的可觀壽險。從他們喝下第一杯酒到她下藥迷昏他之後的某個時刻，我的女主角發現他的妻子沒有按照約定把錢轉進她的海外戶頭。由於來不及改變策略，我的女主角只好把她的目標帶進一輛大休旅車，載他到地下車庫讓他睡一覺。殺手走到外面打電話給妻子，告訴她這份工作因欠薪而取消了。與此同時，另一個人背著她溜進去，用滅音手槍對準丈夫的眉心把他射殺。為了決心尋求私刑正義，並找出到底是誰殺了她的目標，她與一名毫無戒心的能幹警察結盟，領先警方一步著手調查他的死因，並在過程中追查離家出走的妻子。

沒錯，我心想，在鍵盤上折手指。很好，這感覺可行！這個故事裡沒有念法律系的年輕帥氣調酒師，也沒有奪走別人老公的房屋仲介。沒有涉及情色照片或勒索封口費的次要情節，也沒有提到監護權之爭或窮困作家為了付帳單而做出有爭議的事情。

幾小時過去了，我的手指發痛，腦袋昏沉疲倦。廚房開始飄來飯菜香——烤麵包和蒸蔬菜，還有抹了奶油和迷迭香的烤雞。窗外夜幕降臨，樓下傳來碗盤的鏗鏘聲，兒童餐椅拉出餐桌的聲音，以及晚餐後維若妮卡收拾善後的吸塵器聲。沒人來敲我的門。熱騰騰寫出三章後，突然響起的電話鈴聲把我嚇了一跳。

史蒂芬的號碼在螢幕上閃爍，我考慮不接。

「喂？」我說著揉揉眼睛，查看時間。孩子們大概已經睡了。我都還沒跟他們道晚安呢。

「嘿，芬莉。現在方便講電話嗎？」他說話含糊不清，讓我的名字聽起來悅耳許多。我好奇他喝了多少杯酒才能讓他從嘴裡說出我的名字時聽起來不像在咒罵。

「怎麼了？」

「只是想聊聊。」他聽起來很疲倦，有點沮喪。我恨我自己即使在他做了那麼多可惡的事情之後，遇到這種時刻，我仍會感到心軟。

「你還好嗎？」我關掉螢幕，坐在黑暗中，聽著他在話筒另一端灌酒時，液體從酒瓶流出的聲音。

他咳了一聲，接著沙啞地說：「我不知道。可能吧，不太好。」

他選擇打給我而不是他的未婚妻，當中的含義不言自明，同時也打開了好多的疑問。

一年前，我們還在一起，一家四口生活在一個屋簷下。為什麼他非得離開，搞砸一切？

「怎麼了？」

「是特瑞莎。」他說。「我怕我犯了個大錯。」我保持沉默，咬緊牙關，阻止自己說出難聽的話。「我笨得選擇相信她。她有事隱瞞我。我不確定是什麼，可是……」

「可是什麼？」我謹慎地說，怕把他嚇跑。「你為什麼覺得她有事隱瞞？」

他猶豫片刻，又喝了一口，低聲咒罵一句。「我在她放內衣的抽屜裡發現現金，很多很多的現金，芬莉。還有前幾天有警察打電話到家裡找她。我去問她的時候，她變得很有戒心，拒絕跟我談。」

「也許是因為根本沒什麼好談的。」

「我不知道，芬莉。她最近有個很重要的新客戶。她一天到晚都在他身邊。她說他只是在找土地，但我見過那傢伙，他……」史蒂芬的聲音越來越小。

「很帥？」

「是邋遢才對。」他抱怨道。「我查過他，芬莉。他牽扯到一些非法勾當。萬一是他給了她那些錢怎麼辦？萬一她打算……？」史蒂芬陷入沉默。

「為了別人離開你？」寂靜中，一記警報聲響起，我發現是立體聲，在窗外聲音很大，從他的手機傳來的比較微弱。「你現在在哪裡？」我把椅子往後推，走到窗邊掀開窗簾，發現史蒂芬的車停在外面。他隔著車窗害羞地揮手。「等等。」我告訴他。「我現在出去。」

我披上外套，穿上網球鞋。我沒多費時間查看頭髮或換掉我的瑜伽褲。我和史蒂芬已經超越那層關係了。我交叉雙臂禦寒，穿過青翠的草坪來到他的車邊。他伸長手幫我開門，我坐進車內。車內的空氣密閉溫暖，他的呼吸瀰漫著濃濃的酒味，衣服還殘留著農場的泥土味。

他看起來糟透了，這是那麼久以來我第一次沒有因此覺得高興。我們中間的置物櫃擺了一個空酒瓶。他的外套披在未紮進褲子裡的法蘭絨襯衫上，頭髮凌亂豎起，彷彿一直在用手抓。

海格蒂太太的廚房窗簾動了一下。明天她會做的第一件事就是打電話，確保所有鄰居都知道史蒂芬來過這裡，在車裡和前妻幽會。「你想去別的地方嗎？」

史蒂芬跟隨我的視線來到海格蒂太太的房子。他憂鬱地笑了一聲，肩膀隨之抖動，接著鑰匙一轉發動引擎，一連倒了三次才把車子掉頭，巨大的輪胎在她家前院的草坪上留下胎痕。

史蒂芬的手輕鬆放在方向盤上。我想我是不是應該提議由我開車，但過沒一會兒，他就在我們家這條街盡頭的小公園前面停下來。他關掉引擎下車，我跟隨他緩慢又蹣跚的步伐來到被矇矓月光照亮的一組鞦韆前。

他小心翼翼坐進其中一個鞦韆時，鏈條嘎嘎作響。我在他旁邊的鞦韆坐下，硬邦邦的塑膠椅透出寒意滲進我的衣服，我不禁打了個哆嗦。我們坐著聆聽附近的高速公路傳來低沉的車流聲，看著頭頂的飛機閃著微光。

「這讓我想起迪莉亞出生的那一晚。」他抬頭凝視明亮的夜空說。我意味深長地斜眼看他。我們對那晚的記憶迥然不同。我唯一記得的，是長時間生產的痛苦，並在陣痛的間隔時間越來越短時，找到不痛的空檔拚命留訊息給他。我唯一記得的，是喬治雅的臉。她嘴裡的咖啡味、她緊抓著我的手、用警察的口氣對我大喊用力，以及史蒂芬總算醉醺醺地出現時，她在醫院停車場給他的那記耳光。他整晚都在這個公園喝酒，害怕自己即將成為一名父親，害怕自己搞砸一切。

「我好害怕，芬莉。」

「怕什麼？」

「怕特瑞莎跟他有一腿。」

我揚起眉毛，在鞦韆上轉身，大剌剌地看著他的臉。鏈條相互纏繞，保持鞦韆的張力。如果我把腳離地，鞦韆就會把我從他面前轉開，再把我重新拉正，我發現這讓我有種異常的安心感。

「你不是也跟別人有一腿嗎？」我問。

他驚訝地抬頭看我。「有那麼明顯嗎？」

「這麼說吧，我很清楚一些跡象。」

他搖搖頭，盯著靴子上的草皮和泥巴。「不只是這樣。我知道如果她到處跟別人亂搞的話，大概是我罪有應得。但我擔心她跟這傢伙惹了麻煩無法脫身。他是個很棘手的人，芬莉。我怕她會做傻事，做出影響我的生意或兩個孩子的事。生意沒了還能重新再來，但我已經失去孩子們一次了，我不認為我可以……」他喉嚨附近的肌肉上下抽動，雙眼映著人行道上的路燈閃閃發光。「對不起。」他哽咽地說。「一切都是我的錯。」

「我知道。」我伸出手，在我們之間攤開手心。我的手懸在那裡一會兒，然後我感覺到史蒂芬冰冷又長滿老繭的手握住我的手。我輕輕一捏，不是因為我原諒他過去的所作所為。而是因為這是我能理解的恐懼。因為我也和他一樣恐懼。因為在現階段所有害怕的事情當中，這也是最令我恐懼的一件。

史蒂芬的眼皮沉重。他把我的手輕輕一拽，拉近鞦韆上的我，我能聞到他氣息中的酒味、害怕和絕望。他的頭微微一偏，距離剛好足以成為一個邀請，剛好近得足以讓我們的額頭碰在一起。依靠他是那麼容易。一切是那麼熟悉，我可以不假思索投入其中。我抬起腳，手指從他手上滑落，讓鞦韆把我拉正。

「你真的跟一個內衣模特兒交往嗎？」昏昏欲睡的他，醉醺醺地咧嘴笑著問。

我的嘴角揚起微笑。「我的律師大概會建議我不要回答這個問題。」

史蒂芬點點頭。他輕輕踢著鞦韆底下的泥土，讓我納悶他是不是吃醋了。這又讓我思考我是否在乎。

我起身，把史蒂芬從鞦韆上拉起來，確認他站穩了才放手。「走吧。」我說著，從他的口袋拿走鑰匙。「我送你回家。」

29

我從史蒂芬家離開漫步回家，他的鑰匙放在口袋裡暖暖的，重得很療癒。我開車載他回家時，從鑰匙圈上把他家鑰匙拆了下來。畢竟他也把我家的備用鑰匙留在手邊整整一年，這就算扯平了。他明早醒來才會發現鑰匙不見了。他會跟特瑞莎編個弄丟鑰匙的荒唐故事，然後他會拚命對我嘮叨，直到我舉手投降，還回鑰匙。即使只是暫時的，但這種掌控權讓我感覺良好，迎著清新空氣走回家的路上也給了我時間思考。

我踩在柔軟的人行道上，落葉沙沙作響，微風吹起，把落葉吹到結了薄霜的草地上。我穿過前院走到一半時赫然停下腳步，凝視著仰臥在我家門廊上的漆黑人影。

「告訴我吧。」尼克說著，手肘靠在我前廊的階梯上，一雙長腿往前伸直。「你找到什麼？」

我小心翼翼地靠近，直到看見他閃現的微笑才鬆了一口氣。我在他旁邊坐下，吐出的氣息化作白霧。

「你差點把我嚇死。」我捧著胸口說。「我沒看見你的車。」

他指向路邊，那輛二手巡邏車在黑暗中若隱若現。「抱歉我沒能早點過來。我有事耽擱了。你找到什麼？」

長話短說，我提醒自己。盡量貼近事實。能讓他忙上一陣子就足夠了。「我想特瑞莎和她的一個客戶有婚外情。」我說。「我想她那個星期二晚上就是跟他在一起，但她不希望被史蒂芬發現。」

「要是史蒂芬都不知情，你是怎麼知道的？」

「我和維若妮卡跟蹤她。」

尼克的嘴角勾起一抹似笑非笑的笑容，他的笑聲粗獷、充滿戲謔。「跟蹤是吧？是你姊教你的嗎？」

「我已經跟過好幾趟了。」我防備地說。「我不是完全的新手。」

他在黑暗中露出白牙。「好吧，警官。你看到了什麼？」

我不理會他眼神中的戲謔光芒。「她和一個有魅力的男人從辦公室走出來。他穿著時髦，大約三十多歲，身材很好，一頭黑髮。」

「你為什麼會猜測他們有一腿？」

「他們道別的方式有點超出公事上的關係。」

「怎麼說？」

「他親吻她的臉頰，在她耳邊輕聲細語，而且根據維若妮卡的說法，他在幻想她全裸的模樣。」

他的目光落在我身上，以警察之姿仔細打量我。「確切來說看起來是什麼樣子？」

「這我就不得而知了。」我的臉頰刷上紅暈。好險在一片漆黑中他看不出來。

「所以你不確定她是不是真的跟這個客戶有染，也不確定他到底是不是客戶，或哈里斯失蹤那晚她確實和他在一起。」

「對，我不確定。但今晚我跟史蒂芬聊過了。他說她最近花很多時間跟這傢伙在一起。他擔心他們有一腿。」

這番話讓他點點頭，稍微放低猜忌。「你知道客戶的名字嗎？」

「不知道。」讓尼克追著自己的尾巴調查得越久越好。

「你為什麼那麼肯定她不是在那個社交活動上？」

「我在網路上查過你說她有加入的那個社團，裡面全是房屋仲介和房貸仲介。她大概認識那晚在酒吧裡一半以上的人。如果她去過那裡，一定會有人記得看見她。」我觀察他的表情反應，很肯定我說得沒錯。特瑞莎那晚絕對不在貪杯酒吧，至少沒有在酒吧裡面。尼克很精明。他自己也說過，他這一行做很久了。他肯定會把出席清單上的來賓先問過一遍。如果她到過那裡，她的同事肯定會證實這一點。

幾天前，安東尼警官很肯定特瑞莎有罪。今天，他的自信心看起來有所動搖。我要做的就是削弱他的信心，讓他找不到有關她的線索。

尼克緩緩坐起身子，手肘撐在膝蓋上。「我今晚又回貪杯酒吧跟調酒師談了一次。」

「是嗎？」我清清喉嚨，清掉當中的驚訝。「他怎麼說？」

「我給他看了特瑞莎．霍爾的照片。他說跟他聊天的女人不是她，但……」他搖搖頭，皺眉望向草坪，兩手搭成一座三角形。

「什麼？」

「我把照片拿出來之前，我告訴他為什麼我們在找她的原因——因為她不只是目擊證人，而是這個案子的嫌犯。他很自負，跟我說我找錯人了，彷彿這沒什麼大不了似的。」

「所以呢？」

「他是一名法學院的學生，喬治梅森大學成績頂尖的優等生。去年夏天，他在公設辯護律師辦公室與一名行政律師一起實習過。他完全知道我們在找什麼。他只是不斷重複同個故事，堅持他看見她是獨自離開酒吧的。但後來我給他看了特瑞莎的照片，突然發生一些變化。他變得噤聲不語，說他不認為那是她。但如果照片裡不是同個女人，他為什麼那麼不高興？」

我的腸胃一陣翻攪。朱利安當然不高興了，因為我騙了他。當初在健身房，他看著我彷彿不太確定我是誰，彷彿不確定他認識我。他根本不知道他的直覺有多正確。維若妮卡說得對。即使我笨到打電話跟他道歉，他大概也不會再跟我說話了。

我用手掌輕按雙眼。「你不會真的相信特瑞莎與這個案子有關係吧？」

「在我找到理由排除她之前，沒錯，我真的相信。」

我雙手插進口袋，指關節在史蒂芬的鑰匙尖端上摩擦。肯定有什麼辦法能阻止尼克找到特瑞莎的把柄，還有我的。

「你沒事吧？」他問。

「沒事。」我嘆口氣說。「只是累了。今晚很漫長，史蒂芬一小時前來過這裡，整個人喝得醉醺醺的。」

尼克的姿勢變得生硬，他有點不太開心，語氣也變得尖銳。「你需要我幫忙聲請保護令嗎？如果他在為難你，我可以——」

「不，不是你想的那樣。他只是想聊聊。」史蒂芬從來不是喝醉會發脾氣的人。真要說的話，喝醉只會讓他放鬆警惕，讓他誠實一些。「我由著他把特瑞莎抱怨了一陣子，然後開車載他回家。」

尼克的笑聲聽起來像胸腔傳來的低鳴。「你問我的話，我覺得這傢伙聽起來像個笨蛋。」

「為什麼？因為他一喝醉又回頭找前妻？」

「因為他放棄了你。」

我蜷縮在外套裡。「我猜他有他的理由。」

「這不是藉口。」尼克緊閉雙唇，彷彿想繼續說但不能。

「你結過婚嗎？」我實在很難相信尼克一直都是單身。

「有次差點就結了。」

「發生什麼事？」

他吐出一團白茫茫的霧氣。「她改變主意了。我猜她不想承受與警察共度餘生的擔子。」

「這顯然是她的損失。」他歪過頭，歪嘴笑著請我詳述原因。「根據喬治雅的說法，我們都應該為了健保與警察結婚。」他突然放聲大笑，眼角露出細紋。隨之而來的沉默讓人感到負擔。

我低頭看著自己的腳。

「嘿。」他說著，彎腰迎上我的目光。「別擔心監護權聽證會。等調查結束，我掌握到的特瑞莎醜聞足以讓任何法官合理取消聽證會。喬治雅跟我說了你的出版合約。有了這樣的薪水，你的前任就站不住腳了。」

我禮貌的微笑垮了下來。「喬治雅把合約的事告訴你？」我現在最不需要的，就是被尼克詢問我書在寫些什麼。

「她在部門裡到處宣傳。她對你很自豪。」

我的喉頭哽咽，內心充滿罪惡感。如果喬治雅得知我的資料來源，她就不會大肆替我宣傳了。我站起來。「說到這個，我該進去繼續工作了。」尼克跟著起身，注意力短暫移到海格蒂太太家窗簾之間的狹小縫隙。

「你明天有事嗎？」我把手伸向大門時他問。

「沒有。」

「想來趟實地考察嗎？」他的眼神在黑暗中閃爍。

「什麼樣的實地考察？」我謹慎問道。

「替你的書做些研究。」這八成是喬治雅的主意。八成是她慫恿他這麼做的。她可能會讓他這麼做。而現在，我不忍心讓她失望。

「當然，我想可以吧。」

他手插口袋，沿著人行道倒著走向他的車。「我十一點來接你。」

我目送他離開，好奇要是他知道我已經研究得多深，對這趟考察還會不會那麼興奮。

30

「你知道你這樣是入侵民宅吧。」維若妮卡頑固地說。

我用脖子夾著手機，對著後視鏡調整我的假髮頭巾。「這不是入侵民宅，我有鑰匙。」

「偷來的鑰匙。」她強調。

「這不是偷來的。」我朝話筒爭辯。當初我提議載史蒂芬回家時，他在醉醺醺的情況下交出了整串鑰匙。我只是剛好忘了把這一支還回去罷了。

「好吧，別被逮到。安東尼警官再過一小時就要過來接你去實地考察了。」

就我所知，特瑞莎沒有像海格蒂太太這樣的鄰居需要擔心。但我還是多此一舉地把拉蒙的代步車停在好幾輛車外的地方，然後戴上我的超大墨鏡。假髮頭巾癢得不得了，我一直忍到安全進入史蒂芬和特瑞莎的屋裡才摘掉。

我關上大門，背靠著門板，手機壓在耳邊，屏住呼吸聆聽。屋子很安靜；唯一的聲音是查克在電話另一頭的牙牙學語。

「我進來了。」我低聲說。我把頭巾塞進運動衫的口袋，脫掉球鞋，把鑰匙放進鞋裡，留在門邊。

我悄悄上樓來到特瑞莎的房間。

「找到東西就趕快離開。」我的焦慮感隨著每次地板的嘎吱聲水漲船高，維若妮卡在旁嘮叨更是雪上加霜。

房門擦過厚實的地毯嗖地打開。窗簾是拉上的，房間仍有史蒂芬宿醉後的微弱氣味——走味的酒、汗水和難聞的口氣。他那一側的床鋪亂七八糟，棉被纏成一團。床頭櫃上放著一盒止痛藥，旁邊是一瓶胃藥。

「你在哪裡？」維若妮卡問。

「特瑞莎和史蒂芬的房間。」我打開特瑞莎的床頭櫃東翻西找，不太確定自己在找什麼。一張紙條、一個電話號碼，或一張發票。某個可以找出瓔咪．R身分的線索，證明她們星期二晚上確實在一起的證據，最好離貪杯酒吧很遠。

我關上抽屜，溜到走廊上，在迪莉亞房門前停下腳步。床沒有鋪，粉紅色公主床單皺巴巴的，蓬鬆的羽毛枕壓出一個成年女性腦袋的形狀。特瑞莎的一雙高跟鞋被扔在芭比夢幻屋旁邊的地板上。「看樣子特瑞莎昨晚睡在客房。」

維若妮卡乾笑一聲。「海格蒂太太一定是把史蒂芬喝醉來找你的消息說給左鄰右舍聽了。」

「我只希望她沒提到尼克。」我喃喃地說。

維若妮卡清醒過來。「我都忘了。」

我朝特瑞莎書房門縫透出來的那束陽光走去。她的書桌毫無雜物。一條電源線懸在本來應該插進筆電的地方。沒有舊式的桌上型電腦，也沒有一絲灰塵。我拉開最上方的抽屜，亂放的物品差點滾出抽屜掉落地面。裡頭沒有東西透露璦咪是誰，或是哈里斯．米勒被殺那晚她們去了哪裡，但知道她的抽屜亂成這樣讓我感覺好多了。

我轉向對面牆壁的書架。「賓果。」

「你找到什麼？」

「她的大學畢冊。」我抽出書架上一本厚重的精裝書：喬治梅森大學，二〇〇九年畢業班。我席地而坐，翻到索引，然後翻回特瑞莎的姊妹會照片，瀏覽標題中的名字。她的姊妹會成員按行排列，在特瑞莎旁邊的就是璦咪。

「璦咪．夏皮羅。」我告訴維若妮卡。

「她網路上的個人帳號說她的姓是R開頭不是S開頭的。」

「璦咪肯定是婚後冠上夫姓了。」

樓下傳來關門聲。

「那是什麼聲音？」維若妮卡問。

一串鑰匙落在玄關旁的茶几時，我瞬間坐直身子。高跟鞋在木地板上喀噠作響。是特瑞莎。

我立刻掛斷電話，把手機調靜音。接著放輕腳步，把畢冊歸位。襪子踩在絨毛地毯上安靜無聲，我很慶幸我想到要把鞋子留在……

喔，不。

我的鞋子。

我擠進書架旁邊的角落，敢說我劇烈的心跳聲肯定連隔了幾條街的海格蒂太太都聽得見。也許特瑞莎只是有東西忘了拿。也許她很快吃個午餐就離開，不會注意到我放在門邊的鞋子。也許她會進廁所，我就能神不知鬼不覺地溜出去。

她踩著樓梯砰砰作響上樓。

我很快看向房間的窗戶。這裡不過才二樓，跳下去可能不會害死自己……如果我有穿鞋的話。如果我不必擔心要踢掉紗窗，或被窗戶底下茂密的杜鵑花叢弄傷流血的話。

我撈出口袋裡的手機，傳訊息給維若妮卡。

芬莉：求救。困住了，特瑞莎的家。

維若妮卡：找窗戶脫身。

芬莉：我的鞋子和鑰匙在玄關。

維若妮卡：你很爛耶。

芬莉：我知道！

手機螢幕黑了很長一段時間。

維若妮卡：我有個主意。躲好了。等我十分鐘。

特瑞莎穿過走廊把洗衣機和烘乾機裝滿衣物，接著回房間看電視，我從頭到尾緊緊貼著牆壁，恨不得自己變成隱形人。她的房間就在樓梯旁邊。我不可能偷偷經過，她一定會看見我。

她的手機響了。她把電視關靜音。

「謝天謝地是你。我該怎麼辦？」特瑞莎的聲音越來越大，後來沿著走廊來回踱步時，又變得小聲。「我不能告訴他我去了哪裡。他會嚇壞的。現在又有個警探打電話來……」她的聲音慢慢消失在房間，我屏住呼吸，聽得吃力。「我不能冒險被史蒂芬發現。我們正在跟他前妻打監護權的官司。他說她請了一個律師。」特瑞莎用衛生紙擤鼻涕，暫時停下來吸吸鼻子。「顯然她不知道從哪裡弄來一些錢。好像跟一本書有關。我只知道昨晚海格蒂那個老太婆看見她坐進史蒂芬的車，等我回家時，他已經醉到不省人事……你明天可以過來一趟嗎？我真的需要——」

一記震耳欲聾的鏗鏘聲淹沒對話。特瑞莎的書房窗外傳來柴油引擎的隆隆聲。吊車幫浦的聲音尖銳刺耳，鐵鏈嘎啦作響。

「等等，我聽不見你說話。」特瑞莎衝進書房，壓下百葉窗的塑膠窗條。我緊貼牆壁，屏住呼吸，睜大眼睛，祈禱她不會轉身看見我蹲在書架旁的角落裡。「有個王八蛋在拖我的車！」引擎發動，特瑞莎立刻轉身從我旁邊跑走，飛快奔下樓梯。

我悄悄來到窗邊，看見一輛標示著拉蒙道路救援的白色拖吊車把特瑞莎的BMW拖到大街上。特瑞莎赤腳追在後頭，邊大叫邊揮舞手機。我連忙衝下樓，抓起鞋子，確定特瑞莎沒有回頭看才離開她家。拖車在一個街區外停下來。有個男人——大概就是拉蒙——在寫字板上寫字，無視特瑞莎要求他把車拖回原位。我跌跌撞撞走在她家草坪上，一邊套上鞋子，準備回去牽代步車時，在急忙中差點絆倒。

我掙扎著套上另一隻鞋子時，抬頭一看，愣住了。

安東尼警官搖下車窗停在對街，聽著特瑞莎威脅以二十種不同方式殺掉拉蒙。但他眼睛看著的不是特瑞莎。

他對我勾勾手指，把我喚到他的車前。嚴肅的神情讓我沒有反駁的餘地。

我一手拎著鞋子，奔向他的車，開門頹靡地坐了進去。

31

尼克的車是一輛標準的二手巡邏警車。深藍色，顯眼至極。我放下遮陽板，壓低身子，隔著儀表板看著拉蒙慢慢把特瑞莎的車倒回她的車道上，特瑞莎則在一旁如老鷹般監視他。

「我需要搞清楚這是怎麼回事嗎？」尼克問。我把手插進口袋，確保假髮頭巾藏在看不見的安全之處。我張嘴準備為自己辯護，尼克伸起一根手指。「小心思考你的答案。」

「我們能不能快點離開？」我壓低身子坐在座位上，雙手在胸前交叉。尼克搖搖頭，發動引擎。他沒認出來我停在下一條街的那輛代步車，現在我也不想大剌剌地去牽車。

「你在這裡做什麼？你應該要等到十一點才來接我。」

「我早到了。我前往你家的途中看見特瑞莎的車停在家門口，想說來監視這間房子，看看會不會出現什麼有意思的人。」他轉進我家車道時，臉上緩緩綻開一抹微笑。

「我很高興我娛樂到你。」我氣呼呼下車，把鑰匙插進前門，但還來不及轉動，維若妮卡就把門打開。她看見尼克站在我身後，驚訝得張大嘴巴。

「告訴拉蒙我欠他一次人情。」我與她擦身而過走進屋內時說。

「安東尼警官，很高興見到你。」他跟隨我進屋時，維若妮卡把他從頭到腳打量一遍。我怒瞪一眼警告她，同時脫掉運動衫，掛在樓梯扶手上。

迪莉亞隔著扶手看向尼克。「他是誰？」

「這是喬治雅阿姨工作上的朋友。」我說著，企圖撫平假髮頭巾底下因為靜電而翹起的髮絲，但沒有成功。我摘掉頭巾，抓抓發癢的頭皮。「他的名字叫尼克。」

她皺皺鼻子。「他在這裡做什麼？」

我聞聞上衣。「他來幫我的新書做研究。」

「你會跟他約會嗎？」

我嗆了一下。尼克憋著笑，放膽朝我看了一眼。

「迪莉亞．瑪麗．多諾文。」我氣急敗壞地說。「這是哪門子的問題？」

「走吧。」維若妮卡牽起迪莉亞的手竊笑說。「媽咪和尼克警官有事情要說。」她帶著孩子們上樓前，回過頭說：「你們何不到小兔崽子聽不見的地方聊呢？」

「我人就在這裡，你知道吧。」迪莉亞氣呼呼地說。「而且我不小了。我知道什麼是約會……」她的聲音隨著維若妮卡關上房門漸漸消失。

「我很抱歉。她才五歲。」我說，彷彿這樣的解釋已經足夠。他抓抓頸背，笑容放鬆。

「小孩子就是直言不諱。她會成為一個很優秀的警探。」

我伸手要接他的外套。「別跟我姊這麼說。我們家有一個愛質問人的傢伙就夠了。」

尼克脫下外套。外套皮革柔軟，內襯留有他的體溫。衣帽架在他後方，我笨手笨腳地繞過他，伸手掛外套時不小心碰到他的槍套。走廊突然變得好小又好窄。尼克剛刮過鬍子，聞起來有漱口水和麝香的味道。即使穿著牛仔褲和黑色的貼身亨利衫，他仍看起來精神又俐落。他看著我，神情嚴肅。

「我得梳洗一下。」我說著，漫不經心地指向我後方的樓梯。「你等我一下。需要喝點什麼嗎？」他跟隨我走進廚房時，我的臉頰開始發燙。我從瀝水板上拿起一只玻璃杯，再從冰箱拿了一些冰塊。一個裝滿現金的保鮮袋從一包花椰菜底下露出來。

我連忙把冰箱砰一聲關上。

「我們路上再順便買點東西好了，你說怎麼樣？」我緊張地說著，舉起一根手指，跨步離開冰箱。「我一下子就好了。別……亂跑。」我把玻璃杯放進水槽，衝到房間換衣服。在洗手台匆匆梳洗一番後，我梳好頭髮，換上一條乾淨的牛仔褲、一件T恤、一件乾淨的連帽運動衫，跑步下樓。

「好了。」我說著，抓起他的外套和我的錢包。「我們走吧。」我匆匆向維若妮卡大喊再見，鎖上大門，準備坐進尼克的副駕駛座前，瞥見海格蒂太太家的窗簾動了一下。「天啊，那女人都沒別的事可做嗎？」

尼克繫上安全帶，發動引擎。儀表板下方的收音機傳來一陣刺耳雜音。「誰？你的鄰居嗎？」他調整後照鏡，瞇起眼睛看向她站在廚房窗前的身影。

「那女人是個大麻煩。」我們開出車道時，我忍住對她比中指的衝動。

「你在開玩笑嗎？那種人是警察夢寐以求的鄰居。我敢說這條街上發生任何事都逃不過那個老太太的法眼。」他把後照鏡挪回原位，開車上路。

「她看得可多了。」我挖苦地說。他在特瑞莎家附近緩緩停車，就停在拉蒙那輛代步車的正後方，我不禁全身僵硬。「我們要去哪裡？」我問。

「我們來拿回你的車。」

「可是那不是我的——」尼克已經下車，手裡握著我的車鑰匙。他打開駕駛座的車門，讓自己進去。我低聲咒罵一長串，接著跟上去，坐進副駕駛座。

「你怎麼拿到我的鑰匙的？你怎麼知道這是我的車？」

「你上樓的時候把鑰匙留在廚房流理台上。然後今早你停車的時候我就在你後面。」他把車子駛離路邊。特瑞莎的 BMW 沒有在車道上。但她家在我的後照鏡消失時，我還是鬆了口氣。

「順帶一提，你入侵民宅的技術挺差的。沒被抓到算你運氣好。」

我瞠目結舌地看著他。「你明知道我和她一起困在那棟房子裡，你卻袖手旁觀？」

「我介入的話就是犯了協助與教唆罪。」

「我不是罪犯。」我固執地說。「我有鑰匙。」

他的嘴角揚起得意的笑容。「我得承認你脫身的方式令人印象深刻。」

「那是維若妮卡的主意。而且我之所以在她家，都是你的錯。」

「我的錯？」他把拉蒙的車開進速食店的得來速。

「你叫我去挖掘她的秘密，所以我就去啦。」

他發出低沉的輕笑。「那你發現什麼？」

「什麼都沒發現。我剛到她就回家了。」他敏銳得叫人不安。他凡事似乎總是搶先我一步。

尼克替自己點了兩個漢堡，然後把我的餐點告訴對講機。開車路上，他吃掉自己的兩個漢堡，這讓我感覺好多了，因為迪莉亞說錯了，這不是約會。我狼吞虎嚥吃著我的漢堡和薯條，看著尼克拐進一條小巷時，窗外呼嘯而過的建築物。就在這時，我們經過特瑞莎的房仲辦公室，他慢了下來。

「我們要去哪裡？」我問，把包裝紙揉成一團，丟進空紙袋。突然一個緊急煞車，尼克把車子掉頭，違法迴轉，害我摔向車門。

「你想扮演警察，對嗎？我就帶你來個真正的跟監。」他把車停在路邊後熄火。我肚子裡的漢堡彷彿變成了水泥。

「調酒師說了酒吧裡的人不是她，為什麼我們還要跟蹤特瑞莎？」

尼克用紙巾擦拭他油膩的手，雙眼掃視停車場，最後發現了特瑞莎的車。「因為我覺得他們都有事隱瞞，我想知道那天晚上她到底跟誰在一起。」

「我們要怎麼做？」

他往椅背上一靠，交叉雙臂，閉上眼睛。「我們要等她男朋友現身。」

二十分鐘過去了。我很確定尼克大多時間都閉著眼睛，一頂棒球帽輕輕蓋在臉上。至少現在我知道他為什麼沒有替我們點喝的了。

「話說我到底在找什麼啊？」我挪動身體，想找個舒服的姿勢，塑膠皮椅嘎吱作響。如果我把椅背向後傾斜到與尼克平行，我們誰都看不到。

等他終於開口回答時，聲音有些疲倦。「你看到菲力克斯的林肯轎車再告訴我就行了。」我的背脊突然僵直。「菲力克斯？」我摘掉尼克臉上的棒球帽。「所以你一直以來都知道特瑞莎的客戶是誰？你打算什麼時候告訴我？」

尼克睜開一隻眼睛，慵懶地咧嘴一笑讓臉上出現酒窩。

「你從沒問過我。」

「你還知道什麼是你沒有告訴我的？」

他睜開另一隻眼睛，伸個懶腰，雙手撐著後方的車頂，接著兩手擺在後腦勺，雙腳微彎擱在方向盤兩側，外套披在他貼身穿在肋骨附近的槍套上。「我知道特瑞莎的客戶是一個名叫菲力克斯．吉洛夫的男人。他家財萬貫，有權有勢，與犯罪集團牽扯非常深。根據犯罪情報組的說法，菲力克斯聘用了哈里斯．米勒的會計公司。」

我緊張地笑出聲。「這可能只是巧合，對吧？」

尼克戴上帽子，壓低帽簷遮住眼睛。「任何事只要扯到黑幫，很少有所謂的巧合。可惜這男的是個不沾鍋。他早該被關起來十幾次，但這個州沒有法官有膽給他定罪。即使我們辦得到，他有個朋友，幾乎可以讓任何人人間蒸發……新的名字、新的護照，把他們從世界上抹去，彷彿不曾存在過。他一交保就會逃走，我們永遠別想再看見或聽見菲力克斯．吉洛夫這個名字。」

「他想從特瑞莎身上得到什麼？」

「這就是我想找到的答案。」他彷彿讀懂我的表情，嘆了口氣說：「聽著，芬莉。我並不是想毀了史蒂芬或是特瑞莎的生活。如果菲力克斯與哈里斯的失蹤有關，那我猜特瑞莎大概也是這整件事的受害人之一。我保證，我們會查出真相的，而你和你的孩子會平安無事。我打算盡量不讓你們三人牽扯到調查。喬治雅逼我對她發誓。」

「真的嗎？」

他皺皺眉頭。「真的。」

此時，好奇心佔了上風。「她還說了什麼？」

他看向窗外，頸背悄悄浮上紅暈。「她說你的心被傷得很重，說如果我敢傷害你的話，她會先拿走我的警徽，再打爛我的臉。」

我搖搖頭，忍不住對自己輕笑。「又是我姊又是孩子的，你想必以為這一切都是為了牽線。但我發誓，這些都不是為了讓你約我出去的計謀。」

「就算是，有那麼糟嗎？」面向車窗的他回過頭來，目光在我身上游移，就像昨晚在我家門廊前的時候一樣。只是這次，他打量我的眼神沒那麼專業。

我的笑聲漸漸消失。一股張力十足的沉默籠罩著我們，刺痛且熾熱。尼克很迷人，又是單身。他是我姊的朋友，這表示他已經通過全世界最嚴格的背景調查。我確定他現在想要吻我，也確定我很願意接受。

我的腰窩流下一滴汗水。我伸手想調節中控台上方的溫度器，與此同時他也伸手想打開收音機。我們的手掠過彼此。我抬起頭，我們靠得很近，他的帽簷遮住我們的臉。我們誰也不敢動。尼克與我扣住十指，我的心跳得有點快。

「我有件事要坦白。」他說，語氣低沉，讓我有點喘不過氣。「這不全是喬治雅的主意。」他湊近，塑膠椅座發出嘎吱聲，而我沒有閃開。我的腎上腺素激增，空氣變得稀薄。我已經不記得除了史蒂芬外，上次與一個男人那麼靠近是什麼時候了。

「這樣可以嗎？」他問。我們的額頭在他的帽簷底下輕碰，稍微把帽子推開。

不，不可以。現在我想做的事是大錯特錯，也有千萬種大錯特錯的理由。我點點頭，覺得暈眩，他與我相隔的距離測試著我每吋的自制力。我們的鼻子輕觸，這時一個長長的黑色引擎蓋從尼克後腦勺的車窗外駛過。

我突然往後抽開。「是他。」我說。「是菲力克斯的車。」

尼克靜靜咒罵一聲，靠回頭枕上。他閉上眼睛，重重嘆了口氣後，把椅背調正。

林肯轎車停在特瑞莎辦公室前面的路邊。安德烈替菲力克斯打開車門，跟著他一起走進大樓。

「看樣子他們會在這裡待上好一陣子。你在這邊等一下，我馬上回來。」我還來不及問尼克要去哪裡，他就下車了。他輕快走向大樓，經過菲力克斯的車尾時掉了鑰匙。他停下腳步，蹲下撿鑰匙，消失在我的視線外。不一會兒，他站起來，把某樣東西放進口袋，然後拿出手機。他把手機放在耳邊，很快打了通電話，朝拉蒙的車子走了回來。

「你這是在幹嘛？」他坐進車內關上車門時，我問他。

「只是確認一個直覺。」他說著，有點心不在焉。

「我們現在怎麼做？」脖子以下的我恨不得可以繼續剛才未完成的事情。脖子以上的我很確定這會是個非常糟糕的主意。

尼克目不轉睛地盯著辦公室大門。「現在我們等待。」

一會兒過後，安德烈開門出現，扶住大門。菲力克斯走出來，手掌放在特瑞莎的腰窩上，臉上掛著微笑。她低頭坐進他的車時，他的手順勢往下滑。

「看吧，我就跟你說他們有一腿。現在既然知道特瑞莎的秘密了，我們可以走了，對吧？」

尼克發動引擎，等待片刻，與他們相隔幾輛車的距離駛進車流。他很安靜，眉頭緊皺，跟隨他們往西開上州際公路，遠離城市。我們尾隨菲力克斯的林肯開了將近一小時，後來他們開下一個交流道，馬路隨著鄉村地形而越來越狹窄時，我們不得不退得遠一點。他們有四次在籬笆上插著待售招牌的大片農地前駐足不前。每一次，轎車都慢下來龜速駛過，但菲力克斯沒有一次下車。駛過第四次後，轎車掉頭前往州際公路，沿著原路返回市區。

「在我看來只是一次非常普通的房地產會面，挺無害的。」我希望尼克會同意我的說法，載我回家。

「菲力克斯・吉洛夫所做的一切都不是無害的。他想買土地。」

「所以呢？」他們今天參觀的土地很像特瑞莎在她的記事簿上劃掉的那些土地。不過看起來，他對這四塊土地同樣不滿意。

「所以問題來了，菲力克斯想要買地做什麼？」尼克跟隨林肯轎車，小心翼翼相隔在幾輛車之後，一同開下交流道。「菲力克斯的生意擴及毒品、軍火和販賣人口。他買了很多的大樓和倉庫以保持庫存流動。今天他勘查的每塊地都位於杜勒斯以西，靠近機場和兩條主要的州際公路，但又離市區夠遠，不會引人注目。適合把貨物空運進來，再用卡車運出去。」

想到我孩子的準繼母與這傢伙上床，我的腸胃一陣翻攪。「他聽起來是個高手。」

「相信我。」他說著，林肯轎車繞進月租停車場。「我一心一意希望能把菲力克斯．吉洛夫抓進牢裡關上一輩子。」

「這不就是我們在這裡的原因嗎？」

尼克大笑出聲。「比起把菲力克斯．吉洛夫關進監牢，我中樂透的可能性還比較大。我們在這裡是因為菲力克斯的生意骯髒又危險。無論特瑞莎是以什麼身分為他工作，她可能早就已經有麻煩了。」我們目睹特瑞莎獨自下車，走進公司。林肯轎車再次駛進車流中時，尼克沒有跟上去。

「我們不是應該要跟著他嗎？」

尼克若有所思地搖搖頭，目不轉睛地看著大門。「我們跟著特瑞莎會獲得更多情報。她既是一樁謀殺調查的重點人物，又剛好是菲力克斯的房仲，我覺得有點太巧了。」

「你說的是失蹤人口調查吧。」我糾正他。

「如果看起來像屎，聞起來像屎，那可能就是屎。」他面無表情地說。「昨晚我們在奧科泉水庫底部發現佩翠西亞．米勒的富豪轎車。」

「你確定是她的車嗎？」我在佩翠西亞的車庫裡見過的是一輛速霸陸。

「她的私人物品都在裡面，車輛辨識號碼也吻合。」我往後靠，湧起一股反胃感。尼克聳聳肩。「哈里斯和他太太最終一定會出現的。屍體向來如此。」

我把頭靠在冰冷的車窗上。我最害怕的，就是哈里斯的屍體浮上檯面。

尼克伸手輕拉我連帽運動衫的繩子。「嘿，一切都會沒事的，我保證。」他把手放到我的手上，拇指在我的指關節上緩緩畫圈。這是不對的。我不能和尼克扯上關係。這只會讓事情複雜化。

「尼克。」我說著，在座位上轉向他。「關於早上的事，我想也許……」我還在思考的時候，一抹紅色引起我的目光。

是璦咪，圍著一條鮮紅色圍巾從大門走出來，特瑞莎就在她身邊。尼克轉過頭，準備跟隨我的目光看去。要是尼克看見璦咪，並從哈里斯的照片中認出她，情況可能會變得非常、非常糟糕。

我用手摀住臉。「喔，該死！好像有東西跑進我眼睛裡。」

尼克回頭面向我，湊近把我的手輕輕扳開。「你沒事吧？」

「我不知道。」我閉緊一隻眼睛，用力得泛出淚光。我勉強用另一隻眼睛看向尼克後方，見到特瑞莎和璦咪坐進特瑞莎的車子裡。

「來，我看看。」尼克捧住我的臉，小心翼翼地用拇指拉開我的下眼瞼。他抬高我的下巴時，我差點忘了呼吸。我們四目相交，凝視彼此。他的拇指緩緩往下，擦去我臉上的一滴淚。

「好一點嗎？」他靜靜地問。

「我想好多了。」我輕聲說。

尼克閉上雙眼，湊了過來，關閉我們之間所剩無幾的距離。他的嘴輕輕擦過我的唇時，我完全把特瑞莎和璦咪拋諸腦後。

感覺很好，感覺……真的很好。喔，不管了。

他的舌頭掠過我的牙齒。我的手指滑進他的頭髮，我們的身體在中控台上方相遇，我的屁股壓著安全帶的插銷。他從喉嚨深處發出飢渴的聲音，手伸進我的牛仔褲，在我的運動衫底下游移，再滑上我的背。

天啊，我已經好久沒有在車裡親熱了。我拱起身體貼近他，腦海傳來我會後悔的聲音，但我置之不理。

他的氣息吹拂在我的脖子上。「我現在就想帶你到後座去，但如果我這麼做，你姊會開槍殺了我。」他給了我最後一個纏綿的吻，讓我滿臉通紅，氣喘吁吁。「好了。」他磨蹭著我耳朵說。「一分鐘前在停車場發生了什麼你不想讓我看見的事？」

我愣在原地，感覺到他緩緩離開前，貼著我的臉揚起微笑。他看起來沒有生氣，只是訝異，也許還帶有一點佩服。「如果你不希望我跟蹤她，你大可直接告訴我。」他靠回椅背上，瞇著眼打量我懊惱的模樣。「你或許是個說故事高手，芬莉，但你的說謊技術超爛的。」

「你怎麼知道？」

他的眼角皺出魚尾紋，若有所思地回憶起過去。「因為我被槍擊過、被刀割過、被打得鼻青臉腫過，但比起角膜刮傷，我寧願挨上面那些苦。」

「少誇張了。」

他對一臉懷疑的我搖了搖頭。「我是認真的。我從警校畢業的第一週，就因為某個混蛋把菸灰缸扔到我臉上搞砸了我第一次的交通執法。有夠痛，痛到我腦袋都昏了。我跌跌撞撞走在兩條川流不息的車道之間，拚了命想把菸灰從我眼睛裡弄出來。幸好我沒有把自己弄死。我整整一個禮拜看不見。」

我一屁股坐回座位上，覺得自己很蠢，又易怒。他從頭到尾都知道我的眼睛沒有東西。「如果你知道我在說謊，為什麼還要親我？」

「我覺得很值得。」

熱血衝上我的臉頰。我已經超過一年沒有親吻任何人了，更是超過十年沒有親吻史蒂芬以外的人。我去年一整年都在自我懷疑，納悶老公離開的原因，思忖他可能不是為了特瑞莎的頭髮或身材或金錢或衣服而離開。他可能就是想離開我這個人。「是嗎？」

尼克的笑容如豺似狼。「這麼說吧，我認真考慮過讓你姊開槍打我。」他用雙手擦擦臉，把椅背重新調正。「我載你回南騎市。我得去牽我的車，趁馬納薩斯的實驗室關閉前拿東西過去。」

我聽喬治雅說過，知道「實驗室」指的是當地的鑑識科實驗室。當初尼克走到林肯轎車後面蹲下時，趁著撿手機的同時，把某樣東西塞進口袋。

「你發現什麼嗎？」

「還不知道。」

不管是什麼線索，肯定很重要。「想要我陪你一起去嗎？」

他的笑聲低沉沙啞，笑容看起來有點危險。「現在的我想要很多事情，這也是為什麼我最好載你回家的原因。」

他發動引擎時，我把頭靠在車窗上，不確定我是比較好奇他葫蘆裡到底賣什麼藥，還是比較想知道如果我陪他一同前往的路上會發生什麼事。

32

我剛進家門，維若妮卡才朝我的頭髮和衣服看了一眼，就若有所思地交疊雙手說：「你和他親熱了，對不對？」

「我沒有。」我低聲說著，往客廳看，希望迪莉亞沒有在偷聽。

「別想否認。」她敲敲脖子側邊，用下巴朝我點了點。「警官在犯罪現場留下了一點證據。」

她揚揚眉毛。

「不會吧！」我立刻捧住脖子。我從高中起就沒有被種過草莓了。「我發誓我要殺了他——」

維若妮卡彎下腰，笑到窒息。「看，我就知道。你真該看看你的表情！」

我把運動衫抓成一團，朝她扔過去。

「放心。」她說著，忍住大笑。「他們在睡午覺。」她拽起我的衣袖把我拉到廚房，推到餐桌前的椅子上，在我面前放了一包奧利奧餅乾。「從一分到十分，他有幾分？」

我伸手想拿塊餅乾。維若妮卡搶走包裝袋，挾持我的餅乾。「快說！我全都要知道。」

我搶回她手中的餅乾。「十一分。」我喃喃說著，把一塊餅乾塞進嘴裡。

她坐回椅子上，也替自己拿了一塊。「我就知道。我一直想和警察親熱。我敢說他一定很主動。」她說著，用手給自己搧風。

「不算是。」維若妮卡瞇眼看著我，彷彿這種事她很少說錯。「算是我慫恿他的。」她拍我的手臂，忍不住咯咯笑起來。

「我別無選擇！我必須阻止他看見特瑞莎和瑷咪在一起，所以我假裝眼睛有東西跑進去，他湊過來幫我看看，結果自然而然就——」

維若妮卡的笑聲靜止了，餅乾吃到一半的她愣得張大嘴巴。「特瑞莎和瑷咪在一起？發生什麼事？他有看見她們嗎？」

我搖頭。「瑷咪出現在特瑞莎的辦公室，她們看起來要出去吃午餐什麼的。尼克沒有看到她們離開。但不僅如此。」我說著，從包裝袋上掰下另一塊餅乾。今天絕對是值得吃下兩塊餅乾的早晨。「他早就知道她一直在跟菲力克斯．吉洛夫見面。」

「靠。」她說。「他動作還真快。」

「他仍然堅信哈里斯失蹤與她有關，只是現在他認為幕後黑手是菲力克斯。不僅這樣，尼克還跑回貪杯酒吧跟朱利安交談。他拿出特瑞莎的照片給朱利安看，但朱利安堅持那不是和他說過話的女人，結果尼克開始懷疑朱利安在掩護她。所以現在，除了上面說過的那些事，朱利安也知道我對他說謊了。」

維若妮卡表情難看。「本來可能更糟的。你本來可能告訴他你的真名，那你就真的麻煩大了。」她把她那杯牛奶推過桌面，讓我沾餅乾吃。「你想尼克會找出什麼線索，讓調查方向回到你身上嗎？」

我嘆口氣。「我想不至於。我和菲力克斯或他的生意都沒有任何關聯。」

維若妮卡把整包餅乾推給我。「除了安德烈・博羅夫科夫以外。」

那天晚上，我坐在電腦前看著游標閃爍。為了保密，我修改了很大一部分的手稿。我把故事裡年輕帥氣的律師刪除，用一名能幹的警察取代。儘管警察和女主角在書中有很棒的化學反應，但少了律師的角色不知什麼原因總覺得不對勁。我想念兩人之間的談笑風生和他令人安心的微笑。我想念他似乎一眼就能看穿她——看穿她的假髮頭巾、她的妝容和她借來的洋裝——儘管她是一個背景複雜的職業殺手，但他似乎仍喜歡他在面具底下所看到的。

我把手機挪近，滑找朱利安的名字，盯著他的號碼。我的手在刪除鍵上徘徊。我有太多理由應該按下刪除鍵，太多在幾天前就應該把他從我生活中刪掉的理由。

反之，我拿起手機，來到書桌旁邊的地板上，按下他在螢幕上的名字。我抱著膝蓋，聆聽朱利安的手機響啊響，等待進入語音信箱的嗶嗶聲。等他真的接起電話時，我又太驚訝而說不出話來。

電話兩端沉默無聲。

「我的名字不是特瑞莎。」我默默坦承。「我也不是做房地產的。」我仔細聽他是否仍在電話另一端的徵兆。「我不是金髮，當初你在酒吧說過關於我的其他事情都沒說錯。我不屬於那裡。我穿的那件洋裝甚至不是我的。」

我屏住呼吸，沉默了很長一段時間，很確定他一定會掛電話。我正準備放棄、切斷通話時，他開口問：「有哪些話是真的嗎？」他的語氣沒有一絲責備，沒有期待或要求。

「有些是真的。」我把臉埋進掌心，驚訝自己竟如此內疚。「我有兩個小孩，我離過婚，我目前正在與我前夫打一場難看的監護權官司。」我低頭看著鬆垮T恤上的餅乾碎屑。「你或多或少也說中了我穿衣風格和飲食偏好。」

他嘆口氣。又或者那是一記沉重的笑聲。「你是什麼人？」他聽起來真心好奇。

我把頭靠在桌上。「我不能告訴你，現在還不能。」

「為什麼？」

「我很想告訴你。」我把頭髮往後梳，指甲劃過頭髮裡不存在的癢感。「我只是……需要先處理一些事情。」

「你遇到什麼麻煩嗎？」

「我也不想。」我說著，吞下眼淚。「我一直努力想做對的事情，卻頻頻事與願違。」我只是希望有機會留住自己的孩子，向史蒂芬證明他對我的看法是錯的。但萬一他是對的呢？

「那個叫米勒的傢伙——搞失蹤的那個。」他溫柔地問。「他有傷害你嗎？」

「沒有。」我說。但我想起他手機上的那些名字。「不是我。」

「你有傷害他嗎？」他的語氣沒有一絲責備。沒有譴責，也沒有批判。或許他不應該這樣。

「沒有，但我覺得沒人會相信我。」

「如果你願意告訴我發生什麼事，或許我幫得上忙。」他聽起來好真心，好認真。我好奇這是不是就好像在教堂懺悔，把我所有醜陋的真相傾吐給電話另一端的他。我真希望我能喊幾句萬福瑪利亞，全世界的人就會寬恕我的罪，像朱利安這樣。

「我不行。我牽扯到的這件事……很複雜。」把他拖進去是不對的。「對不起，我不應該打來的——」

「那你為什麼打來？」他趁我掛電話前問道。

我聽到這個問題愣了一下。我撥弄著牛仔褲膝蓋處的破損。「我想我只是希望你知道我不是個糟糕的人。我從來沒想過要誤導你。要不是現在情況變得那麼糟，我一定會把我的名字告訴你。我會接受你的邀約一起去吃披薩，邊喝啤酒邊把一切告訴你。可是……」

「可是很複雜。」他輕輕地說。「我知道。」

「你相信我嗎？」我閉上眼睛，鼓起勇氣等待他的答案。他總算開口時，我很驚訝我感受到的那股如釋重負。

「我相信。」

「為什麼？」

「聽過漢隆的剃刀格言嗎？」我把頭向後仰，閉上眼睛。他的聲音低沉、平靜，為我疲憊緊張的情緒帶來慰藉。「有一句俗話是這樣說的……『缺少犯罪動機的事，就不要歸咎於惡意和殘忍。』我盡量不以最壞的情況去設想一個人。」

「也許你應該這麼做。」

「是人都會犯錯。」

我們雙雙陷入沉默。我好奇如果他知道了我們所謂的錯誤有多嚴重的話，他還會不會有同感。如果他知道哈里斯．米勒的屍體就埋在那些錯誤底下的話。「我應該丟掉這支手機，永遠不再聯絡你。」

「這是你想要的嗎？」

「不。」

「那留著吧。」那是律師提供意見的聲音，語氣有種令人安心的特質，讓我可以依靠的信賴感。「我還是不知道你的名字。」他提醒我。「這可能是我手機裡任何人的號碼。警察只是對一個叫特瑞莎的女人感興趣，既然你不叫特瑞莎，我也沒理由把你的事告訴他，對吧？」

我喉嚨哽咽，嚥下一口口水。「對。」

「答應我，如果你需要幫忙的話，你會打電話給我。」

我真希望我能告訴他，這件事不像發電機壞掉那麼簡單。希望能告訴他，我已經身陷囹圄，我所造成的混亂，不是一組充電線和一塊濕紙巾就能解決的。

「我會沒事的。」我說完，掛斷電話。真希望我能打從內心相信這句話。

33

根據七年前在當地報紙上所發布的訂婚公告，璦咪．夏皮羅嫁給了一位擁有多間汽車美容連鎖店的年輕企業家。他的名字是丹尼爾．雷諾斯。我們從電話簿找到璦咪和丹尼爾．雷諾斯目前住在波托馬克瀑布市的連棟透天，距離這裡大約十四英里。再根據她早上離家時制服裙上佩戴的名牌可以知道，璦咪．雷諾斯正準備出門上班。

我和維若妮卡尾隨她來到費爾奧克斯購物中心的停車場，進入梅西百貨的化妝品部門。我們擠在一排衣架邊，看著她整理玻璃櫃裡的陳列品。

「去跟她說話。」維若妮卡用手肘推我。

我從她手中拖過查克。「我不能跟她說話。她說不定會從史蒂芬家裡的那些照片中認出我。」

維若妮卡翻了個白眼。「最好是啦，你以為特瑞莎會把你的臉掛滿她家嗎？」

有道理。「如果我帶哈里斯回家那晚，璦咪也在的話，她可能會看過我的臉。必須由你去跟她說話。」我從金屬衣架上取下洋裝，一邊偷看璦咪。「撥我的號碼，然後把你的手機放進口袋。我從這裡偷聽。你也掛上耳機，這樣你才能聽見我說話。」

「我該說什麼？」她把藍牙耳機放進耳朵時爭辯道。

「我不知道。」我把查克轉個角度，阻止他拿起一件名牌絲質胸衣，當成固齒器塞進嘴裡。

「隨便聊。找出哈里斯失蹤那晚她是不是在這裡工作。」

維若妮卡伸出手。「信用卡給我。」

「你不能用我的卡！我的名字在上面！」

「那給我一些錢。我不能只在櫃檯閒逛什麼都不買。」

我從錢包撈出幾張鈔票塞進她手裡，把她推向化妝品櫃檯。我用肩膀把手機夾在耳邊，把查克抱到另一邊，假裝在講電話。我用高大的衣架作為掩護，在化妝品區附近徘徊，直到我近得可以偷聽。

「聽得見我的聲音嗎？」我對著話筒說。

「沒有聽不見的時候。」她喃喃抱怨。

「有什麼需要幫忙的嗎？」璦咪的聲音從話筒傳來，聽起來輕鬆悅耳。

「是的。」維若妮卡說著，音量有點太大。「我想幫一個朋友找禮物。她不常出門，是那種養很多貓的孤單宅女。」

「我才沒有養貓。」我不爽地說。

「不過有個男的好像對她有意思。他是個警察，超帥的。」維若妮卡對自己搧風。「我一直跟她說她不能穿運動褲出門約會，至少該做點努力。我是說，起碼上點妝吧，對吧？」

「何必呢？」我不耐煩地說。「好讓我被逮捕後的大頭照看起來漂亮一點嗎？」

「喔！」璦咪的眼睛閃閃發亮。她把手肘靠在玻璃櫃上。「聽起來很興奮。」

「可不是嘛。」維若妮卡說。

璦咪兩手一揮，展示玻璃櫃下五顏六色的化妝品。「我可以幫你挑些東西給她。告訴我她最漂亮的部位是什麼。」

維若妮卡的白眼翻到了天花板。「哇，這問題有點難。」

「給我注意點。」我說。

「嗯，她有一頭紅棕色的捲髮，用心打扮的時候看起來挺美的，但頻率不高。」

我拿了一個衣架用力掛上架子。

「她還有帶著淡褐色的綠眼睛。她生氣的時候，顏色會改變，她的臉也會變得超紅。大多時候，她皮膚白得像吸血鬼，因為她不常出門。不過她有些雀斑，所以比較像友善的社區吸血鬼，而不是那種睡在棺材裡的恐怖吸血鬼。」

璦咪開懷大笑起來。

「我很高興看她被你逗得那麼開心。」我喃喃說道。

「我們來突顯她的眼睛吧，她的眼睛聽起來很漂亮。」璦咪滑開玻璃櫃，擺出一個個試用品。

「繼續啊。」我趁璦咪低頭之際低聲吼道，結果被維若妮卡惡狠狠看了一眼。

璦咪在擺放眼影盤時，維若妮卡敲著下巴，端詳她的臉。「我們以前見過嗎？」

璦咪抬起頭，把頭一歪。「我想沒有吧。」

「你確定嗎？」維若妮卡問。「因為我幾個禮拜前來過這裡，我記得當時賣腮紅給我的人就是你。我想想……那天是星期二，傍晚的時候。」

「不。」她客氣地說。「那不可能是我。我星期二晚上沒班，可能是茱莉亞。」她輕快地加上一句。「大家常常把我們兩人搞錯。」

維若妮卡點點頭。「喔，對了！茱莉亞，我有印象。嘿，那個有打折嗎？」維若妮卡踮腳指向櫃檯遠方的陳列品。趁璦咪轉頭看時，維若妮卡轉向我，用嘴型說：「我該怎麼辦？」

我揮動雙手。「別看我！找出她那晚人在哪裡。」

「所以說，」維若妮卡大聲說，把璦咪的注意力拉回櫃檯。「妳星期二休假？那你星期二晚上想必常常出去玩嘍。我敢說城裡那些最時髦的地方你都去過了。」

「真婉轉啊。」我不動聲色地說。

璦咪回到工作崗位時，微笑曖昧不明，甚至有點不自在。

「我聽說有個叫貪杯酒吧的地方很讚，你知道那裡嗎？」

璦咪忽然抬頭，不小心摔落一盤眼影。塑膠盒摔破的聲響在整間百貨公司裡迴盪，引來樓層經理的注意。璦咪連忙道歉，彎腰把眼影刮起來，臉頰紅得發燙。「不，抱歉。我沒去過。」即使從我的所站位置，都看得出來她在褲管上擦粉的雙手在發抖。

「我朋友說那裡的調酒師是一個內衣模特兒。她說他們星期二晚上有很好喝的特調。你確定你從來沒去過那裡嗎？」璦咪的臉失去血色。

「你說得太誇張了。」我警告道。

璦咪焦慮地環顧櫃檯四周，確認沒人在聽後說：「你是警察嗎？」

維若妮卡把頭往後退，翹起屁股，兩人彼此打量。

「不、不、不。」我對著話筒嘶聲說。「你不是警察！」

維若妮卡挑起眉毛。「如果我是呢？」

「聽著，」璦咪壓低音量厲聲說，「我不知道你是怎麼找到我的，但那男的失蹤跟我無關。我已經超過一年沒看過他了。我就像其他人一樣，是在新聞上看見他的名字的。」

「那我相信你不會介意告訴我他失蹤那天晚上你人在哪裡。」

我屏息等待她的答案。

「我當時正在范布倫的聖公會參加我的匿名戒酒會。過去十一個月以來，我每個星期二晚上都在同一個地方。你可以和我的互助人確認。她每週都在那裡。會議八點開始。」她說。「無論如何，別把我老公扯進來。」

「這是你在這裡工作的原因嗎？」維若妮卡壓低聲音說。「防止你老公被扯進來？你就是這樣付錢收買哈里斯的嗎？用你的薪水阻止他和丹尼爾說話？」

璦咪張大嘴巴，目光焦慮地在她四周徘徊。「我不知道你在說什麼。」

「沒關係的。」維若妮卡輕聲說。「警方已經得知那些照片，他再也沒辦法傷害你了。如果你有什麼話想說儘管告訴我。」

璦咪眼睛泛淚，淚水隨時要奪眶而出。她挺直腰桿。「哪樣商品需要為您打包的嗎？」她故作正常，聲音卻在顫抖，脆弱不已。

維若妮卡肯定也聽見了。「這樣吧，我拿那一整組。」維若妮卡指向玻璃櫃底下的一組化妝品。璦咪拘謹地微笑，替商品結帳，維若妮卡把錢放到她的手上。維若妮卡拿起櫃檯的提袋時，我們四目相交。我確定我們在想的是同一件事。

璦咪有動機，但她也有不在場證明。如果不是璦咪幫忙特瑞莎殺了哈里斯，那是誰？

「那是怎樣？」維若妮卡問，把一袋化妝品放到我的大腿上，用力關上車門。

璦咪．雷諾斯絕對是哈里斯手機上的璦咪，她也絕對就是打匿名電話到警局的女人。但如果她從早上八點到晚上九點都待在戒酒會，那她絕對不可能及時抵達酒吧目睹我和哈里斯一起離開。

「這表示璦咪不在那裡，但特瑞莎絕對有動機，而且她仍然沒有不在場證明。」我想起史蒂芬說過他在她放內衣褲的抽屜裡發現的那堆現金。萬一她殺哈里斯的理由不是因為復仇那般高尚呢？萬一她是為了錢而殺他呢？「如果說尼克的直覺是對的，特瑞莎惹到菲力克斯而陷入麻煩怎麼辦？」

維若妮卡把頭向後仰，靠在頭枕上，接著翻過身來看我。「你覺得特瑞莎不只是幫菲力克斯處理房地產的事？」

「有可能。」尼克至今每件事幾乎都沒猜錯。「哈里斯顯然有他喜歡的類型。如果菲力克斯想要哈里斯死，特瑞莎會是完美的誘餌。也許我只是早她一步接近他。」

「我們該拿尼克怎麼辦？那傢伙就像咬著骨頭的狗，怎麼也不肯放棄。如果他繼續像這樣追查她，最後一定會追到我們的車庫前。」

我搖搖頭，大概只是想說服自己。「只要沒找到屍體，就沒有案子。」少了屍體，是有可能判定某人犯下謀殺罪行，但就我和喬治雅的談話得知，那些案件很難證明。尼克會需要確切的證據。他不能光靠直覺逮捕我們。「朱利安告訴尼克他很肯定照片裡的女人不是特瑞莎。特瑞莎尚未開口，我們也沒有，而尼克大概也很難接近菲力克斯，他的律師團一定會豎起銅牆鐵壁。尼克自己說過：菲力克斯是個不沾鍋。假設我們都不開口，尼克有的充其量只是間接證據。到了某個節骨眼，尼克會厭倦追逐死胡同，案子就會漸漸遭人淡忘。」我望向窗外，看著來來去去的車流，看著擋風玻璃上閃爍的陽光。天天有人失蹤。隨著時間過去，案件會越堆越多。最終哈里斯會迷失在這些案件之中，我告訴自己。

「那你最好小心別讓你那本書出現任何草皮農場。」

「是墓園。」我靠著窗戶喃喃自語，查克在後座滔滔不絕發出孩童的咿呀聲，幾乎蓋過這句話。維若妮卡斜眼看我。「書裡，」我解釋，「她把那傢伙埋在墓園裡，剛挖的新墳。就埋在先前埋在那裡的另一個傢伙上方。」

維若妮卡思考半晌，接著讚賞地點點頭，彷彿正把這個主意釘在腦海深處的一塊軟木板上。

「很不錯，我們之前就應該要想到了。等你殺了安德烈，我們就來試試看。」

「我們不會殺了安德烈。」

「去跟伊琳娜．博羅夫科夫說吧。」

34

拉蒙的店漆黑一片，只有一間辦公室的窗戶透著微弱燈光。從購物中心返家的路上，我收到維若妮卡表哥的訊息，通知我車子已經修好了，八點可以過去取車。但我來到店門口時，車庫門已經關上，窗戶上的霓虹招牌也已經熄滅。代步車儀表板上的時鐘顯示我準時到達，但這裡的一切彷彿都在叫著：「滾，我們關門了。」

我下車，在修車廠周圍東張西望，老舊柏油路上的碎石在鞋底喀啦作響。我發現我的車停在車庫後面，但車門鎖住了，我沒有帶備用鑰匙。我踢了輪胎一腳。看樣子，我大老遠開來這裡是白費一場。

我在包包裡翻找，一邊碎碎唸。下午我們從購物中心回家的時候，我肯定是把手機留在媽媽包了。這表示我的手機和維若妮卡一起在家。我重重嘆口氣，敲打車庫門。也許拉蒙仍在裡面。敲門聲刺耳又空洞。我大喊拉蒙的名字。見沒人回應，我試著轉動辦公室的側門，驚訝地發現門開了。

門上的鈴鐺叮噹作響，聲音在熏黑的牆壁和發霉的天花板上詭譎迴盪著。飲水機在休息室陰暗的角落裡發出咯咯聲。這裡聞起來像引擎廢氣和菸灰缸的味道，一堆舊汽車雜誌散落在塑膠椅上。

「拉蒙？」我叫道。側門在我身後砰一聲關上。「拉蒙？是我，芬莉．多諾文。我來拿我的——」

喀噠。

我感覺到一股壓力，冰冷銳利，抵在下巴柔軟的肌膚上，害我冷不防愣在原地。

我的皮包掉在地上發出咚的一聲。那是整個空間唯一的聲響。

我緩緩舉起雙手，不敢亂動，這時一只沉重的靴子把我的皮包踢開。皮包裡的東西從敞開的拉鍊掉出來，金色假髮散開，零錢滾走，一支紅色唇膏滑過地面。

我瞥了一眼掉落的錢包，小心不要低頭。那個人的靴子很大，有寬大的鋼製鞋頭和厚實的溝紋鞋底。他的衣服有菸味，呼吸帶著強烈的大蒜味。

我抵著刀刃，小心地嚥下一口口水。「我的錢包在地上，車鑰匙在口袋。車子在外面，拿了就走吧。」

他擁有老菸槍那種低沉沙啞的笑聲。他抓住我的頭髮，把我推到他面前的陰暗走廊上時，我不禁放聲尖叫。

我一顆心懸在喉嚨，任由他把我推過一扇門，進入陰暗的車庫裡。他暫時把我拉住，咆哮幾句我聽不懂的話。一個流暢、冷酷的聲音用某種聽起來很像俄語的喉音語言回應，我身後的男人便咕噥一聲，鬆開我的頭髮。

「坐下，多諾文女士。」房間盡頭傳來這幾個字，但只聞其聲，不見其人。男人的英語帶著微妙的口音，冰冷的語氣讓我脊背發涼。我眨眨眼，眼睛慢慢適應黑暗。路燈從高窄的窗戶透進來，在微弱燈光下，男人白襯衫的領子逐漸清晰可見。他走近，身形呈現出剪裁俐落的西裝輪廓。

他在車庫中央拉開一張金屬折疊椅，椅子發出吱的一聲。

見我動也不動，身後的男人抓住我的頭髮，把我拉到椅子前。接著用長滿老繭的肥大雙手，粗魯地把我壓到椅子上。

「你知道我是誰，多諾文女士。」穿西裝的男人說。這不是疑問句。

我回頭看著手持刀子的巨漢。他顯然沒有收到服裝要求的便條紙。他穿著黑色緊身T恤和黑色牛仔褲，身材結實，肌肉發達。我的目光往上移，看到一顆剃得光溜溜的腦袋、一對生動的濃眉，以及一只看起來斷了好幾次的鼻子。安德烈・博羅夫科夫近看之下就跟我想像的一樣可怕。

鞋跟緩緩踩在車庫地板上喀噠作響。菲力克斯・吉洛夫走進一道昏暗的光束底下，我的胃頓時一沉。他的笑容沉著、充滿期盼。我只能拚命搖頭。「不。」我嘶啞地說。「我不知道。」

他綻開笑容，露出一排整齊的白牙。柔順的黑髮隨意蓋過一隻眼睛。「但，你卻在跟蹤我。為什麼？」

「我沒有在——」

他舉起一隻手，袖扣在昏暗的燈光下閃閃發光。「我們都省點力氣別浪費彼此的時間了。」他的聲音溫柔得令人發寒，緊繃的下顎暗示著他的不耐煩。「昨天，一輛藍色轎車跟隨我的車在福基爾縣兜了一圈，車牌就跟你停在外面那輛車一樣。我同事追查車牌一路追到這間修車廠。」

菲力克斯把雙手插進口袋，在我面前來回踱步，步伐優雅，字斟句酌。「我和拉蒙稍微聊了一下。他告訴我你今晚會來還車，所以我鼓勵他晚上早點打烊回家休息。這表示我們在這間車庫想待多久就能待多久。

「不過我相信你寧願回家陪你的孩子吧，多諾文女士。」他讓我的名字在寧靜中迴盪。找到我的住處——我的孩子——對他而言易如反掌，說不定他早就已經找到了……「所以我們就直接切入正題吧。告訴我，」他拉整衣袖，捏捏袖扣，一邊緩緩走近。「你為什麼要跟蹤我？」

「我沒有在跟蹤你。」菲力克斯在我面前停下來，目光來到安德烈身上，嘴巴緊緊抿成一條細線。安德烈那充滿菸味的溫熱氣息拂過我的後頸，用長滿老繭的雙手把我按在椅子上，刀刃抵住我的喉嚨。我滿腦子想的都是喬治雅的朋友在一間空倉庫找到的三具屍體，他們的喉嚨被劃破，血流成河。

「我在跟蹤特瑞莎！」我脫口而出。這不完全是謊言。我緊閉雙眼，準備赴死。見死神沒找上門，我緩緩張開一隻眼睛。

菲力克斯歪過頭。好奇心讓他剛毅的臉部線條變得柔和，他看著我，就像貓看著獵物——不確定他是想殺了我還是想和我玩。「你跟霍爾女士是什麼關係？」

「她和我的前夫訂了婚。」

他揚起眉毛，微微顯露驚訝之情。「那你想透過監視我們得到什麼呢？」

我口乾舌燥。我努力不去想安德烈的刀，或從我頸側流下來、可能是汗或可能不是汗的沁涼液體。「史蒂芬……我前夫認為她在搞外遇。」

「所以你找了警察幫忙抓她？」菲力克斯輕笑道，抓了抓下巴的鬍碴。「別那麼驚訝，多諾文女士。我和安東尼警官是舊識了。我或許認不出那輛車，但我絕對認得出駕駛座上的人。」他湊近，眼中閃過一絲邪惡的光芒。他聞起來像名酒、皮革和高檔的古龍水，我想像中的豪華轎車內部一定是這種味道。「我可以合理猜測你沒有目睹到任何值得一看的事，有鑑於我和霍爾女士純粹是工作上的關係。」他狡猾地揚起嘴角，說明了我們對工作兩字的定義不同。他用指尖拂去我臉上的一縷髮絲，我嚇得往後縮。「不過，告訴我。」他說著，雙手插回口袋。「那個警察有何企圖？」

「沒有。」我說著，聲音顫抖。「他只是來陪我。」

「我是不是可以推斷你和安東尼警官之間是……私人關係？」

菲力克斯在我面前蹲下時，我點點頭，不敢作聲。他捧住我的臉，把我的下巴抬高，黑色眼睛閃爍一絲光芒。他的聲音嘶啞冰冷。「要是我發現你在對我說謊，我會去找你，明白嗎？」

我心跳加速，在他手裡點點頭。

安德烈拿刀看著他，等待指示。

遠方傳來警笛聲，聲音越來越近。

菲力克斯放開手，站起來，就在這時，一輛車在店門口停下來，藍色的旋轉警示燈從高窗傾瀉而入。

「謝謝你撥空，多諾文女士。」菲力克斯說。「相信我以後不會再見到你。」

他對安德烈打個手勢，那個大塊頭便跟著他從車庫的後門離開。後門一關上，我立刻顫抖地吐出一口氣。

「芬莉！」外面傳來尼克低沉的喊叫聲。他沿路繞進來，門一扇接著一扇打開，鉸鏈嘎嘎作響。辦公室裡的鈴鐺傳來叮噹聲。我爬起來，很訝異我顫抖的雙腳有辦法支撐我。

「我在這裡。」我勉強擠出話說。

他手持著槍，衝進車庫，目光掃視每個角落。他奔向我，猛地止步，視線落到我的脖子上，再匆匆查看我的其他地方。「你還好嗎？發生什麼事？」

我擦掉喉嚨上一滴黏稠的血珠。指尖上殘留的紅色血漬讓我暈眩。「只是擦傷。」我向他保證。「我沒事。」

他慢慢走近一步，把槍塞回槍套。他抬起我的下巴檢查我脖子上的傷口時，我縮了一下。他的手充滿佔有欲似地在我的下巴逗留，身體靠得好近，超出了基本禮貌該有的距離。

「你在這裡做什麼？」我問。

「維若妮卡打電話過來，但我正在開會無法接電話。她留了一則很慌張的訊息。她只說你人在拉蒙的店，忘記帶手機需要幫忙。我就盡快趕來了。」

拉蒙肯定打了電話給維若妮卡。他肯定是告訴她，菲力克斯和安德烈在這裡等我。她想必在沒辦法打通電話警告我時，才發現我的手機在她身上。而她擔心到打給尼克。

「能不能告訴我這裡到底發生什麼事？」他問。

「我約好時間過來牽我的車，但拉蒙不在這裡。菲力克斯．吉洛夫跟他的一個跟班在裡面等我。」

尼克捧著我下巴的手愣住了。他上上下下打量我，眼角因為擔憂而皺起魚尾紋。

「我沒事。」我堅持道。「他們聽見你的警笛聲就從後門跑走了。」他的目光飄向車庫後面，彷彿準備追上去似的。「別費心了。」我告訴他。「他們早就走遠了。」我停車時沒看見菲力克斯的車。他大概停到了另一條街。我現在最不希望的就是讓尼克去找他們。

尼克把折疊椅拉近扶穩，讓我癱坐在椅子上。激增的腎上腺素漸漸消退，疲憊感填補了那份空缺。

「把所有事情一五一十告訴我。」他說。

「菲力克斯知道我們前幾天在跟蹤他。他找到代步車的車牌號碼，一路查到這裡。幫我修車的技師是維若妮卡的表哥。他想必是打電話給她讓她知道我有麻煩了。」我手肘靠在膝蓋上，搓揉緊繃的太陽穴。現在我不僅引起菲力克斯的注意，連尼克也開始注意我了。

他雙手扠腰，低頭看著地面。「對不起我沒有早點收到維若妮卡的訊息。」

「這不是你的錯。」我顫抖著輕聲說。

「菲力克斯說了什麼？」

「他想知道我為什麼要跟蹤他。我告訴他我跟蹤的是特瑞莎，但他認出你來。」

「該死。」尼克在車庫裡慢慢轉一圈，擦了擦臉。「你怎麼解釋？」

「我告訴他我們……在交往，說你之所以在我車上，跟他沒有關係。但我不確定他是否相信我。」

尼克停下來，那抹充滿暗示的微笑藏著戲謔之情。「如果你想說服他的話，我有一些主意。」

我翻個白眼站起來，轉身背對他，大步走向辦公室拿回我的皮包。我現在只想確認維若妮卡是否無恙，偷看一眼我熟睡的孩子們，親吻他們跟他們道晚安。

「芬莉，等一下。」尼克輕輕咒罵一聲，抓住我的手肘。「對不起，我只是想緩和氣氛。我知道你今晚很不好受，我也覺得很內疚，因為菲力克斯發現我們在一起而為難你。」他搖頭，雙手梳過他的黑色捲髮，再重重扠在腰間。「我應該開我自己的車才對。我當初也不應該帶你一起去的。喬治雅知道這件事一定會勒死我。」

「她不會知道的。」我說，不理會在內心拉扯的罪惡感。「只要你不說，我也不會說。」

他如釋重負，肩膀放鬆下來。他點點頭。「去收拾東西吧，我載你回家。」

我走回辦公室時，膝蓋仍抖個不停，但我很慶幸有藉口不必開車。我彎腰收拾從皮包掉出來的東西，撈起地上的化妝品和零錢，然後把錢包放回去。我伸手準備撿起假髮頭巾時，傳來尼克的腳步聲。他來到我後方，我連忙把假髮推到桌子底下。

「我要派個便衣警察監視你的房子。」我起身準備抗議，但尼克舉起一根手指。「就幾天而已，等我們確定他不會再來找你為止。」

我張嘴想爭辯，但他早已打電話交代下去。等他把我送到家時，將有一名警察駐紮在我家的街道上，記錄我的一舉一動，看著我進進出出。這比海格蒂太太還糟。糟多了。我用鞋子把假髮頭巾推到桌子底下更深處，不敢帶回家。

35

突然間，策劃謀殺感覺沒那麼困難。起碼好像比弄清楚如何不要在現實生活中殺人更容易。因為當星期六早上八點三十分門鈴響起時，我實在煩躁得想試一下。

老實說，我很驚訝史蒂芬居然願意費心按門鈴。也許他把維若妮卡訓的那一頓聽進去了，不然就是她扔進尿布處理器的鑰匙真的是他唯一的一把。我喝下一杯咖啡，僵硬地走到門口。

「你來早了。」我對著空杯說著，把門打開。「孩子們還沒——」

尼克靠在門邊，鬍子剛刮過，頭髮因為剛沖過澡而濕淋淋的。看見我衣冠不整的樣子，他咧嘴一笑。「你也早安啊。」

我用手撫平頭髮，緊緊抓住睡袍胸口的位置，遮住我前一晚穿的那件有汗味的衣服。「抱歉，我以為你是史蒂芬。你在這裡做什麼？」我閉緊嘴巴；我還沒刷牙呢。

「經過昨晚的事，想說過來看看你好不好。」他的目光來到我的頸部，我連忙伸手遮住安德烈給我的傷痕。今早那條小擦傷幾乎已經看不出來了，但我沒那麼快把整件事遺忘。尼克收起一貫的輕鬆笑容，眉頭緊皺。「睡得如何？」

「我沒什麼睡。」交稿期限迫在眉睫，再加上經紀人寄來無數電子郵件的壓力下，我一直工作到三點。我換上衣服前，累得差點忘記把最新一批手稿寄給希薇亞。

尼克伸出拇指往身後比劃，路邊停了一輛便衣警車。「你今晚可以好好休息。羅迪警官會負責監視這裡。菲力克斯只要踏入方圓五百英尺內，我第一時間就會知道。」

太好了。這正是我需要的。羅迪警官和海格蒂太太乾脆一起約喝下午茶、交換情報算了。

尼克挑起眉毛。他穿著一雙高級皮鞋，步伐雀躍。他也捨棄平時穿的深色牛仔褲和亨利衫，換上一條鐵灰色的休閒褲和一件鈕釦襯衫。「準備好來場實地考察了嗎？」

「這是什麼委婉的暗示嗎？」

「你希望的話。」

我端著咖啡，朝他翻了個白眼，接著示意他進屋。他跟隨我走進廚房。

「早安，警察先生。」戴眼鏡讀著教科書的維若妮卡說。「別客氣幫自己倒些咖啡吧。杯子在上面。」她隔著長睫毛打量他，趁他轉身之際對我做嘴型說「真帥」。

「我們要去哪裡？」我問，覺得有點煩躁。我不在乎尼克有多帥。每次他在我家門口出現，我只是慶幸他沒有拿著一串手銬和一張逮捕令。

尼克從櫥櫃拿出一只馬克杯。「有牛奶嗎？」

「在冰箱。」維若妮卡頭也不抬地說著，用螢光筆畫著教科書。

「我來拿——」他搶先我一步來到冰箱前時，我屏住呼吸，在打開的冰箱門前停下腳步。

「我接到實驗室人員打來的電話。」他說著，拿起架上的牛奶盒。他往杯子倒些牛奶，我在內心默默慶幸盒底沒有塞著一袋現金。「我今天早上要去拿他的報告。我想你可能會想要一起去。」

維若妮卡一聽到實驗室三個字便抬起頭來。「你去吧。」她說。「我會看著孩子。」

「可是你要準備考試。」

「史蒂芬很快就會來接他們。到時候房子就會安靜了。」

「可是——」

「你真的不該拒絕前往實驗室一趟。」她堅定地說。「你可能會得知一些有意思的事。你知道的，為了你的新書。」她特別強調最後一句。

「好吧。」我讓步，學她在每個字上加上重音。「我相信你在這裡會沒事的，畢竟羅迪警官就在外面監視著。」

維若妮卡做出「喔」的嘴型。「他真體貼。」她瞥向窗外，稍微離開座位看見羅迪的車。「你何不去準備一下？我來陪安東尼警官吧。」她把我趕上樓，對我的抗議置之不理。「跟我聊聊這個羅迪警官吧。他單身嗎？」我關上房門前聽見她問。

很好，真是太好了。以我對尼克的了解，他八成也派了一個警官在特瑞莎家門外守著。但維若妮卡說得對。與其窩在家裡，坐在他的車內可以得知更多調查現況。

我很快沖個澡，用毛巾擦乾頭髮，稍微塗個睫毛膏和口紅，圍著浴巾站在衣櫃前。我的衣櫃裡大多是運動褲和T恤，所以能找到一條乾淨硬挺的黑色休閒褲，而且就掛在一件整潔的白襯衫旁邊，讓我很驚訝。襯衫想必也是維若妮卡幫我洗淨燙平的。我穿上後，再匆匆套上一雙低跟鞋，差點摔一跤。如果要去鑑識科實驗室，我至少得看起來像坐在警車前座而非後座的樣子。

我下樓，拿著史蒂芬在我們第一個結婚週年紀念日買來送我的鑽石耳環尋找耳洞。離婚至今我還沒戴過這對耳環，我也很訝異發現耳洞尚未完全密合。

我的高跟鞋喀噠喀噠走進廚房時，尼克和維若妮卡抬起頭來。維若妮卡看起來一臉困惑。「抱歉，我們認識嗎？我以為我是替一個穿瑜伽褲的吸血鬼工作。」

我轉向尼克，不理會她。「準備走了嗎？」

他歪著嘴笑，從椅子上起身，目光落在我襯衫的深V領口。「這是什麼委婉的暗示嗎？」

我的胸口湧上一陣熱，我猛地轉身往大門走去。

維若妮卡躲在教科書後面竊笑。「天黑前帶她回家啊，警官。芬莉還有書要寫呢。」

「我們幾個鐘頭就會回來。」我回頭大聲說。

孩子們的行李袋已經打包完成，放在玄關等待。看見他們的行李讓我感到有點不真實。我確定我永遠無法習慣這一切。尼克等我掛上令人信服的微笑，給他們一人一個飛吻說再見。迪莉亞細軟的頭髮貼著我的下巴。我用力吸著查克胖嘟嘟的臉頰，聞起來有麥片和熱牛奶的味道。「在爹地那裡要乖，我們星期一早上見，好嗎？」

我擦擦眼睛，一開門，史蒂芬就站在面前，手停在空中準備敲門。我驚慌地朝他的擋風玻璃瞥了一眼，慶幸特瑞莎和瓊咪不在裡面。

史蒂芬看見我身後的尼克時，下顎變得緊繃。尼克繞到我前面伸出一隻手。史蒂芬不情願地與他握手。

「這是哪位？」他問我。

「那是尼克。」迪莉亞在客廳回答，抓著芭比娃娃的頭髮走來走去。「他是喬治雅阿姨的朋友。」

「喔，是嗎？」史蒂芬棒球帽底下的笑容苦澀，運動衫的口袋裡出現拳頭緊握的輪廓。

「他和媽咪在約會。」

我睜大眼睛，意識到這一切在他眼中肯定是一場天大的誤會。我不記得史蒂芬上次看見我化妝是什麼時候。或穿著睡衣以外的打扮。我指著尼克。「我們沒有……我是說，他不是……」

「他是那個律師嗎？」史蒂芬怒視著尼克，藍眼睛不悅地上下打量他。

「不是。」迪莉亞說。「他是警察，跟喬治雅阿姨一樣。」

我把史蒂芬拉到一邊，壓低聲音說：「你知道迪莉亞。她根本不知道自己在說什麼。」

「你們為什麼老是這麼說？」迪莉亞氣呼呼地說。

「別忘了餵克里斯多福。」我回頭對她喊道。

「克里斯多福？」尼克趁史蒂芬怒視著他，湊過來問我，距離近到我的耳朵都能感覺到他呼出的溫暖氣息。

「她的金魚。」我回答。

迪莉亞走到玄關，拉她父親的衣袖。

「我們今天可以去接山姆嗎？」

史蒂芬皺起臉。「誰是山姆？」

「收容所的狗狗。」她用懇求的眼神抬頭看他。「艾倫說我可以領養他。可是媽咪說克里斯多福已經住在這裡了，所以山姆得住在特瑞莎家。」

史蒂芬咬著牙。「她這麼說是吧？」

「我們該走了。」我說。我們走去大門的路上，尼克的手來到我的腰窩，把我嚇了一跳。他得意一笑，舉止誇張地替我開門。我給孩子飛吻，告訴他們星期一見。尼克為我打開副駕的車門時，我看到史蒂芬隔著窗戶在看我們。我看向後照鏡，海格蒂太太家的窗簾像幽靈般飄動。尼克坐進車內，發動引擎。

「跟我說說那個律師吧。」他說。

開往實驗室的路上，我一直在迂迴回答尼克對我愛情生活的各種問題。所有從我嘴裡說出來的都是實話；我沒有在跟一個律師約會。嚴格來說沒有。嚴格來說，我沒有跟朱利安或尼克約會。但以我對尼克的了解，他八成會親自調查我的說法。而我希望這番調查不會帶他回到貪杯酒吧。

等我們在停車場停好車時，我很感激終於有別件事可以分心。尼克在我的襯衫領子上夾了一個訪客徽章，然後在他的領子上也夾了一個。

「你希望找到什麼？」我們穿過鑑識科實驗室明亮的挑高大廳時我問。

尼克走向一道蜿蜒的長樓梯。我們經過鑑識人員身邊時，他對他們點頭，叫他們的名字與他們打招呼。他一直等到他們聽不見了才回答。「我們在跟蹤菲力克斯和特瑞莎的時候，他們開車參觀了四塊地，但沒有下車在任何一塊土地上駐足，連車都沒停。但那天菲力克斯的車子底盤卡了一些泥土和草，這表示他們最近去過某個地方。」尼克上樓時加快腳步，注意力也更集中了。「我猜他已經找到了一塊地，或至少是一塊他非常感興趣的土地。如果我能弄清楚那塊地在哪裡，是如何劃分的，我大概能猜到他打算用來做什麼，或至少在他買下時先做好準備。」

「為什麼？」

「菲力克斯從來不用自己的名字簽約。他會用人頭或空殼公司，這麼一來就更難找到他的股份。如果知道他買這塊地時用的是什麼名字，我或許可以用那名字追蹤到其他幾個人。」

「然後要幹嘛？」

「突襲他們。看看我能翻出什麼秘辛。」

「這跟特瑞莎和哈里斯．米勒有什麼關係？」

「可能沒關係，但我希望能找個理由把菲力克斯帶進警局，把他關在審訊室裡，找出當中的關聯。」

尼克的大長腿兩步併作一步上樓，越靠近頂端，步伐越急促。

「而實驗室的人能用一塊泥土弄清楚這一切？」我問，努力跟上他的腳步。

「我不確定。感覺機會不大，但今早我接到的電話聽起來很有希望。」尼克把門推開，替我扶住。他帶我們來到走廊盡頭的一間實驗室，敲了敲玻璃窗。一個穿著白色大衣的鑑識人員在裡面與我們招手。

「嘿。」鑑識人員說著，來到實驗室中間與我們碰面，朝我伸出他的手。「哇！是芬莉・多諾文。」他與我熱情握手，手心全是汗。

「不好意思。」我說著，困惑地看向尼克，再看向鑑識人員。他很年輕，怪得很可愛。他把鼻梁上的眼鏡往上推。然而即使我把他看得更清楚了，我還是想不起來我們是怎麼認識對方的。「請問你是？」

「喔，對！」他搖搖頭，戲謔地朝額頭拍了一下。「抱歉，我是彼得。我們不認識，但喬治雅跟我說了好多你的事。其實我是你的大粉絲。」他用實驗室大衣摩擦手心，兩個耳朵微微泛紅。他偷看尼克一眼，然後湊到我耳邊低聲坦承：「你所有的書我都看過。」

「喔！所以我賣出的唯一那本肯定就是你買走了。」我說完放聲大笑，彼得的臉垮下來。「我開玩笑的。」我用密謀的口吻低聲說。「至少有兩本賣出去了。」彼得的嘴角揚起一抹不確定的微笑。「說真的，我在開玩笑。」

他緊張地大笑一聲。「尼克跟我說你可能會來。我在想你能不能幫我簽個名？」

「沒問題。」我紅著臉說。除了家人，從來沒有人跟我要過簽名。「有何不可？」

尼克默不作聲地聳了聳肩，但我看得出來他急著想得到我們此趟過來的目的，而且他的耐心正逐漸耗盡。彼得從實驗室大衣的口袋裡拿出一本翻爛的平裝書和一支筆。我匆匆在書上簽名時，尼克朝封面胸肌發達的模特兒看一眼，不耐煩地嘆口氣。我把書還給彼得時，他一直在端詳我的臉。

「你看起來跟照片一點都不像。」他說著，翻到我個人簡介那一頁。「你知道，就是書底那一張？照片裡你的金髮，再加上那副墨鏡，其實有點難看見你的臉。」他舉起照片，對照我的大頭照觀察我的五官。我的頭皮發癢，我把頭髮勾到耳後。「要不是我知道你會來，我絕對認不出你。」尼克越過彼得的肩膀看一眼我的照片，再看看手錶，我刻意迴避他的目光。「你之所以變裝，八成是因為這樣就不會在公共場合被認出來，避免被粉絲團團包圍，對吧？」

「對。」我緊張地笑著說。或避免在酒吧誘拐可怕的強姦犯、非法闖進房仲辦公室、在麵包坊吃著起司蛋糕一邊接任務殺別人家問題老公時被認出來。這些時候，我總是會想到出現在每本書上的大頭照，如今成了不利的證據。或尼克會利用那張照片發現我去過貪杯酒吧。

「喬治雅說你有本新書即將出版，我等不及要拜讀了。如果你有任何鑑識科的相關問題，儘管問我就對了。我一直都想——」

「彼得。」尼克咆哮道。彼得轉過身，彷彿剛剛才想起尼克在這裡。「你有東西要給我嗎？」

「喔，對！你絕對不會相信這個。」彼得把我的書放回口袋，揮手請我們走近一張鑑識桌時，我也鬆了一口氣。一團泥濘的草放在顯微鏡旁邊的標本盤裡。他推高眼鏡，黑眼睛興奮地閃著光芒。「好，所以一般來說，你要我完成的是一項重大的任務。」他解釋說。「而我能盡力辦到的，頂多只是把樣本縮小到特定的種植區域——比如，可能是幾個縣，甚至是幾個州——不太可能找到特定的品種。然而，」他戲劇性地停頓一下，「以這個案子來說，你發現的草非常稀有。」

尼克湊近問：「多稀有？」

「就……」彼得轉著眼珠，彷彿在腦中心算，像維若妮卡常做的那樣。「真的很稀有。是某種流行的羊茅植物，但這是新品種，尚未在美國東北部這區廣泛使用。你取得的樣本包含了一層表土，我發現土裡混有工業級肥料和殺蟲劑，代表這塊地受到專業維護。所以我撈出一份種子經銷商的名單，來追蹤最近有哪些東北部的公司購買了這種羊茅。維吉尼亞州有三間公司吻合，但只有一間符合你給我的所有標準——機場以西，八十一號州際公路以東。」

彼得遞給尼克一張紙。

尼克讀著報告，表情變得難看，姿勢也變得僵硬。他皺著眉頭把報告折好，塞進外套胸前的口袋，一反常態地安靜不語。

「等等。」我說，好奇彼得如此興奮的原因。「上面怎麼說？」

尼克抓住我的肩膀把我往後轉，一隻手堅定地示意我往門口走。「謝了，彼得。我們該走了。」

彼得的笑容垮下來。「等等，你們要走了？可是我還沒說完。」

「我晚點再打電話給你。」尼克回過頭說。

「拜，芬莉！」彼得在我身後叫道。「很高興認識你！」

我沒有機會回答。尼克在我的腰窩上穩定施力，把我推向樓梯口。

「我們要去哪裡？」我抓住欄杆免得滑倒。

「我帶你回家。有件事我需要去查一查。」他的步伐緊繃且迅速，低沉的嗓音有如加速的引擎隆隆作響。

「你找到什麼？」無論是什麼，肯定很重要。「你為什麼不肯告訴我？」我邊下樓邊追問。

「因為我已經告訴你太多了。」

他手裡拿著車鑰匙，快步走向玻璃門時，我在大廳中央停下腳步，固執地在胸前交叉雙臂。「如果這是因為昨晚，我沒事。你不必為了菲力克斯或他的手下保護我。」

他轉過身，緊抓我的手肘，把我把門口拖。「你才不是沒事，我要載你回家。我犯了個錯。我不希望你接近這樁調查。」

我站穩腳步，一下子把他拉回來。「如果你不希望我涉入，當初就不會帶我一起來了。」他緊咬著牙，默不作聲。「你在那份報告裡找到你不想讓我知道的事情，對不對？」

他一手梳過黑髮，暗自咒罵一聲。

「這個案子你什麼都跟我說了，為什麼這件事不能說？為什麼是現在？」

他一根手指抵著嘴唇，焦慮地環顧四周。「因為我本來以為我們可以互相幫忙。」他說著，努力壓低聲音。「你想要特瑞莎不適合獲得監護權的證據，而我想要逮捕她。但這已經不再只是與特瑞莎有關了。」

「你說得對，這已經不只是特瑞莎的事。而經過昨晚菲力克斯對我的所作所為之後，我認為我有權知道。」

他捏捏鼻梁，重重嘆了口氣。「你不要知道比較好。」

「你不能把我拒之門外！你自己也說了，我已經知道太多——」

「史蒂芬的農場。」他低聲屈服說。「菲力克斯林肯轎車上的草來自你前夫的農場。」

我退後一步。在我預料的所有情況當中，完全沒想到會聽見這一句。

「這其中一定有什麼誤會。」我哽咽地說。「特瑞莎絕對不會笨到把她的情夫帶到史蒂芬的農場。」

「你假設他們是個人原因出現在那裡。萬一是生意呢？」

我和霍爾女士純粹是工作上的關係。

菲力克斯是這麼說的。但這更不合理了。「史蒂芬去年才剛買下農場，那塊地沒有在出售。」

「如果是這樣，菲力克斯去那裡做什麼？」

我沒有答案。

「現在你明白為什麼我不想告訴你了吧？如果我能證明菲力克斯在史蒂芬的農場從事非法生意，又有律師可以證明你或你的孩子因為那筆生意受益，那你的涉入會破壞整樁案子。」

「我的涉入早就破壞了整樁案子。」我反駁道。「我們不必讓任何人知道。」

「菲力克斯知道，而且他能利用這一點在法庭上對抗我。」

「他不能證明我對你的案子有個一知半解。我告訴他我們是戀愛的關係。」

尼克黝黑的雙眼閃爍著挑釁。「我們去他的農場時，你也打算用同樣的說詞跟你前夫說嗎？」

原來那就是尼克要去的地方。史蒂芬的農場。我要嘛讓他載我回家，接下來一整天想破頭好奇他在那裡發現什麼，要嘛我可以逼他帶我一起去。

「他不會在那裡的。」我說，一想到他可能在那裡，雙腳有點發軟。「他帶著孩子。」

尼克咬著嘴唇，打量著我，扠在腰間的手指泛白。他壓低聲音。「我不需要帶你去也能調查，芬莉。你知道得越少，對我們兩個都好。」

我不確定他是想說服他自己還是我。我只知道哈里斯．米勒就埋在那座農場，而我不能讓尼克找到他。「我要跟你一起去。」我趁他抗議前搶走他手中的鑰匙。如果尼克真打算接近那座農場，我不跟著去就簡直蠢到家了。

36

「你確定史蒂芬不在這裡？」尼克拐下長長的碎石子路進入農場時，緊張得如臨大敵。我的腸胃早就糾作一團，顛簸的路面更是無濟於事。我忍住想要吐在他車子地毯上的衝動。

「孩子在他那邊住到星期一。」

「有其他人在這裡嗎？」

我認出停在拖車前的那輛紅色大眾汽車。「布里姬，她在辦公室工作。」

「她認識你嗎？」

「認識。」

「那事情就簡單了。」尼克說著，把自己的車停進布里姬旁邊的空位，打開車門。「照著我的話做。」

我跟著他走向拖車，焦慮得肚子痛。他為我開門，但我在門外躊躇不前。「我們可以來這裡嗎？」我低聲說。「我是說，我們不是應該需要搜索令之類的嗎？」

「我只是過來買些草皮。」他掛上滿滿的微笑，指引我進去。

布里姬從電腦前抬起頭看。「嘿，多諾文太太！很高興見到你。但史蒂芬不在。」她歪過頭，彷彿我早該知道了。「他今天休假。」

「我知道。孩子在他那邊。他們大概正在收容所看狗狗。」

「喔，真可愛。」她捧著胸口。我幾乎能聽見她子宮爆炸的聲音。尼克揚起眉毛，我微微點頭回應。

他忍住笑意，自我介紹。「我是多諾文女士的朋友。」他在「女士」這個尊稱上加強語氣，手移到我的後背，位置比之前在實驗室的時候還低。布里姬的目光跟隨他的手看過去，我看得出來她默默把這個小秘密藏起來。「我想為我的庭院找些草皮，芬莉告訴我你們有很多不錯的選擇。」

「她說得沒錯。」她拉開一個抽屜。「我很樂意給你一本手冊。」

「事實上，我有個朋友推薦一種叫藍羊茅的草皮。你們這裡有嗎？」

「有的。但我們已經賣完第一批，全部都已經有人要了。有位開發商夏天時預購了整批。」

「所以你們沒有賣到其他地方嗎？」他問。我踩了尼克一腳。布里姬或許年輕，但她並不天真。

「沒有。」她說。「不過到了春天我們會再種一批。你想訂購的話我可以報價給你。」

「謝了，但不介意的話，我想先看看。你說你們這裡有種一些？」他摟著我的腰。一滴汗沿著我的側身往下滑，希望他隔著我的襯衫不會感覺到。

「當然了，我很樂意帶你們去看看。我先在門上放張字條，免得我們離開時有人過來。」尼克來不及阻止她，布里姬就打開辦公桌的抽屜，拿出一疊心形便利貼。

「這樣對你不好意思。你是這裡唯一的員工，我不想把你拉離工作崗位。你只要告訴我位置，我可以自己去找。」

布里姬似乎鬆了一口氣。她在檔案櫃翻找，撈出一張農場的地圖影本。我咬著指甲，看著她用粉紅螢光筆在泥土路上作記號，標出尼克在找的那塊地……就與哈里斯．米勒的屍體隔了一條碎石子路。

「多諾文太太……呃……多諾文女士知道路。」布里姬糾正自己，把地圖遞給尼克。她轉向我說：「你之前曾經開車經過，多諾文女士。那是抵達後門前的最後一塊地，對面是一大片休耕地。你們在找的草帶有淡藍色調，一眼就能看見。」

「謝謝你，布里姬。你幫了大忙。」尼克牽起我的手，帶我走向門口。「我會盡快與你聯繫。」

他走在停車場上，鞋子不停發出嘎吱嘎吱的巨響。我們一上車，我立刻打開車窗，腋下和膝蓋後方都在冒汗。

「你的前夫簡直是極品。」他抬頭看向後照鏡，瞇眼凝視我們後方的某樣東西。「我大概會為此下地獄，我也應該為此感到內疚，但我不會。」他越過中控台，用雙手捧著我的臉，親吻了我。要不是我正忙著想像我戴起手銬、穿上橘色囚服會是什麼模樣，這突如其來的熱吻本來會讓我害羞得滿臉通紅。我一手堅定地抵住他的胸口把他推開。

「這是做什麼？」我忘了呼吸，紅著臉說。

「演給布里姬看的，因為她現在正往窗外看。既然海格蒂太太還沒看到任何值得宣揚的事，我想總得有人告訴史蒂芬我們在交往，為我們的說法背書。就任何人而言，我們純粹是為了私事而來。」他有點不正經地笑了起來。「去幫我的房子挑些草皮吧。」

他發動引擎，駛過田地之間長長的碎石子路，揚起一團團咖啡色塵土。我感覺胸口一陣緊繃，空氣也變得稀薄。尼克在我們抵達盡頭前停下來，視線正好可見圍繞在農場四周的雪松林。樹林後方，我能隱約看見我和維若妮卡那晚來這裡埋葬哈里斯時所走的鄉間小徑。

尼克把車子熄火，凝視我們面前的碎石子路，然後看看田地，若有所思地敲打方向盤。

我不敢往左看，看向哈里斯正漸漸腐爛的赤褐色土堆中。反之，我盯著右手邊那一片如毛髮般細長的藍羊茅。我的手越來越濕冷，但我提醒自己，尼克手邊沒有鏟子。他沒有打算挖出任何東西——起碼今天沒有。我只需要保持冷靜，釐清他的下一步。這麼一來，我和維若妮卡就能思考該怎麼辦。

「你覺得菲力克斯和特瑞莎在這裡做什麼？」我聲音顫抖地問。

「我不知道，一起找出答案吧。」尼克一下車，我的脈搏立刻加劇。他沿著種植藍羊茅的田地和路面的交界處行走，接著停下腳步，在藍羊茅被壓出一條如小徑般的胎痕旁邊跪下。碎石子路也被輪胎壓出深深的凹痕，大片草地被連根拔起，就好像被汽車底盤拖過一樣。菲力克斯的林肯轎車。

我焦急得坐立難安，只好下車，交叉雙臂抵擋刺骨的寒風。風吹著一望無盡的草皮，掀起我輕薄的襯衫。尼克沿著胎痕走進田地，我則在他身後徘徊。胎痕在進入草皮的幾英尺處停下來。「菲力克斯和特瑞莎大概是從後門進入農場的。」他研究胎痕的方向說。「看樣子他們是為了掉頭，倒車進入田地。」

「所以他們沒有停留？」我希望這表示我們也不必停留。「也許菲力克斯發現他也不喜歡這座農場。」

尼克搖搖頭，雙手扠腰，在胎痕之間轉來轉去，一邊思考著。「為什麼他要看一塊不出售的地？為什麼要從後門進來？除非他不想被人看見。」他在胎痕之間緩慢踱步，大聲地自言自語，彷彿想要透過菲力克斯的眼睛觀看這個地方。「如果他不想冒險被人看見，他應該不會趁白天過來。他會等晚上再來，等辦公室關門之後，等這裡一片漆黑的時候……」

他站在林肯轎車原來的所在地，雙腳跨在土地邊緣的裂縫上，目光沿著車頭燈的照射路徑來到我們當初挖坑的確切位置。他盯著哈里斯葬身之處上方的土地時，我簡直無法呼吸。「菲力克斯為了某種原因想要這塊地，但又不在乎這塊地屬於別人，只要沒人看見他在偷用就好。所以他到底是拿來做什麼呢？如果不打算買，為什麼要把一個房仲扯進來？除非……」

尼克的聲音逐漸消失。他走向對面的休耕地，在邊緣停下來時，踩碎鞋底的泥土。風在我耳邊呼嘯，又或許只是我直衝腦門的血液導致的。他的表情從困惑變成好奇時，我覺得有點頭暈。

「這就對了。」他壓低聲音說。「他之所以透過特瑞莎，不是因為她是房仲，而是因為她即將成為地主。法律上來說，她嫁給你前夫的那一刻起，整個農場就變成她的了。」他面對休耕地往後退，眼神閃爍熾熱的光芒。「真不敢相信我之前沒有想到這一點。」他衝回車上時說。

「這就對了是什麼意思？我們要去哪裡？」我匆匆追上他，狼狽坐進車內時，引擎早已發動。他一手放在我的椅背上，邊倒車邊看著後方，加速時，厚厚的塵土吹過擋風玻璃，遮住我們前方的道路。

「去找到還沒被菲力克斯收買的法官。」他說。「最好是一個能在星期六簽發搜索令的法官。」

他轉動方向盤，把我們轉了一圈。我撐住自己抵擋這股車速。「要搜索令做什麼？」

他瞇起眼睛，踩下油門。「挖開你前夫的農場。」

37

尼克駛在州際公路最左邊的車道上，對我們前方速度較慢的車子邊閃燈，邊按喇叭。他緊握方向盤的指節泛白，全神貫注盯著路面。我幾乎可以聞到他腦袋轉動時飄出的燒焦味。

「我不懂。為什麼有必要挖開史蒂芬的農場？」

「菲力克斯不打算買地。如果他是，他會從前門進來，搬出現金，向史蒂芬開一個他無法拒絕的價錢。如果史蒂芬真的拒絕，菲力克斯也會對他施壓，逼他賣掉——大概是用暴力威脅。我猜菲力克斯只是想利用農場做些骯髒事，他想盡可能保持低調。所以他去找特瑞莎——一個他可以用注意力和金錢輕易操控的人。我敢說菲力克斯用錢收買了特瑞莎讓他利用農場做特定用途。但不管是什麼，他不打算用太久。」

我想起史蒂芬在她抽屜找到的那筆錢。「也許菲力克斯只是在那裡與人約見面。」

「不。」尼克說著，對前方那輛車越來越不耐煩，於是從右邊超過去。我緊握門把，看著我們在車輛之間蛇行。「菲力克斯到處都有自己的餐廳和飯店。他可以跟他們約在任何地方。如果他只是要見面，不會搞那麼麻煩。」

「那你覺得他在做什麼？」

「我不知道，但我猜答案就埋在那塊地的某個地方。」

我嚥下一陣反胃感。「你為什麼會這麼想？」

「現場胎痕不止一組。那塊地的邊緣還有另外兩組。」

「另外兩組？」

「三輛車都是由後門進來的。雖然停在不同的地方，但三輛車都是在那塊休耕地前停下來。菲力克斯藏匿的東西可能就埋在那些車頭燈的交匯處。」

「也許他們只是在那裡……做生意。」六線道的車流包圍著我，我不禁貼在椅背上。「你知道的，偷偷在地上做生意，在車頭燈前。」

尼克搖搖頭。「泥土剛被翻過，但上面沒有任何腳印。有人自己清理過了。我要找出來他們到底在藏些什麼。」

尼克神情堅定。我毫不懷疑他會掀了整座城市，直到他得到他在尋找的東西。「你拿到搜索令需要多久時間？」

「也許一天，也許兩天。那座農場不在我的管轄範圍，所以我們需要跟福基爾縣的警方合作。我送你回家。」他說，語氣不容商榷。「我得用人情壓力請一些人幫忙。法官不喜歡高爾夫球打到一半被拉走，而且我自己做這件事可能比較好。」

他開進我家車道，底盤的輪胎一陣劇烈晃動，接著車子猛然停住。我伸手準備開門。「嘿，等一下。」尼克說。我轉身，但願他沒看見我寫在臉上的內疚和恐懼。他捧著我的臉，用拇指輕撫。「我知道今天有點瘋狂。要不我晚點過來帶你出門吃個晚餐？」

「這聽起來……」我清清哽咽的喉嚨。「這聽起來真的很棒，但我大概得跳過晚餐了。我已經出門一整天，有一大堆工作要做。我有截稿日要應付。」還有一具死透的屍體要處理。

尼克靠近，溫柔地給我一個吻，讓我感到更內疚了。我打開車門下車，目送他駛離車道。他經過羅迪警官的車時，朝他揮了揮手。

馬路對面，海格蒂太太家的窗簾被拉開，她的白髮如幽靈般在窗後徘徊。我受夠那個女人了。到此為止了。我一定要給她好看。

我過馬路時，她的窗簾拉了起來。我衝上她家門前的階梯，低跟鞋喀喀作響。

「海格蒂太太！」我用力敲門。「是我，芬莉．多諾文。我有話要跟你說。」

我正準備舉起手再次敲門時，門嘩一聲打開。屋內湧出的暖氣讓我差點失去平衡。

「你也該是時候過來了。」海格蒂太太抬著頭，隔著那副半月形金邊眼鏡怒視我，紅棕色口紅彎彎曲曲塗抹在她滿是皺紋的唇線之外。她蒼白的臉頰抹了太多腮紅，老奶奶香水也濃得刺鼻。

我喘著大氣，瞪大眼看著她。她沒有打算邀請我進屋，但也沒有當著我的面甩上門。「什麼意思？」

「也該是時候了。我等你的道歉已經等了一年。好了，你說你有話要跟我說？」她抬起下巴，鬆弛的皮膚在眼鏡的金鏈子之間驕傲地晃動著。

「你上禮拜就是因為這樣不肯開門嗎？因為你在等我……道歉？」

我困惑地歪過頭，她堅定地對我點頭。「我知道你終究會道歉的，因為你大概很想知道我有沒有在你家車庫看見任何可疑的事。」

世界彷彿在腳下天翻地覆。「你在我家車庫看見可疑的事嗎？」

「我可不是吃飽太閒才加入守望相助會的。」

「你不是嗎？」我說完，趁自己說出蠢話前連忙閉嘴，接著搖搖頭。「我是說，你當然不是了。而且你說得對，這就是我過來的原因，為了跟你道歉。為了……」她揚起兩條歪歪斜斜畫在臉上、細如鉛筆的眉毛。我完全不曉得她希望我向她賠罪。一直偷看我家的人明明是她。是她揭發史蒂文的真面目，讓我的婚姻陷入惡性循環。是她對守望相助會的其他成員大肆宣揚。然而，追根究柢，責任完全該落在一個人的肩上，而那個人不是現在站在我面前這個骨瘦如柴的駝背老人。她把下巴抬得更高了，等待著。

「對不起。」我說，嚥下最後的自尊。「我很抱歉對你大吼大叫，用難聽的話罵你。我很氣我老公，結果把氣發洩在你身上。我不該這樣。」

海格蒂太太皺皺鼻子，調整眼鏡隔著鏡片看我，彷彿在衡量我的誠意。她滿足地咕噥一聲，讓眼鏡落在胸前。

「所以，關於我的車庫。」我小心翼翼地說。「你到底看到什麼？」

她伸手拿起後方玄關茶几上的精裝日記本。她打開本子，舔舔粗糙的手指，開始翻閱。她嗯哼一聲，在其中一頁停下來。「十月十八號的星期二晚上，我看見你和孩子們在晚上六點左右離開，後來又看見你在六點四十分左右獨自回來。我猜你大概就窩在家了，畢竟你不常出門。」她低頭看我一眼，我回以拘謹的微笑。這是避免我掐死這女人的唯一辦法。「但後來我看到你又出門了，盛裝打扮看起來要去約會似的。我猜是你最近常常接待的那個黑髮警察。」她揚起畫得拙劣的眉毛，請我說明我與尼克的關係，但何必呢？她似乎已經想通了一切。「老實說，我一開始其實把你誤認成霍爾女士。但後來你穿高跟鞋走下車庫的時候絆了一跤，我立刻就知道是你。你比特瑞莎笨拙，而且你的姿勢很不正確。」她補充一句，打量我的肩膀。「大概是因為你成天都坐在電腦前的緣故。這很不健康，你知道嗎？」

我不耐煩地示意她繼續說。

「總之，我猜那肯定是剛過七點左右的事。」她說著，注意力回到日記上。「在那之後安靜了幾個鐘頭。我看著電視，吃了一塊派，然後大約在九點四十五分注意到你家車庫的燈。你跑進屋子的時候，沒把車子熄火。我以為你去拿某個遺忘在家的東西，再去接孩子，天知道你本來帶他們去哪裡。」

「我姊姊家。」我說著，再次打手勢請她繼續。

「你做警察的姊姊？這幾天附近確實有一大堆警察——」

「是啊，她幫我看孩子。」我有點沒禮貌地說。「你還有看見什麼嗎？」

「當然。」她厲聲說，彷彿質疑她的警覺心是一種侮辱。「我盯著房子，確保你在屋內的時候沒人亂動你的車。起初我很焦慮，因為你耽擱了很長一段時間，我因此錯過了我的深夜電視節目。但後來奇怪的事情發生了。」她調整眼鏡，粗大的金鏈子掛在她毛衣的墊肩上。

「你看見什麼？」

她舉起患有關節炎的手指指著我。「我看見有人在偷看你的車庫。」

我吐了口氣。來了，海格蒂太太肯定看見是誰殺了哈里斯。「你記得他們長什麼樣子嗎？」

「從這裡很難看得清楚，尤其是那麼晚了。車頭燈在他背後亮著，但我看得出來那男的個子很高。他得稍微彎腰才能看進你的車窗。我想他可能是附近打算偷車的小混混，就下樓報警了。但等我來到廚房的電話旁邊時，你想必是已經走進車庫把他嚇跑了。因為我望向廚房窗外時，你的車庫門已經關上了。依我看，他已經走了。」我瞥一眼她的後方，在樓梯底部的軌道上有一輛電動升降椅。我奶奶家也有一張。那東西的速度慢如蝸牛。天知道海格蒂太太耽擱了多少時間？或她算不算得上是可靠的目擊證人？她其實並沒有親眼看見有人關上車庫門。就算看見了，她是個連看著鏡子抹口紅都有困難的人。法官可能根本不會採用她的證詞。

「你說是個男的？」我問，確認我沒聽錯。

她很有自信地點點頭。我把頭髮往後梳，絞盡腦汁想要拼湊全貌。菲力克斯很高。我猜他有可能是跟特瑞莎來到這裡，或甚至是跟安德烈一起來。但總覺得有哪裡不對勁。以我和菲力克斯交手的次數，我知道他的辦事方法。菲力克斯不會弄髒自己的手。這就是他雇用安德烈的原因。而安德烈行事並不低調。

「你有看見誰和他在一起嗎？」

「我沒看見其他人，就只看見他一個。」

但這不合理。肯定有另一個人在這裡幫忙殺手關閉車庫門。也許他在車裡等待，在海格蒂太太準備下樓的途中才出現。

「你有看見他開什麼樣的車嗎？」

她瞇起眼睛。「沒有車，我沒看見哪裡有車。」

所以凶手是走路來的，跟我之前猜想的一樣。少了嫌犯或可疑的車輛——少了其他人蓄意謀殺哈里斯的證據——一旦尼克發現我是貪杯酒吧的那個女人，我就會成為主要嫌疑人。我最大的希望是尼克會走進死胡同，朱利安不會向警方指認我，沒人能證明哈里斯・米勒曾經到過我家。

「你那天晚上有沒有……碰巧看見或聽見其他東西？任何奇怪的事……發生在我家車庫裡？」我小心翼翼地問。

「沒有。」她說。「街上的狗叫得太大聲，我根本聽不到其他聲音。那些狗肯定是看見了那個小偷，搞得牠們叫不停。他走了以後，牠們似乎就安靜下來。」她抓抓頭，回顧她的日記。「讓我看看……我看見你的褓姆自己打開大門進去。我猜你家那邊應該已經平靜了，不久我就上床睡覺了。」海格蒂太太皺起鼻子，抬頭紋也皺成一團，形成一個陷入沉思的線條迷宮。「現在回想起來，快天亮前我被一個可怕的撞擊聲吵醒，但我無法告訴你是什麼原因造成的。」可能是我和維若妮卡從農場回家後，車庫門落下的聲音。這表示她沒有看見我們出門，也沒看見我們回家。

「很好……我是說，謝謝。」我如釋重負地放鬆肩膀。「你有打電話報警嗎？關於這一切？」

「沒有。」她搖頭，鬆弛的皮膚隨之抖動。「我懶得理會。沒道理浪費所有人的……」她的思緒突然中斷。她摘下眼鏡，用她又圓又藍的小眼睛抬頭看我。「為什麼這麼問？」她熱切地問。「那男的偷了什麼東西嗎？如果有，我們可以立刻上街，跟那個警察說。」她指向羅迪警官的便衣警車。

「不、不，一切都很好。」我堅持道，朝她家大門退後一步。但一切並不好，一點都不好。就我最樂觀的估計，在尼克挖出哈里斯·米勒的屍體前，我有四十八小時的時間找出到底是誰殺了他。

38

我轉開我家大門的鎖，讓自己進去。屋內的寧靜讓我訝異，後來才想起孩子們在他們的父親那裡。話雖如此，這股寧靜令人不安。電視是關著的。所有的燈也都沒開。

「維若妮卡？」我叫道。她的名字在屋內迴盪。也許她去圖書館念書了。

我走進廚房，高跟鞋發出響亮的喀噠聲。我把通往車庫的門打開一條縫。維若妮卡的車還在，在我平常停車的空地旁邊。菲力克斯那件事後，我把拉蒙的代步車開回他的店，但至今仍未把我的車拿回來。

我關上廚房後門，但空蕩的房子把聲音吸收後，我突然強烈感覺到我不是一個人。我被人監視著。

肯定有哪裡不對勁。非常不——

「Surprise！」我嚇得差點心跳停止。維若妮卡抱著查克從餐廳門口跳出來。迪莉亞也從她背後跳了出來。一束氦氣氣球用鮮豔的絲帶繫在她連身服的鈕釦上，顏色與她外翹的頭髮相襯。一塊蛋糕放在乾淨的折疊桌中央，就在過去帳單經常擺放的位置。黃銅吊燈上掛著彩帶，一瓶香檳和兩個果汁鋁箔包放在冰桶冷藏。

迪莉亞跳到我腿上，差點撞倒我。我緊緊抱著她，用力記住她的輪廓——她輕盈的身軀，她柔軟的皮膚貼著我的感覺——不知道等尼克找到哈里斯的屍體後，下次見到她時她長多大了。

「我以為你們週末和爸爸一起住。」我把身體往後退，看著她的褐色大眼。

「爹地要工作。」迪莉亞說，小手撥弄著我的鑽石耳環。

「史蒂芬大約一小時前帶他們過來這裡。」維若妮卡解釋，一邊抱著查克輕輕搖晃。「他說農場有急事必須過去一趟。特瑞莎外出帶人看房子了，他聯絡不到她，所以他問孩子們今晚能不能留在這裡。考慮到那個天大的好消息，我們三人一致認為這是值得慶祝的好藉口！」迪莉亞遞給我一顆氣球。查克對著嘴裡的派對吹笛吐口水，接著露齒一笑。

「什麼消息？」我問。查克朝我伸手，投入我的懷裡。我緊緊抱著他，很確定沒有消息比尼克今天下午的發現更具有新聞價值的了。

維若妮卡遞給我一份折起來的當地報紙。「頭版最下面。」她說。

我把查克放到地上，他跌跌撞撞地走開。我放開氣球，讓氣球砰地撞上天花板後，打開報紙。

我的臉就出現在那裡。

我的作者照片——戴著金色假髮頭巾和深色墨鏡的那一張——以黑白照的方式印在一條標題下方，標題寫著：當地作家即將出版的犯罪小說為她進帳高達六位數的收入。

我的心懸空半秒，接著墜入一堆燃燒的灰燼中。

我上了報。我的書被登在報紙上。希薇亞幹了什麼好事？

我瀏覽文章，脈搏逐漸加快。

作家菲歐娜．多諾文隸屬的曼哈頓巴爾經紀公司的經紀人希薇亞．巴爾日前接受採訪時，搶先為讀者介紹多諾文將於明年秋季出版的新書。

記者問及她認為這本書在出版商那裡引起轟動的原因時，希薇亞說：「菲歐娜是一個真正的天才。這本書將會把她推上暢銷排行榜的寶座。內容新穎又辛辣，我相信一定會大受歡迎！」

我鬆了一口氣。也許她只跟他們說了這些。也許她還沒告訴任何人這本書其實是關於——

我繼續往下讀時，跌坐在一張椅子上，很肯定我就快中風了。

一位絕望的妻子雇用了一名職業殺手來解決她的問題丈夫——他是一個與黑幫有掛鉤的有錢會計師——但有人搶先一步殺死了丈夫……而現在妻子也失蹤了。那性感的職業殺手決心在被陷害之前，調查丈夫的神秘謀殺案，並與一個毫無戒心的能幹警察合作，一起找出問題所在。

「你成功了，媽咪！維若妮卡說你成名了，像電視明星一樣。」迪莉亞捏我的腿，用平常她用在父親身上那種天真又崇拜的表情抬頭看我。「我們可以吃蛋糕了嗎？」

「當然，這絕對值得吃蛋糕慶祝！」維若妮卡帶著孩子走進廚房，我則膽戰心驚地看完剩下的文章。一個月前，這本來會是我夢寐以求的新聞。但如果尼克獲得挖掘那塊地的搜索令，這篇新聞稿可能是最後致命的一擊。

維若妮卡放了一大塊糖霜蛋糕在查克兒童餐椅上的托盤裡，又放了一塊在迪莉亞面前。「我能跟你聊聊嗎？」我低聲說。

「吃完蛋糕再說。」維若妮卡說著，給自己切了一塊，然後在上方放了一球冰淇淋。

我抓住她的手肘拖她走，她頑固地把冰淇淋勺抓在手裡，冰淇淋一路滴到客廳。

「哎喲！」她一邊調整派對帽，一邊生氣地看著我。我忍住拍掉她頭上那頂帽子的衝動。

「我和尼克剛剛離開史蒂芬的農場。」我低聲說。

維若妮卡臉色變白。「你們在那裡做什麼？」

「他在菲力克斯的車上發現泥土，循線追到了那塊地。他正在聲請挖掘那塊地的搜索令。」

維若妮卡低頭看著報紙，彷彿隨時要吐了。「虛構的犯罪小說登上當地新聞是一回事，但如果真的有人找到屍體又是另一回事了。「你為什麼不阻止他？」

「我能怎麼辦？」

「我不知道！」香草冰淇淋沿著她的手滴落在地毯上。「分散他的注意力！利用你的女色，像之前那樣！」

「結果看看我現在落得什麼下場！」

我們回頭看向廚房，大概都在想著同樣的事。

「我們到底該怎麼辦？」她問。

「我不知道。」我們可以拿著伊琳娜的錢，帶上孩子，出國逃走。但我們要去哪裡？一旦伊琳娜告訴安德烈和菲力克斯我們把錢偷走了，他們會花多少時間找到我們？

「他拿到搜索令需要多久時間？」維若妮卡問。

「不曉得。」我不能打電話問朱利安。「尼克說週末要找到一個法官有點困難。可能要一到兩天。」

「好。」維若妮卡邊說邊使用一種深呼吸的技巧，讓我痛苦地想到拉梅茲呼吸法。「好，很好。所以我們只要在他找到屍體前移走就好了。」

廚房傳來尖銳的大笑聲。我和維若妮卡回頭看見查克把蛋糕抹在他的頭髮上。迪莉亞略帶厭惡地看著他，噘起的小嘴沾著藍色食用色素。蛋糕裡的糖分足以讓他們在接下來的四十八小時內無比清醒。這會是一場硬仗。

「情況本來可能更糟的，現在已經很好了。」維若妮卡說。

「真的嗎？告訴我這本來還能多糟？」

「他們本來可能帶隻狗回家。無論如何，別跟迪莉亞提到這個，我剛剛好不容易才讓她停止哭泣。」

「她為什麼哭？」

「史蒂芬今早帶他們去收容所，但山姆已經不見了。」

「有別人領養走了？」

「那個叫艾倫的傢伙——你知道，就是佩翠西亞的朋友。收容所志工告訴史蒂芬上禮拜下班後，他把山姆帶回家。她說這很奇怪，因為他幾週前才領養了兩隻狗，而帶三隻狗旅行並不容易。」

我的胃一沉。「旅行？你說旅行是什麼意思？」

「他那天離開了，說他要去度假，但後來再也沒有回來。沒人知道他去了哪裡。」我們對上目光，凝視良久。「你想該不會……」

肯定是在我剛見到他不久後的事，在我問了那些跟佩翠西亞有關的問題後。當初我用特瑞莎的地址填寫了申請表。我和特瑞莎住在同一條街上。艾倫如果之前看過那條街名——例如在哈里斯死的那晚——他就有可能認出來，進而猜出我是誰，以及我在找佩翠西亞的原因。

流浪狗是很棒的同伴。

難不成是那樣？會不會是艾倫關上了車庫門，決心把佩翠西亞救出那受盡虐待的家裡，就像他為山姆和收容所其他流浪犬所做的那樣，卻不知道她已經計畫好自己處理這件事了？我是不是趁艾倫找到機會前從酒吧綁架了哈里斯？他是不是跟著我來到這裡，然後趁機完成了我不敢完成的任務？

街上的狗叫得太大聲，我根本聽不到其他聲音。他走了以後，牠們似乎就安靜下來。

哈里斯死的那晚，我把哈里斯帶進車裡的那晚，在貪杯酒吧的停車場有聽見狗叫聲。後來再晚一點，我和我姊講電話的時候也有聽見。根據佩翠西亞失蹤當晚的新聞報導，她並沒有養狗。但艾倫領養了很多。

海盜和莫莉會不會是跟他一起待在車裡？

我回想我在佩翠西亞家看到的棕色速霸陸，上面有兩個火柴人和火柴狗的圖案。收容所休息室的照片中，佩翠西亞連同莫莉和海盜一起坐在艾倫旁邊，而她沒有戴著婚戒。難不成艾倫不只是一個朋友？難不成他是她的男朋友？是情人？他們一起計畫過未來嗎？這就是他們急著擺脫哈里斯的原因嗎？如果是這樣，是誰幫助艾倫把哈里斯關在我車庫裡的？

如果像海格蒂太太所說，只有他一個人，那他是怎麼阻止車庫門砰一聲關上，卻又不必離得夠近……去把門接住呢？

我轉向維若妮卡，拿走她手上的冰淇淋勺，丟回冰桶裡。「給我你的皮帶。」我說。

「皮帶？」

「聽我的就對了。」

維若妮卡解開皮帶，從牛仔褲抽出來。這條皮帶比我們在收容所看見艾倫繫的那條細，不過看起來差不多堅固。「陪著孩子。我一下子就回來。」

我按下車庫牆上的遙控鍵。傍晚的陽光灑落在水泥地上。我站在車庫中央，抬頭凝視軌道，尋找一個利用皮帶防止車庫門落下的方法，就像艾倫利用他的皮帶撐開山姆的狗籠那樣。

在車庫門的角落，靠近轉彎處的軌道頂端，有兩個鐵條相交著。我抓起腳凳，爬上去，把皮帶繞過鐵條，在敞開的車庫門下方固定住。接下來，我把腳凳移到車庫中央，爬上去，拉下緊急拉繩。

車庫門脫離馬達時發出輕微的咔嗒聲。門往下降，懸吊在維若妮卡的皮帶上。是艾倫殺了哈里斯。

不是特瑞莎和璦咪，也不是菲力克斯和安德烈。艾倫是獨自犯案。他知道車庫門會發出巨響，我也一定會跑過來，正如維若妮卡放出動物，讓那些自動關門的狗籠砰地一一關上時，在收容所掀起的混亂一樣。艾倫把皮帶繫在軌道上。然後他拉動繩子，讓車庫門脫離馬達。接著，再悄悄用一隻手解開皮帶，輕輕把門放下。

可是，如果艾倫殺死哈利斯是為了跟佩翠西亞在一起，如今佩翠西亞都死了，他何必離開？我是唯一知道哈里斯死亡真相的人，況且，即使我看起來很內疚，但我也跟艾倫一樣，並不打算告發真相。既然佩翠西亞不在了，艾倫大可留在城裡，繼續過他的生活。除非……

佩翠西亞．米勒已經不存在了。我處理好了。

我回想我和伊琳娜在健身房的對話。她從未直接聲稱佩翠西亞已經死了。只說佩翠西亞．米勒在這世上已經沒有剩餘的東西可找。

他有個朋友，幾乎可以讓任何人人間蒸發……新的名字、新的護照，把他們從世界上抹去，彷彿不曾存在過。

如果說佩翠西亞．米勒根本沒死呢？如果說伊琳娜只是在幫助她朋友消失呢？如果說她們只是把她的車和私人物品扔進水庫，安排她假死呢？佩翠西亞現在會不會只是變成了另一個人、住在另一個地方、和另一個人在一起？另一個會照顧她、讓她覺得安全的人。

我在她家車庫裡看見的肯定是艾倫的車——後座車窗上的火柴人貼紙想必就是他們和他們的狗狗。如果說他們是開著艾倫的速霸陸展開幸福的新生活了呢？艾倫和佩翠西亞可能在任何地方。從世界上抹去，彷彿不曾存在過。我很快就要成為哈里斯．米勒謀殺案的唯一嫌犯，只剩我的證詞去對抗堆積如山的證據。

我心亂如麻，從腳凳上走下來。

手機在口袋裡拚命震動。我撈出手機，驚訝看見我漏接了十幾通電話：我爸媽、喬治雅、希薇亞……所有人大概都是為了報紙上的文章打來恭喜我的。我經不起跟他們任何一個人說話。

車道傳來刺耳的煞車聲。我轉過身，一根銀色保險桿在離我膝蓋幾英寸的地方停下來，把我嚇了一跳。尼克隔著擋風玻璃看起來很生氣。他用力伸出一根手指指著我，再指指副駕駛座。

「上車。」他做出嘴型說。

我依依不捨地看向維若妮卡映在廚房窗戶上的影子，然後才打開尼克的車門坐進去。他拉下排檔桿，急踩油門，飛快倒出車道，生著悶氣離開我家。他在馬路盡頭的死巷子來個急轉彎，猛地在路邊停車，不肯看我。

「我離開你家的時候發生一件有意思的事。」他說。「我打給我的上司，告訴他我查到重要的情報，我有消息。他告訴我他也有消息。然後他就把當地報紙上某篇新聞稿的內容全說給我聽了。」尼克從副駕駛座前面的儲物箱拿出一份報紙丟到我腿上。「顯然，我是毫無戒心的能幹警察，而我的調查一直是你書中某個大型研究計畫。」

「不是這樣的……事情不是你所——」

「我被停職了。」這幾個字彷彿抽乾車內所有的空氣。「現在正在等上司審核。他們沒收我的手槍，沒收我的警徽。現在我得等到星期一才能進我上司的辦公室，解釋我為什麼讓一個跟案件有利益關係的小說家涉入調查。到那時，整件事可能都玩完了。」

我覺得口乾舌燥。「玩完是什麼意思？」

「我上司接手了我的案子。他正在與福爾基縣立警局合作，以加快取得搜索令。如果他們明天能拿到搜索令，我還來不及拿回我的警徽，他們就會挖開那塊地，把菲力克斯和特瑞莎拘留到案。」

「對不起。」我慌張地用氣音吐出道歉。「沒有人該知道那本書的內容。我只有寄給我的經紀人。她太得意忘形了，結果——」

他轉頭面對我，眼神閃過憤怒和背叛。「你有沒有想過我跟你說了多少敏感情報？如果有人知道我讓你看了那麼多、聽了那麼多，我可能會丟掉工作？」

「那是你的選擇，不是我的！」我慌張的情緒轉變為憤怒，我解開安全帶，在座位上轉身。「是你來找我的，記得嗎？你主動說要幫我的書做研究。」

「你利用我！」

「你也利用我！你想用莫須有的綁架罪名逮捕我前夫的未婚妻，你認為我可以取得一些你自己無法得到的情報，因為你沒有足夠證據證明你對她的質疑是合理的，更別說搜查她的辦公室或她的房子了。所以別跟我說什麼利用人！」

他別開臉，凝視窗外，吐出一口長長的氣。「回答我一件事。」他把手伸進外套，從內袋拿出一樣東西，放到我的手上。是我的假髮頭巾——我一直用來躲在後面的美麗偽裝，這些日子我用來假扮的成功人士，本來應該保護我的安全和遠離麻煩的身分——如今糾成一團躺在我的大腿上。頭巾破了，金色假髮蒙上一層厚厚的灰塵。尼克在車內與我四目相交。

「他們挖開那塊地時會發現什麼？」他看著我，彷彿不知道我到底是誰，彷彿是第一次真正看見我，而他不喜歡回望著他的那張臉。

見我不回答，他發動引擎。我們在回我家的路上不發一語。他把我留在車道上，沒說再見就離開了。

等我總算進屋後，維若妮卡在門邊擰著雙手。「怎麼了？」

一顆氣球飄浮在天花板上。孩子們在隔壁房間玩耍。維若妮卡的冰淇淋在盤子上融成一灘水，一口也沒吃。

「我們得移走哈里斯的屍體。今晚。」

39

我和維若妮卡站在拉蒙那輛代步車敞開的後車廂前。昏暗的燈光散發詭譎的光芒照亮了後車廂的東西，讓周圍的漆黑夜色變得更加陰森。至少這一次，孩子們沒有睡在後座。

從羅迪警官身邊溜走不如預期困難。我拜託我姊帶孩子去她家過夜，解釋說我進度落後，需要安靜的夜晚獨自在家工作。在我不斷哀求及討好之下，她總算同意了。維若妮卡送孩子們到喬治雅的公寓，若無其事地開著她的道奇轎車載他們離開車庫，我則待在廚房窗前，讓羅迪警官和海格蒂太太可以清楚地看見我在家。從喬治雅家回來的路上，維若妮卡把她的車換成了我留在拉蒙店裡的代步車。比起維若妮卡的大車或我的休旅車，這輛藍色舊車沒那麼顯眼。如果我們把後車廂變成犯罪現場，不得不把車拆解、變賣零件來掩飾罪行的話，我敢說沒人會捨不得。

接著，維若妮卡開著代步車來到我們家那條街上的公園準備會合。與此同時，我從地下室一個佈滿灰塵的盒子裡撈出幾個聖誕燈定時器，連接到書房、臥室和廚房的燈具上，設定每隔幾小時打開及關閉。天黑後，我把頭髮紮成馬尾，穿上黑色瑜伽褲、黑色連帽衫，再戴上黑色手套。接著，我拉上窗簾，從後門溜出去，祈禱穿過鄰居家的院子時，他們不會因為看到我一閃而過的白色運動鞋，而決定在我去公園的路上開槍打死我。

我們在十一點鐘順利抵達草坪農場的後門。

空氣冷冽乾燥。我站在拉蒙的車後，盤點我們的東西，呼出的氣化作陣陣白煙。

「為什麼後車廂有三千英尺長的玻璃紙？」我問維若妮卡。

「好市多在特價。」

我皺起臉。「所以你決定現在要囤貨？」

「你叫我帶保鮮膜的。」

「我叫你帶塑膠布。」

「一樣的東西。」

「不，不一樣。保鮮膜是用來包三明治的，塑膠布是用來裹屍體的，比較大也比較結實，像浴簾一樣。」

「你叫我不要帶浴簾，因為這會讓我們看起來有罪！」

「用三千英尺長的保鮮膜包住一具腐爛屍體就看起來無罪嗎！」我拿起鏟子，塞了一把到維若妮卡的手中。我們走近休耕地的邊緣，結霜的地面在我們腳下嘎吱作響。

車頭燈在土地上劃出一道道明亮的光束，拉長我們的影子。維若妮卡用鏟子戳戳土壤。

「你確定這是我們埋葬他的地方嗎？」她指向右邊幾英尺外。「我以為他在那邊。」

「不。」我說著，站到她旁邊。「絕對就是這裡。」我沒告訴她我並非百分之百確定。這次，我們小心把車停在碎石子路上，車頭燈對準土地，而不是在鬆軟的土地上再留下一組胎痕供警察追蹤。四周被漆黑籠罩，加上拉蒙的車投射出的一束詭譎燈光，讓我有點失去方向感。但我們總得從某處開始挖。而這裡感覺夠近了。

她熱切地望著隔壁土地那輛笨重的黃色拖拉機。「你確定你不需要我把重型機械帶過來嗎？我在YouTube上看過一些影片——」

「我們沒有要用推土機把他挖出來！」我們最不需要的，就是再多加一條竊盜的罪名。「他沒有埋得很深。我們可以自己來。」

維若妮卡一邊喃喃抱怨，一邊走到不平坦的土地上，把鏟子插進土壤裡。「快點挖一挖吧，這裡冷死了。」

我關掉車頭燈。最好摸黑工作，才不會有人注意到路上的燈光。我冒險走到維若妮卡的幾英尺外，靠近她之前所指的地方，以免她是對的。我的水泡都還沒癒合成繭，但這次至少我們有兩副手套和兩把堅固的鏟子。過去幾週又是挖土又是上飛輪課，我不知怎地感覺更強壯了，可以鏟起更多泥土。鏟子以穩定的節奏挖掘土壤，兩邊的坑洞越來越大，最後在中間匯合。我們周圍堆了一團團的泥土，讓我們覺得身處在比實際上更深的地底。

「我們要把他移去哪裡？」維若妮卡吐出一口藍色的氣問道。「墓園嗎？像你書裡說的那樣？」

我邊挖著土，邊發出氣喘吁吁的大笑聲。如果我們這麼做，這本該死的書大概會是我們最終入獄的原因。「不。我們要保管他幾天，直到調查結束，再放回原來的地方。警方不太可能會為了挖同一塊地再去聲請一張搜索令。而且到時候土質會變得很軟，容易挖，也容易藏。」我上氣不接下氣地說。

「保管幾天？」維若妮卡靠在鏟子上，袖子擦過額頭。即使在黑夜中，她厭惡的表情仍顯而易見。「我還車的時候，拉蒙一定會殺了我。你知道腐爛的屍體有多臭嗎？保鮮膜雖然很萬用，但可不包括除臭的功能！」

我把鏟子插得更深一些，坑洞已經來到我們屁股的高度。「百貨公司目前正在進行大冰櫃的秋季清倉大拍賣。我們早上可以去買一個放在車庫裡。」

她冷冷一笑。「虧你還在擔心該死的浴簾。沒有什麼比在車庫裡放冰櫃更像『連環殺手』會做的事了。」

「你有更好的辦法嗎？」我腳邊的土地傳來砰的回音。我用鏟子敲了敲，碰到某個堅硬的東西。我把鏟子移動幾英寸，再敲一次，免得敲到石頭。

「等等。」維若妮卡皺著鼻子，戳戳離我幾英尺外的地面，小心聞一聞，空氣突然刺鼻又甜膩。「我想我找到他了。」

我扔掉鏟子，拿出口袋裡的手電筒，把光照向維若妮卡腳邊的地。我轉身迴避氣味。「有多糟？」

「呃……芬莉。」她跪下來撥開泥土時，詭異地提高音量。「我們埋葬哈里斯的時候，他不是穿牛仔褲吧？」

我在她旁邊跪下來，拚命撥掉一條牛仔褲管上的泥土。一個耐吉勾勾在底下出現。「不是。」

我忍住反胃的衝動。「他也絕對不是穿著慢跑鞋。」

「那這到底是誰？」

「我不知道，但絕對不是哈里斯。」我輕拍那個人的牛仔褲口袋尋找錢包，但口袋是空的。

我把頭轉開迴避臭味，從那個死人臉上抓走一把泥土。唾液湧上我的喉頭。「喔！喔，不。」我用衣袖摀住鼻子。

「怎麼了？」她問，爬近查看。

那人的雙眼瞪得老大，呈現混濁的白色。他臉頰凹陷，皮膚呈現可怕的灰白色，藍色的嘴唇從嘴角溢出泥土。太陽穴有一塊紫色的洞。「我想他是頭部中彈身亡的。」

維若妮卡猛然停止手邊動作，緩緩低頭，戳著膝蓋旁邊的泥土。「芬莉？」她撥開一把泥土，用西班牙文咒罵一聲，聲音顫抖地說。「我很不想告訴你，但我又發現另一雙鞋子。我很確定這雙鞋也不是哈里斯的。」

我撐著地面站起來，腳下彷彿天旋地轉。氣味越來越強烈了。我們又挖出兩雙鞋，我的眼睛湧上淚水。尼克說得對。菲力克斯確實在利用史蒂芬的農場做生意。他把這裡當作了棄屍的垃圾場。「我們要怎麼在這堆爛攤子裡找到哈里斯？」

「我不知道。」維若妮卡聽起來處於崩潰的邊緣。她的手電筒照到我的臉。

「放下。」我遮著眼睛厲聲說。「我看不見。」

「放下什麼？我沒拿東西指著……」她突然停止說話，聽起來非常不對勁。我把手臂抬到眼睛上方，眨了眨眼，但光線太刺眼，我看不清她的臉。「那不是手電筒的光。」她慌張地低聲說。「有人來了！」

我們連忙低頭，躲在坑洞邊緣往外偷看，死人的鞋子碰著我們的小腿。車頭燈照在碎石子路上朝我們反射過來。燈是方形的，照射範圍很廣，是你晚上不會想在後照鏡裡看到的那種。

「該死！我覺得好像是尼克。」我早該料到他會監視農場。他不可能不插手，眼睜睜看著其他人去接管他的調查。他八成看見我們開車進來。他八成在等待時機，直到確定我們深陷一個充滿證據的坑洞裡，再衝過來逮住我們。但願他還沒打電話請求支援。

「我們該怎麼辦？」尼克的車在拉蒙的代步車旁邊緩緩停下時，維若妮卡嘶啞地叫道。車子不祥地空轉著，車燈正對著我們，排氣管排出的廢氣如煙霧般從頭頂飄過。

「沒必要躲躲藏藏的了。」就這樣了。我們挖了這麼大的洞，被銬上手銬定罪已經是在劫難逃。「他認得拉蒙的車，他也早知道我們在這裡。我應該自首，解釋一切。我會告訴他這全是我的主意。」我站起來時，維若妮卡嘶聲抗議，抓住我的手肘。我放下鏟子投降，一隻手臂擋在雙眼前，遮住刺眼的車頭燈。

維若妮卡在我旁邊站起來，邊抖著手邊把鏟子放到地上。我們高舉雙手，等待尼克下車逮捕我們。

車門打開。他讓引擎怠速，靴子踩在碎石子地上嘎吱嘎吱地朝我們走來，車子廢氣也驅散了屍體的腐臭味。他在車子前停下腳步，手伸進左邊口袋，燈光映出他的身形輪廓。他大概是在拿手銬吧。

打火機發出刺耳的刮擦聲。一次、兩次。

火焰點燃又熄滅，我放下手臂，看著車燈眨眼。尼克若有所思地深吸一口菸，櫻桃紅的菸頭燃得更亮了。

「我不曉得尼克會抽菸。」維若妮卡低聲說。

「他不會。」我哽咽地說。

維若妮卡與我湊得更近了。男人吐出一條長長的白煙，與閃亮的車頭燈和隨風吹過的廢氣融為一體。蓬鬆的外套讓他上半身的輪廓失真。但引起我注意的是他張開與肩同寬的那雙腿。看起來比尼克的腿更結實，有如兩根堅固的樹幹拔地而起。我的目光沿著那雙腿往上延伸，停在他的右手臂上。比起他拿菸的左手，右手長得令人不安。

「芬莉——？」燈光把一支槍管照得閃閃發亮，維若妮卡抓住我的手。他拿槍指著我時，我的心彷彿停止了。

「我可以解釋……」我說，希望我眼前這名警察認識我姊，或是我可以用簽名賄賂他。武器發出輕微的喀噠聲，我連忙閉嘴。他拿槍指著我們，緩緩靠近，背光的臉在黑暗中難以辨認。

「出來。」他的聲音低沉又沙啞，像他的打火機一樣刺耳。

「你不是應該把我們的權利唸給我們聽嗎？」

「我說出來！」

維若妮卡緊緊抓著我的手臂。我們顫抖著雙腿爬出坑洞，互相扶持以保持平衡。

「轉身。」他要求道。

我和維若妮卡轉向休耕地。警官的車燈把我們的身影映照在我們挖出來的成堆泥土上。底下則是一雙沾滿泥土的球鞋和一張張在黑暗中腐爛的模糊面孔。警官的影子越來越近，我的心跳也越來越快。

「我們不知道這些屍體在這裡。」我氣急敗壞地說。「我姊姊在費爾法克斯警局任職。如果你能讓我們打通電話——」

「跪下。」他咆哮。結束了，他要給我們上手銬了。

「聽著，這是一場天大的誤會。如果我可以和我姊說——」

「我說跪下！」他把槍抵著我的後腦勺。我往前傾，差點掉進坑裡。維若妮卡抓住我的手臂穩住我的步伐。我聽從他的命令，跪到地上。我們現在可不想再多一項拒捕的指控。

維若妮卡在我旁邊跪下，我們緊握彼此的手，兩人都在顫抖，等待他對我們銬上手銬。反之，他冰冷的槍管抵住我的後腦勺。

我嚇得暫時忘記呼吸。我緊閉雙眼，顫抖地問：「你不打算逮捕我們嗎？」

他發出低沉又沙啞的大笑，槍身也隨之抖動。接著，笑聲越來越洪亮，從他沙啞的喉嚨發出來，再從坑裡朝我們發出回音。他喃喃說了一些我聽不懂的話，聽起來像極了俄語。

維若妮卡的指甲插進我的皮膚。

是安德烈．博羅夫科夫。

我低頭看著坑裡那些白色運動鞋的鞋頭。這些是他的屍體。菲力克斯一直處心積慮要藏起來的，就是他的爛攤子。而我們即將成為下一個受害人。

「你……你在這裡做什麼？」他的後車廂還有更多屍體嗎？他是來這裡埋屍的嗎？

「你不太聽話。菲力克斯說過他會密切關注你。停在你家附近的那個警察……他不是個稱職的保鑣。」

羅迪警官……安德烈一直在監視我家。「你跟蹤我們到這裡的？」

我從槍的細微動作感覺到他在聳肩。「我好奇想看看你在搞什麼鬼，現在我知道了。哈里斯．米勒突然失蹤，我們都很訝異。他如常把錢存進去、卻沒有歸還保險箱鑰匙的時候，菲力克斯很篤定哈里斯拿了他的錢逃跑了。」哈里斯鑰匙圈上的那把小鑰匙……佩翠西亞在潘娜拉麵包坊與我碰面那天拿走了。她肯定是用那筆錢和艾倫私奔了。

安德烈若有所思地吸了一口菸。「我？我把錢押在我老婆身上。伊琳娜向來不喜歡佩翠西亞的老公。她說他是死有餘辜的噁心渣男。」他在我頭頂吐了一口煙，好一段時間沒有說話，我屏住呼吸。「也許我不會告訴菲力克斯你在這裡做什麼。我不喜歡輸錢。」

他把槍放下時，我喘了一口大氣。他打算放我們走嗎？他打算恐嚇我們讓我們閉嘴嗎？

安德烈的雙腳出現在我旁邊時，我完全不敢亂動。他一隻腳踩在坑洞邊緣的土堆上，邊抽菸邊往下看。他吐出一口煙，煙霧圍繞的嘴角勾起一抹陰險微笑。「看樣子你已經把大部分的活兒都做完了。這樣要埋你們就簡單多了。」

維若妮卡發出窒息的聲音，我的胃跟著一沉。安德烈準備把我們殺了。就地解決，用處決的方式朝後腦勺開槍。我準備掉進坑裡，疊在其他屍體上面，疊在哈里斯·米勒上面。尼克的上司明天將帶著搜索令把我挖出來。我姊將要來指認我的屍體。

我默默搖頭抗議。當初我可是使盡了渾身解數對付哈里斯·米勒。我是絕對不可能毫不抵抗就進那個坑的。

安德烈吸下最後一口菸，把菸屁股彈進坑裡。他轉身離開時，鞋子朝我的方向踢了大量砂礫。

我低頭看著我撐在地面上的拳頭，看著散落拳頭上方的砂礫。我抬起頭，從馬尾鬆脫的幾束亂髮之間看著安德烈。風帶著車子排氣管的廢氣吹向坑洞。我看著安德烈吐出最後一口煙，歪著頭避免風把煙吹回他臉上。

第一次的交通執法就因為某個混蛋把菸灰缸扔到我臉上而搞砸了。

我緩緩鬆開維若妮卡的手，把手伸進土裡。我的拳頭緊握兩把乾土，用手指把它們壓得粉碎。安德烈默默笑著，肩膀不停顫抖，一邊搖頭，彷彿不敢相信自己那麼好運，接著轉身面向我們。

「我好了。」他說。「趕緊解決吧。」

我舉起雙手，把砂礫往上拋。砂礫在風中打轉，灑到他的臉上。他大叫一聲，拚命拍著雙眼。與此同時，車頭燈把他的槍照得閃閃發亮。我等他弄丟他的槍，打算拿走他的武器逃跑，但他只是握得更緊了，一邊對我們大吼大叫，一邊漫無目的地晃動。他開火時，我連忙躲開，低沉的槍聲射中我膝蓋旁邊的地面。

滅音器。他用了滅音器。不會有人聽見槍聲，不會有人過來救我們。

我心跳加速，抓住維若妮卡的手，拉著她跟我一起匆匆跑到拉蒙的車後尋求掩護。

安德烈痛得大叫、嘶吼，一邊抓著眼睛，瘋狂跺腳。他又開了一槍。我和維若妮卡擠在保險桿後面，緊緊摀著嘴巴，互相抱在一起。另一顆子彈砰一聲打中引擎蓋附近。我們尖叫一聲，連忙爬到汽車的另一邊，蹲在後輪後方，抓住彼此的手，看著安德烈拚命揮舞雙手，對我們大吼大叫。

要是我們能順利坐進車內，說不定有辦法脫身。

我越過維若妮卡，伸手拉後座門把。又響起一記槍聲。我壓低身子，抱住維若妮卡。就在這時，一記重擊聲從坑洞的方向傳來。

接著是一陣沉默。

我們緊貼車身，等他開下一槍。

但槍聲停止了。

現場唯一的聲響是安德烈引擎怠速的輕柔嗡嗡聲。風吹得我們身後的雪松沙沙作響。我們顫抖地吐著大氣，兩人都不敢輕舉妄動。

過了很長一段時間，我繞過汽車的引擎蓋往外看。排氣管排出的廢氣吹過坑洞上方。安德烈張大雙腿躺在坑洞邊緣的土地上，身體其餘部分消失在坑裡，彷彿他掉進去了一樣。

維若妮卡緊抓我連帽衫的帽子，如影子般抱著我，與我一起小心翼翼地靠近他。安德烈無力握在手中的槍閃閃發光。我在坑洞邊蹲下，把維若妮卡帶在身後。我往他身上爬過去時，盡量不去理會從輕薄瑜伽褲滲進去的濕黏液體。我們一步一步緩緩靠近，接著突然嚇了一跳。安德烈整張臉被炸開，所剩無幾的腦袋上湧出一灘黑色血泊。

我顫抖著深吸一口氣，強忍著想吐的衝動。

「他朝自己開槍。」

「故意的？」維若妮卡氣急敗壞地說。

我低頭看著他手裡的槍。他一直像個瘋子揮舞那把槍，拍打雙眼的同時，朝我們的方向盲目射擊。

有夠痛，痛到我腦袋都昏了……幸好我沒有把自己弄死。

「應該不是。我想是一場意外。」

「我們現在該怎麼辦？」

安德烈埋葬的那堆屍體在坑洞裡若隱若現。最上方是他丟棄的那根菸，慢慢變暗、最終熄滅。

「把他的車子熄火。」我聽見我自己說。我拍他的口袋，撈出他的錢包，塞進我的外套。

「別留下任何指紋。」

維若妮卡從坑洞爬出來，奔向安德烈的車，把引擎熄火。農場天色漸暗。我花了一會兒時間思考，深呼吸，消化我目前已知的事情，一邊讓眼睛適應月光。

接下來的二十四小時內，警方將開挖這片土地。

他們會發現所有死在安德烈手下的受害人，也包括哈里斯。

尼克已經猜測菲力克斯與哈里斯的死有關。就他們而言，哈里斯只是眾多屍體中的一具。

「我們要把哈里斯留在這裡。」我竭盡所能充滿自信地說出這句話。

「把他留在這裡？」她低聲說，彷彿害怕他可能會聽見我們。「我們不能把他留在這裡！」

「如果我們把他帶走，警方只會持續找他。」

「可是如果他們找到他跟安德烈和其他——」

「他們大概會假設是黑幫殺了他們所有人。」這是一場賭注，但移走哈里斯似乎更危險。

「幫我把安德烈和其他人埋在一起。」我抓住他的腋下，維若妮卡抓著他的靴子，我們悶哼一聲，把他放進坑裡。等明天警方過來發現這個亂葬崗時，他們會發現他剛抽完的菸和他的槍。現場會看起來像是有人——也許是菲力克斯——與安德烈約在這裡見面，看著他埋屍，然後殺了他，把他和其他死者扔在一起，擺脫組織裡這個辦事不俐落、頻頻把骯髒事曝光在公眾眼前的殺手。

雖然尼克不能來這裡爭取功勞，但他會很開心知道他破的案子總算把菲力克斯·吉洛夫關進監獄。佩翠西亞和伊琳娜會擺脫她們的丈夫，佩翠西亞和艾倫不必再躲躲藏藏，我和維若妮卡也可以繼續過日子。

我們不發一語，把所有的泥土鏟回坑洞，然後把鏟子放回後車廂，不留下一絲痕跡。完成後，我坐在安德烈的汽車駕駛座上，維若妮卡則開著代步車，跟隨我來到離馬路大約一英里的一片雜草地，我們把安德烈的汽車留在那裡，把他的錢包放在副駕駛座前面的儲物箱。

回家路上，我們去了拉蒙的修車廠，把代步車換回維若妮卡的道奇轎車，再默默開回南騎市，沿途因為震驚和疲倦而說不出話來。

我們抵達公園時，天正準備亮起。維若妮卡停到路邊，東張西望確定沒人在看，我便爬進後車廂。她略帶歉意微微一笑，闔上後車廂，把我關在裡面。

我蜷縮在鏟子旁邊，聽著車輪在路面奔馳。她從羅迪警官的車子旁邊緩緩駛過，引擎漸漸安靜下來，她也確保他和海格蒂太太看見她是獨自回家的。

我跟著車輛搖搖晃晃開進車道，接著暫時停下來，等待車庫門緩緩打開。車子向前開了幾英尺後，引擎熄火。我在車內聽見車庫門再次降下時，馬達安靜運作的聲音。維若妮卡甩上車門，繞過車子，球鞋在光滑的水泥地上吱吱作響。後車廂一下子打開，迎面而來的是她沾滿泥土的疲倦微笑。她伸出手，把我從黑暗中拉出來。

40

夜幕逐漸降臨，我和維若妮卡轉到新聞台，持續關注不斷變化的頭條新聞。新聞播出時，我們剛把孩子們哄上床。

今日警方尋獲六具屍體被埋在福基爾縣的碧草綠樹農場裡，其中包括了三週前由妻子舉報失蹤的哈里斯・米勒在內。另有一具屍體已證實是黑幫殺手，安德烈・博羅夫科夫。福基爾和費爾法克斯縣立警察局皆認為這場屠殺似乎是由犯罪集團所為。農場老闆聲稱他直到今晚才知道這些事，警方亦稱目前他並非嫌犯，而黑手黨老大菲力克斯・吉洛夫和一位匿名同夥已被帶回警局拘留審問。我們將持續為您追蹤報導更多消息。

我的手機突然震動。我從沙發抱枕堆中撈出來。史蒂芬的名字在螢幕上閃爍著。

「芬莉？你和孩子們沒事吧？」他聽起來很慌張。不得不承認，聽到他的聲音真好。

「我們沒事。我剛剛看到新聞了，你還好嗎？」

「我想是吧。但警方把特瑞莎帶去偵訊了。我不知道發生了什麼事。」我能聽見背景傳來警局的吵雜聲——對講機和嗡嗡作響的牢門，員警在走廊說笑的洪亮聲響。「芬莉，我對天發誓，這一切我毫不知情。」

「我相信你。」我抱住膝蓋。想到我在這一切當中所扮演的角色，很難不感到內疚。但即使我沒有把哈里斯和安德烈埋在我前夫的農場裡，那裡仍藏了另外四具屍體，多虧了菲力克斯・吉洛夫。起碼現在，他們可以被指認身分，妥善安葬。「你想特瑞莎知道嗎？」

「老實說，我不曉得。她發誓說她不知道，但我不知道還能相信什麼了。我現在人在警局。你的警察朋友尼克在這裡。他說我可以待到警方結束偵訊，但她可能還要好幾個鐘頭才會被放出來。」

前提是她被放出來的話。如果尼克或他的上司認為特瑞莎知道那塊地裡埋了什麼，他會把她記錄在案，以共犯的罪名起訴她。

「你慢慢來。」我安慰他。「我和維若妮卡會照顧孩子。你要不要我去問問喬治雅她能不能與你在警局碰面？」

史蒂芬顫抖著嘆了一口氣。「那就……太好了。替我親親孩子。明天有更多消息我會再打給你。」他說。「還有芬莉，我對這一切感到很抱歉。」

「沒事的。」我說。「我們會想出辦法的。」他掛斷電話。

「你想尼克會起疑嗎？」我放下手機時，維若妮卡問。她穿著毛毛拖鞋和溫暖睡衣縮在沙發的另一個角落，懷裡抱著一顆抱枕。新聞在關了靜音的電視裡播放著。在過去幾個小時內，頭條新聞沒有太大變化。

「他真有起疑的話，我們早就坐進警車後座，在前往警局的路上了。」佩翠西亞如今再招供任何事就太蠢了。如果她是聰明人，她會公開露面，聲稱她猜測她丈夫失蹤與黑幫有關，因此她才躲起來，害怕自己性命不保。她可以提供目擊者證詞，證明她丈夫牽扯到菲力克斯的非法生意，領取哈里斯的壽險給付，與艾倫和他們的三隻狗繼續過著幸福快樂的日子。

伊琳娜．博羅夫科夫大概也很開心。她老公死了，問題解決。

「特瑞莎會怎麼樣？」維若妮卡問道。她把下巴靠在抱枕上，看起來就像我一樣疲累。我想昨晚我們都沒什麼睡。

我往後仰，頭靠著沙發，昨晚的疲憊總算湧上來。「我猜一切取決於她到底知道多少。如果她收下賄賂，允許黑幫使用農場，不管他們犯了什麼罪把屍體埋在那裡，她都等於是共犯。如果警方能證明這一點，她可能會入獄。」

「這有什麼不好嗎？」維若妮卡問。

我嘆口氣。這想法或許應該給我一些小小的滿足感，畢竟以特瑞莎對我們家的所作所為，這是她罪有應得。但我無法讓自己有那種感覺。無論特瑞莎在我眼裡是哪種人，她對我的兩個孩子來說都是另一種人。萬一她最終真的被關進監牢，一想到我必須對他們說些什麼，我心就痛。為了她好，也為了孩子們好，我希望她並不知道菲力克斯當初打算利用她做什麼。一部分的我——絕大部分的我——希望史蒂芬也是如此。

「我確定史蒂芬受的苦夠多了。」

她揚起一邊的眉毛。「你想他會爬回來求你原諒嗎？」

我聳聳肩。「他可以按門鈴，看看我會不會應門，就跟其他人一樣。」

41

隔天早上，喬治雅掛著黑眼圈出現在我家門口，腋下夾著一盒糖霜甜甜圈。顯然，她在警局陪了史蒂芬一整晚。

我煮上一壺咖啡，她一邊告訴我最新情況。地方檢察官向特瑞莎提出認罪協商：供出她對菲力克斯及其組織所知的一切——以及她與該組織的關係——以換取較輕的刑責。她的房仲執照大概是保不住了，但她永遠不必在監獄待上一天。特瑞莎的決定很簡單，她整晚都在警局作證。

我和喬治雅拿著咖啡和甜甜圈走進客廳。在沙發上肩並肩進行這段對話比隔著桌子面對面要容易得多。這樣一來，我就不必直視她的雙眼。她在我旁邊坐下，啜飲一口咖啡，接著咬下一口甜甜圈，把她知道的一切與我分享。

根據她在特瑞莎的口供上所看到的，菲力克斯雇用特瑞莎找一塊土地。他告訴她他只想要一份租約，但她從來不知道那塊地的用途，只知道他需要把某個東西埋上一小段時間。她本來猜測他在藏毒品，並說如果她知道菲力克斯打算在那裡埋屍的話，她絕對不會同意讓他使用農場。她同意把休耕地租給菲力克斯幾個月，以換取一大筆現金，史蒂芬在她內衣褲抽屜裡找到的是第一筆訂金。

史蒂芬以為特瑞莎和菲力克斯在搞婚外情。但他弄錯了。哈里斯·米勒被殺那晚，特瑞莎其實是有不在場證明的。當時她人在草皮農場與菲力克斯在林肯轎車後座上邊喝香檳邊簽約，這就是尼克在車子底盤發現結塊的泥土和草皮的原因。根據法醫的初步報告，哈里斯可能在當晚被埋葬，其他四名死者則在幾天後被埋葬，安德烈．博羅夫科夫則是在最近的三十六小時前。除了一人以外，其他人都是近距離遭到射殺。

喬治雅解釋，哈里斯的死得花點時間釐清。但警方預計會控告菲力克斯殺害了這六名死者。

我剝下一小口甜甜圈。「尼克怎麼想？」

「目前的理論是，菲力克斯雇用安德烈殺死了前五名死者，然後菲力克斯再殺了安德烈掩蓋行蹤。安德烈最近行事草率。太常被逮捕，也太常上頭條，他已經成了菲力克斯組織裡的累贅。菲力克斯大概希望他消失。所以他利用他完成幾個簡單工作，再把他跟其他廢物埋在一起。

「尼克猜測菲力克斯從未打算把屍體挖出來挪走。他很有可能計畫把他們留在那裡，假設秘密永遠不會被發現。」喬治雅丟了一大塊甜甜圈到嘴巴裡。而我的嘴巴頓時變得口乾舌燥。

「菲力克斯怎麼說？」這是最棘手的部分。如果菲力克斯承認他殺了警方找到的那四個無名屍，但宣稱哈里斯和安德烈的死與他無關，警方會相信他並展開新的調查嗎？還是他們會假設他在說謊？

「菲力克斯還沒提供證詞。他的律師團很謹慎，準備花時間想一套策略。有了特瑞莎的證詞，菲力克斯應該很難安全脫身。據尼克所知，那個坑洞裡的每個受害者都與菲力克斯的組織有直接關聯。」

「哈里斯．米勒的關聯是什麼？」

「洗錢。顯然他是一名非常厲害的會計師，但想必是做了什麼事惹怒菲力克斯。」菲力克斯肯定沒有告訴警方鑰匙被偷和錢不見的事。他何必說呢？這只會提供警方動機來對付他。

「警方有找到他太太嗎？」

喬治雅準備咬下甜甜圈前悶哼一聲。「警方昨晚把整塊地都掀了就是沒有找到她。諷刺的是，她今天一大早看見新聞後就打電話到警局。她說她出城了，因為她懷疑哈里斯的死可能與黑道有關，她擔心自己的安危。她說她在家收到死亡威脅，但她一直不敢跟警方說，因為她不相信他們能保護她。緝毒組派人到她家查證她的說法，果然在她家後門發現一條刀痕，就在她要他們看的地方。看樣子她的說法屬實。她說她一看到菲力克斯被捕而安德烈已經死去，才終於感到安全，敢離開她的藏身處。」

「我想也是。」既然菲力克斯已經準備背黑鍋，她就不用擔心我會出賣她了。

「還有，」喬治雅補充說，「她願意把她對哈里斯洗錢活動所知道的一切供出來，交換她免於受到妨害公務的罪行起訴，或被扣繳任何費用。她同意今天晚點帶哈里斯的檔案進警局，並提供證詞。」

「我很慶幸她沒事。」我擠出笑容說。不過我想我這句話多半是真心的。

「另外，聽聽這個。」喬治雅熱切地說。「安德烈．博羅夫科夫的老婆表示願意與警方全力合作。她同意就她丈夫與黑道的關係提供證詞。她的律師與檢察官達成了一項協議，用提供菲力克斯的消息換取豁免權。」

所以說，這整件事算不上俐落，但我猜伊琳娜很高興。對她來說，任務完成了，我從此與她互不相欠。

「尼克想必很高興看到事情有這般發展。」

喬治雅舔掉手指上的糖霜。「尼克高興得不得了。」她吃得滿嘴說。「有了佩翠西亞．米勒的的證詞、伊琳娜．博羅夫科夫的聲明和特瑞莎的口供，他應該有足夠的證據讓菲力克斯的組織停止運作很長一段時間。經過這件事之後，尼克甚至有可能會升官。」

「所以他沒有遇到麻煩嗎？」

「什麼？因為你的書？」喬治雅做了個鬼臉。「沒啦。他會因為說了太多枕邊話而受到輕微懲處——」

「那不是枕邊話！」她挑眉質疑，我把吃剩的甜甜圈朝她丟過去。「不是你想的那樣！根本沒有牽涉到什麼枕頭！」

「隨便啦。」她從大腿上拿起我的甜甜圈拍了拍。「那就是他的車子後座嘍。」

「前座。」我沒好氣地糾正道。她露出賊笑。「他還在生氣嗎？」

喬治雅聳聳肩。「他會釋懷的。但如果他真的回來了，我不會輕易放過他。讓他受點苦吧。」

我每次想像自己再次見到尼克的時候，大多伴隨著一張逮捕令。每次想起他的臉，我只看見他把我的假髮圍巾扔給我時，那失望的眼神。

「史蒂芬還好嗎？」我轉移話題問道。

喬治雅緩緩搖頭。「老實說，他挺傷心的。尼克說他取完特瑞莎的證詞後，聽見她和史蒂芬在爭吵。史蒂芬告訴她他要搬出去。我猜他們的婚事吹了。」喬治雅用餘光觀察我的反應。「如果他開口，你會跟他復合嗎？」

「我不搞認罪協商這種事。」我說著，擦掉雙手的糖霜。「我會繼續過我的生活。史蒂芬是大人了，他會沒事的。」

「繼續過生活是吧？」她揚起一邊的眉毛。「跟尼克？」

「不是。」我把穿著襪子的雙腳擱在茶几上，在腳踝處交叉，一邊思考著各種可能性。擁有可能性的感覺真好。「不是，只有我。我和維若妮卡和孩子們。我們會過得很好的。」帳單都付清了，我的車也回來了，冰箱的花椰菜底下還有一小疊現金。我確定我知道故事該怎麼結尾了。

喬治雅也把腳放上桌子。她往後靠，閉上眼睛，帶著滿足的微笑。「很好，我想我總算可以不必再替你擔心了。」

42

領取郵件已經不像過去那麼令人生畏。現在信箱裡除了一些購物型錄、折價券和偶爾的小筆帳單外，大多是空的。我趁天黑前穿過草坪，整個人縮在外套裡、雙手插進口袋禦寒，一邊閃避掛在前院樹上的紙片骷髏人和遍佈在前院的保麗龍墓碑。空氣中瀰漫煙囪的煙味和雕刻南瓜的味道，讓這多霧的夜晚充斥著萬聖節的氛圍。

結凍的草坪在腳下劈啪作響。我向海格蒂太太家的廚房窗戶揮手，確信她一定在看著我。我不再那麼介意她多管閒事的性格了。

我撈出一小疊信件時，郵箱的鉸鏈吱吱作響。我穿過草坪走回大門，一邊漫不經心地翻看信件。水費、電費、網路費和電話費，跟平常一樣……我看到史蒂芬律師寄來的一個大信封時愣了一下，裡面大概裝著他這週新的共同監護權協議。

我翻到下一封信件時，突然停下腳步。這封輕薄的信上沒有郵戳，也沒有寄件地址，只有我的名字用粗體字寫在正前方。

我朝大街上左顧右盼。路邊沒有奇怪的汽車。沒人站在他們家的草坪上。幾天前，菲力克斯一被抓進警局拘留，羅迪警官就終止任務了。我回頭看一眼海格蒂太太家的窗戶，好奇她是否記得信是誰送來的。

我把帳單丟在邊桌上，往身後一踢關上大門，整間房子感覺有點熱。廚房飄來的起司和醬汁香氣瀰漫著玄關。我撕開信封，緩緩打開裡面的紙條。

潘娜拉麵包坊。明天早上十點。

「這是什麼？」

維若妮卡從我後方往前看，把我嚇了一跳。「你差點把我嚇死。」

「有點神經質喔？」維若妮卡研究那張紙條。「你想是佩翠西亞．米勒嗎？」

「不然還有誰？」我把信封撕碎，帶到廚房，塞進廚餘處理器裡。

「你不打算赴約嗎？」

「不。事情結束了。如果這輩子再也見不到佩翠西亞．米勒，我會很高興。」我對伊琳娜．博羅夫科夫也是同樣的想法。我已經不接她的電話好幾天了。我不想要她更多的錢。無論情況在她眼中是什麼樣子，殺死她丈夫的人並不是我，所以我也沒理由接受那筆錢。就我而言，我們的生意已經結束了。我準備好把我人生這慘烈的一章拋諸腦後。

我打開烤箱，看到千層麵在沸騰，鬆了一口氣，麵條邊緣呈現淡淡的金黃色。維若妮卡伸手繞過我要掀開鋁箔紙，我把她的手拍開。

「這次換我掌廚了。這是你的派對。」我關上烤箱門，拿下兩只酒杯。維若妮卡通過了她的會計期中考，今晚我們四人要大肆慶祝。

維若妮卡在餐桌擺上餐具，一邊發著牢騷。「如果我是你，我可能會有幾句話想對那個女人說。」

「誰？佩翠西亞？」喔，我想說的話可多了。關於她的失蹤以及她小男友在我車庫裡幹的好事，我可以說上好幾個小時。我打開水龍頭，開啟廚餘處理器的開關，洗著用來準備晚餐的鍋碗瓢盆時，讓佩翠西亞．米勒和她神經病老公的最後一絲殘骸溜走。

門鈴響了。警方挖出哈里斯的屍體至今才過幾天，所以每次門鈴響起，我和維若妮卡仍有點難以呼吸。我關掉廚餘處理器。維若妮卡與我四目相交。

「你在等誰嗎？」她問。

我搖搖頭。「大概只是史蒂芬過來談談新的監護權協議，今天寄來了。」

維若妮卡躡手躡腳走到門口。門鎖啪的一聲，大門打開，吹進一股冷空氣。

「嘿，維若妮卡。芬莉在嗎？」我一認出外面那沙啞的聲音時，整個人脊椎繃緊。

「安東尼警官。」維若妮卡故意說得大聲，事先給我警告。「我們沒料到你會來。」

我早前與喬治雅聊完後，到現在她都沒提到調查有任何新進展。就我所知，取證進行得很順利。菲力克斯對每項罪名皆不認罪，所以哈里斯的死不必然會特別突顯出來。自從尼克看見那本書的新聞稿至今，我們還沒說過話。他現在來到這裡是為什麼呢？

我呆站在廚房，看著尼克和維若妮卡尷尬地互不說話。

「我能進來嗎？」

「當然，嗯，抱歉。」維若妮卡慌張地說。

我打起精神，走出廚房。尼克站在門口，表情嚴肅。他一看見我，黑黑的眉毛拉得更低了，背後好像拿著什麼東西。真希望不是一張逮捕令。「嘿，芬莉。」

「嘿。」我說著，一眼盯著他藏起來的那隻手。

「他在這裡做什麼？」迪莉亞問，穿著整個禮拜不離身的粉紅色絲綢公主服在樓梯上偷看。我和維若妮卡看著尼克，在一片緊張的沉默氣氛中等待答案。他的下巴剛刮過，黑色捲髮往後梳得很整齊。他穿著招牌的黑色牛仔褲和軍綠色亨利衫，透過他身上那件皮外套的翻領，我能隱約看到槍套裡的手槍。我看不出來他是為了工作還是約會而穿，或這對他而言是否有過差別。

「我只是來拜訪你媽媽。」他說。

「喔。」她玩著她的塑膠皇冠，天真無邪的臉龐皺了起來。「我爹地說你是個混蛋。」

維若妮卡朝手心用力咳了一聲，紅唇緊閉。

「迪莉亞・瑪麗！」我用力伸出手指指向她的房間。她氣呼呼地大步上樓。尼克帶著謙遜的微笑接受迪莉亞的攻擊，眉頭輕皺，彷彿仍有點刺痛。

「我很抱歉。」我說。

「你不必道歉。她爸爸大概說得沒錯。」他清清喉嚨，低頭看著地面。

「我……去看看孩子。」維若妮卡說著，上樓消失了。

尼克很長一段時間不發一語。「一切都還好嗎？」我問。我的目光刻意飄向他背後的那隻手。如果他是要遞逮捕令給我，也沒必要再拖下去。

「喔，我差點忘了。」他從背後拿出一瓶香檳時，我全身上下每根神經都如釋重負。「我一直沒有跟你說聲恭喜。你的書。」

我伸手接過香檳，愧疚感折磨著我。「我也應該跟你說聲恭喜。喬治雅告訴我你升官了。」

「是啊，嗯。」他說著，伸展頸背。「我不算獨自完成的。」他抬頭看著我的眼睛。我研究酒瓶，感覺臉頰一陣熱。這牌子不便宜。他為了好東西豁出去了。

「你真的不必那麼客氣。」

「不，這是應該的。」他搓著空出來的手，彷彿如今酒瓶送出去後不曉得該拿它怎麼辦。「我對我說過的話感到很抱歉。我只是……被報紙上的文章嚇到了。這一切你都說得沒錯。這不是你的錯，是我把你扯進來的。」

「話雖如此，我還是應該把那本書的事告訴你。」我坦承道。

他聳聳肩，我不太確定他是不在乎還是同意我的說法。「我猜我們確實在某種程度上利用過對方，但我在想……」他試探性地笑了一下，露出酒窩。「如果你還想利用我，也許我可以找個時間帶你去吃晚餐。」

這個提議很誘人。尼克很有魅力，穩定、可靠。一想到能再次和他親熱，我就覺得有點害羞。

但我最近做出太多衝動的選擇，花了太多時間企圖成為另一個不是我的人。尼克從未見過我戴假髮頭巾或穿洋裝。除了芬莉．多諾文，他從未以特瑞莎或菲歐娜的身分認識我。他進過我家，見過維若妮卡和我的孩子。他看過我穿著浴袍和拖鞋的樣子，然而……尼克並不真正了解我，也永遠不可能真正了解我。如果他知道我的真面目，我猜他不會喜歡他所看到的。

有時候我覺得尼克就像史蒂芬一樣，只看見他想見到的那部分。哪怕一次也好，我只希望有人能看見我一直以來真正的模樣，並且願意去欣賞。

我摸了摸手上那瓶昂貴香檳的標籤。「可以讓我考慮一下嗎？」

尼克的臉一垮，但很快恢復正色。「當然，沒問題，我懂。」他說著，往門口退後一步，盡量不露出驚訝的表情。「你知道的，如果你改變主意，隨時打電話給我。」

「再次謝謝你的香檳，祝審理順利。」為了我們著想，我希望他能把菲力克斯關上一輩子。

我們在門口尷尬道別，我在門內，他在門外。我關上門後，嘆了口氣，但願幾個小時之後，我獨自躺在床上盯著天花板時不會後悔。

維若妮卡靠在牆角。我舉起香檳。「結束了嗎？」她帶著同情的微笑問。我不確定她問的是調查工作還是我與尼克的關係。

「暫時結束了。」

她皺皺鼻子，頭轉向廚房。

「千層麵！」縷縷煙霧從門縫溜出來，我們立刻朝烤箱飛奔而去。我猛地拉開烤箱門，戴上我的烘焙手套，把冒煙的砂鍋放在烤箱頂端。維若妮卡打開窗戶，向海格蒂太太揮手打招呼，一陣冷風吹過廚房。

「反正披薩和高級香檳也比較搭。」她壓過煙霧探測器的聲音說。

我屁股靠著流理台，搧去眼前的煙霧。「披薩聽起來很棒。我來買。」

根據我們的協議，那晚我們共享的大份雙倍起司披薩，維若妮卡有權吃掉其中的百分之四十，但這次我們都懶得去計較片數了。

43

過了幾個小時，在我和維若妮卡吃光了所有的披薩、一份辣雞翅和屋子裡最後的奧利奧餅乾後，我拿著啤酒上樓回房。第一杯香檳下肚後，讓我覺得頭疼，於是我倒進水槽，順道沖掉佩翠西亞頑固殘存的信紙碎片。

我舔著手指的披薩油脂，倒在床上。天花板很低矮，孩子們睡著後，整間房子變得太安靜。我抹了抹T恤上的番茄醬污漬。T恤寬鬆有彈性，因為多年的洗滌而褪色。很多地方的圖案都已經剝落，無法辨識。我不覺得自己是一個即將成為暢銷書作家的人。但我猜我也不覺得自己是個職業殺手。我抬頭凝視天花板，好奇如今夢魘已經結束，孩子們在隔壁房間睡得香甜，維若妮卡安住在走廊對面，史蒂芬獨自住在農場的拖車裡，監護權之爭的威脅也總算成為過眼雲煙之後，我到底是誰。

我靠著床頭板，啤酒擺在大腿上，一邊剝著冷卻潮濕的標籤角。我想起朱利安，以及我們第一次在貪杯酒吧見面時他說過的話。想起他是如何一眼看穿我的偽裝。

那我像做什麼的？

你像會喝著冰啤酒和吃外送披薩的人。光著腳、穿牛仔褲和褪色的寬鬆T恤。

我把啤酒放到床頭櫃上，拿起手機，食指在他的號碼上方徘徊。現在是星期二晚上的九點三十分。

你知道哪裡能找到我。

我傳訊息給走廊對面的維若妮卡。

芬莉：我出去一會兒，你和孩子們在家可以嗎？

維若妮卡：我就怕你不問呢。

我雙腳晃下床，穿上球鞋和一件連帽衫。我剛戴上一頂棒球帽，房門就嘎一聲打開。維若妮卡探頭進來看。

她毫不客氣把我的牛仔褲和T恤打量一遍，接著無奈地搖搖頭，丟給我一個小小的百貨公司購物袋。「你如果要跟你的律師見面，至少上點妝吧。明天等你回家後，我要邊喝咖啡邊聽你說所有的事。我晚上就不等你回來了。」她眨眨眼說。

我關上房門，打開購物袋往裡看，預期看見各種顏色，卻驚訝發現只有一支透明唇膏和簡單的棕色睫毛膏。我湊到鏡子前，搽上化妝品，雖然有些難為情，但很滿意看見鏡子另一頭盯著我的女人是我認識的人。

出於直覺，我把手伸向媽媽包。後來發現我不需要才放下。今晚不需要。我從化妝桌的抽屜裡拿了一小疊現金塞進錢包。手伸進抽屜的時候，一樣柔軟的東西搔著我的手。我拿出我的假髮頭巾。頭巾破爛，打結，長長的金髮纏成一團。我用手摸了摸，撫平起皺的絲綢，嘆口氣，把假髮留在桌子上。

我在朱利安的吉普車旁邊停好車時，時間是九點五十七分。停車場幾乎快空了。貪杯酒吧的窗口昏暗，吧檯後方如威士忌般的金色燈光映出從桌面升起的椅腳剪影。我拱起一隻手，隔著門往裡看。門打開時，我嚇了一跳。

朱利安背對著我，在他頭頂的酒水架上補貨。他潔白的袖子捲到手肘，衣領鈕子沒扣，彷彿已經打卡下班了。「抱歉，酒吧關門了。」他回頭喊道。

「我不算是在大公司上班的那種客人。」朱利安的手懸在半空，透過鏡面牆壁與我四目相交。我把錢包放上吧檯，找了一張高腳椅坐下。「現在喝那杯啤酒還來得及嗎？」

「瓶裝的還是生啤酒？」他靜靜地問。

「瓶裝的就可以了。」

他把手伸進吧檯底下的冰箱。他打開瓶蓋，把酒瓶放在我面前的餐巾紙上，氣泡從瓶口湧出。他把一條抹布拽在肩上，倚著身後的櫃檯，看著我喝著啤酒。一縷捲髮懸在他的眼睛上方，在後方琥珀色的光芒映襯下呈現明顯的金色。

「請別誤會，但我們這裡很少出現像你這種類型的客人。」

「是嗎？我是什麼類型的？」

他離開櫃檯，來到我面前，雙手撐在吧檯上。「像那種謙虛的名作家，會使用假名、故意喬裝打扮的人。」

我放下啤酒，朝吧檯伸出一隻手。「嗨，我想我們沒有正式自我介紹過。我的名字是芬莉．

多諾文。」

他對我淡然一笑。「不是菲歐娜．多諾文？」

「需要的話，我可以給你看我的證件。」

他似乎真的在考慮。等他終於與我握手時，感覺很好，我讓他的手在我手中停留一會兒。又或許是他選擇停留了一會兒。「很高興總算見到你了，芬莉．多諾文。」

我用啤酒掩飾我的臉紅，喜歡他喊我名字的聲音。

「你最近過得還好嗎？」他問。

「嗯。」我說完，被自己嚇了一跳。那麼久以來，我第一次覺得我是認真的。「我想我過得很好。」

「想聊一聊嗎？」

我撥弄著紙巾一角。「故事挺長的。」

「我不趕時間。」他把手伸進冰箱，打開一瓶啤酒，慢條斯理地喝了一大口，眼睛自始至終沒有離開我。

我從棒球帽的陰影底下抬頭看他一眼。「我們的對話會受到律師與客戶間保密特權的保護嗎？」我口氣輕快地開玩笑，暗示我在調情，但這個問題多多少少傳達了我真正的恐懼。除了維若妮卡，沒有人知道所有故事的來龍去脈。

他看著我，又喝了一口啤酒。「我還不是律師，你也不是客戶。但只要是稱職的調酒師都會對他的常客謹守這個不成文規定。」他向前傾身，交叉雙臂倚著吧檯，一邊玩弄瓶口一邊溫柔地說：「我們就稱之為保密義務吧。」

酒吧空無一人。酒吧後方雅座區的燈光已經關了，後來只剩下朱利安頭頂的柔和光線和廚房旋轉門後方的明亮白光，裡頭傳來玻璃器皿和鍋碗瓢盤叮噹作響的聲音，在高壓水洗機的壓制下變得微弱。

我脫掉棒球帽，擱置在一旁的吧檯上。朱利安的目光來到我的臉上，我把頭髮往後一梳，緩緩地深吸一口氣，從每個故事真正開始的地方講起——不是第一頁，而是最開始講起。我告訴他我的家庭和我的童年、喬治雅和我爸媽，以及我和史蒂芬的婚姻。我告訴他我的作家職涯、我寫過的那些乏人問津的書。我告訴他特瑞莎的事和我的婚姻是如何結束的。我告訴他維若妮卡和我的孩子、以及電力公司斷我家電的那天。我告訴他我在潘娜拉麵包坊跟希薇亞的會面、以及我的生活在那天之後是如何失控的。我毫無保留地告訴他一切。講到我扶著哈里斯從貪杯酒吧後門溜出去的那天晚上時，我一直觀察他的臉，看他的反應。朱利安靜靜聆聽，僅有一次為了拿新的啤酒交換我的空瓶時別開目光。他沒有面露不認同的表情，也沒有流露譴責的眼神。我講到我們在農場逃離安德烈的魔掌時，他繃緊的黝黑手背上那快速跳動的脈搏是透露出他心情的唯一線索。

我講到尾聲時，我們的啤酒都已經喝光。他沒有再拿一瓶給我。我顫抖著吐了一口長長的氣，打開錢包，在吧檯上放了一張二十元鈔票。「謝謝你的啤酒，也謝謝你聽我說。我該走了——」

我伸手拿帽子時，朱利安蓋住我的手。「我下班了，想去吃點什麼嗎？」

我的心跳漏了一拍。「我很樂意。」

朱利安凝視我的目光，金色眼眸變得柔和。他對老闆大聲說：「嘿，萊斯，我要走了。明天見。」他把抹布放回吧檯上，穿上外套，繞到另一邊與我會合。我感覺到他的眼神在我身上游移。他看見我連帽衫底下露出來的長T恤時，笑得皺出魚尾紋。他幫我開門，見我從包包裡拿出車鑰匙時揚起眉毛。「我們要去哪裡？」他跟隨我來到我的車旁時問道。

我現在知道了，有時候，你只需要坐在空白螢幕前開始打字。我的車子很乾淨，我的發電機修好了，我有一個褓姆，還有很多錢在口袋。

「我還不知道。」我說。但我有很好的預感，這一章會有圓滿的結局。「上車吧，我們會想到的。」

44

隔天早上我心不甘情不願地走出朱利安的公寓時，時間將近十點。當時的他光著腳，裸著上半身，穿著低腰牛仔褲，陪我走到門口，把雙手伸進我的頭髮，親吻我的全身，低聲與我道別。我滿臉笑意，坐在車上等紅燈，一邊跟著收音機唱歌，一邊梳理我的亂髮，思考要跟維若妮卡說些什麼。嚴格說來，我只欠她百分之四十的故事。但我很高興知道回家的時候有人在那裡等著，急切地想知道發生了什麼事。

繁忙的十字路口對面，潘娜拉麵包坊的停車場裡停滿了車。我查看儀表板上的時間。佩翠西亞．米勒大概已經在裡面等我了。但為什麼呢？她還有什麼非得告訴我的？除了一個解釋？或一份道歉？

號誌燈轉成綠燈。我後方的賓士車開始按喇叭。我沒有直接穿越十字路口，而是把油門一踩，方向盤一打，切過兩條車道，駛進了潘娜拉麵包坊的停車場。我停在餐廳門口，隔著彩色玻璃窗凝視用餐區，卻看不清楚雅座裡的面孔。

也許維若妮卡是對的，我確實有幾件事想要一吐為快。我開進停車格，包包拽上肩膀，趁著改變主意前穿過停車場。

櫃檯的隊伍很短，我一下子走進餐廳時，收銀機後方的每個人都抬起頭來。老實說，我不在乎店經理曼蒂會不會碰巧認出我。她頂多只能叫我離開或打電話報警。隨便她。我仰著頭，大搖大擺走進用餐區，宛如剛與一位非常棒的律師共度春宵的女人一樣自信滿滿。

我掠過一張張面孔，尋找佩翠西亞，就在這時，我看見伊琳娜．博羅夫科夫在她的座位上隨意揮手，我停下腳步。

我訝異地看著她獨自坐在遠方的角落，邊喝咖啡邊打量我，抹了紅唇的嘴角揚起微笑。她示意前方的空位。我心一橫，把包包拽高，穿過用餐區走去。

「多諾文女士。」我滑進雅座時，她與我打招呼。「很高興看見你收到我的紙條。」我的背脊竄上一股寒意。她叫我名字的方式——微妙表達了她已經清楚知道我是誰，也知道在哪裡可以找到我——讓我想起了菲力克斯和我們在拉蒙車庫裡的對話。

伊琳娜用修剪整齊的長指甲繞著她的咖啡杯口，另一隻手藏在桌底。我一想到她可能有帶槍，就全身僵硬。

「我以為和我見面的是佩翠西亞。」我說。

伊琳娜點點頭，若有所思地把頭低下。「佩翠西亞該說的都說了。現在她和她的小男友正在前往巴西的班機上，到某個溫暖的地方展開他們的新生活。」

「你替她開心。」

「當然。」她說。她那頭烏黑的秀髮微微遮掩她的眼睛。「否則我才不會幫忙安排她離開。」

「那你呢？」我問。「你接下來的計畫是什麼，既然現在……？」我想起安德烈那張血淋淋的臉，想起我和維若妮卡把他扔進坑裡時，他發出那沉重又空洞的聲音，不禁打了個冷顫。

「既然現在我老公已經不在了？」伊琳娜優雅地聳聳肩。「總有人得留下來確保菲力克斯最終會罪有應得。一旦他得知安德烈是怎麼死的，他一定不會高興的。我們讓他付出了太多代價，而菲力克斯不是傻瓜。他不用多久就會弄明白了。」

這個想法發人深省。「你覺得他有機會脫身嗎？」

她啜飲一口咖啡，揚起修得完美的眉毛。她放下馬克杯時，手抖也不抖。「我猜總是有機會，但你的警察朋友挺有決心的。而且正如佩翠西亞說過的，你辦事非常俐落。」她用她當初在健身房飛輪課上那種同樣的戲謔表情看著我。「我必須承認，我十分驚喜。」她從桌子底下抽出手，把一個信封放上桌面滑向我。

「這是什麼？」我問，突如其來的似曾相識讓我感到窒息。

「這是我欠你的餘額。你的任務完成了，就跟我們討論過的一樣。」我抗拒去一探究竟的衝動。「別擔心。這筆錢洗過了——沒有標記，也無法追蹤。」拿安德烈的錢感覺很不道德。這大概是哈里斯．米勒洗過的錢——也是菲力克斯用來支付安德烈的薪水。

她輕鬆的微笑底下流露一絲冷酷。「如果你不接受這筆錢，我可能會擔心你的動機。你是不是跟安東尼警官走太近了？還是你在擔心你姊姊？」她把信封往前推。「喬治雅，對嗎？」

我抓起信封，拿到自己面前，觀察餐廳四周，確保沒人在看。一個身穿店內制服的瘦小男孩正低頭掃著地毯上的麵包屑，幾桌外一個頭髮花白的女人拱背喝著湯。除了我，沒人在乎我把裝滿髒錢的信封塞進包包。

伊琳娜用餐巾紙擦擦嘴，把名牌手提包夾到腋下。「很好。我很高興我們雙方都滿意地完成交易。如果我發現自己又需要你的服務，我會與你聯繫。」

「不，我不——」依琳娜伸進口袋，把一個輕薄的白色信封推過桌面。

「佩翠西亞的信。我沒有擅自打開，但如果我沒猜錯的話，這是一封推薦信。她找到你之前，花了些時間潛伏在一個網路論壇上——一個為我們這樣的女性而設的網站。」見我一臉困惑，她解釋：「想要尋找有特殊長才的專家且處境困難的女性。」伊琳娜心照不宣地對我眨眼，讓我覺得我需要洗個澡。「看樣子佩翠西亞認為這份工作你可能有興趣。她請我確保你收到這個。」

伊琳娜把信封留在桌上，接著伸出手，懸在我們之間，停留的時間久到令人尷尬。我很快握了一下就放手，全身細胞都在抗拒。

我目送她離去，整個人精疲力盡。昨晚對朱利安懺悔後找到的寬恕突然被新的罪惡感淹沒了。佩翠西亞的信就像伊琳娜支付我的錢一樣沉重。我拿在手裡翻看，很高興發現信封是封死的。這麼一來，我就不會想打開它。我也不會知道裡面是誰的名字，或他們的命值多少錢。

我把佩翠西亞的信放進包包，走出潘娜拉麵包坊，很感激沒人把我攔下。我坐進車內，很感激引擎順利發動，感激與朱利安共度的那一晚。感激佩翠西亞仍在世上，感激伊琳娜已經消失在我的生命裡，菲力克斯被關進監牢。但我最感激的，是回家與維若妮卡和孩子們相聚，而過去幾個禮拜的惡夢也終於結束了。

結語

房子很安靜。維若妮卡在樓下看實境節目，孩子們已經就寢。我拿著一杯熱可可走進書房，放在鍵盤旁邊的杯墊上，接著晃動滑鼠。螢幕立刻亮起。

我鼓起勇氣，凝視著一張全新的空白文件檔。螢幕明亮、空洞，極度嚇人。昨晚我把完成的手稿寄給希薇亞，而編輯已經迫不及待想知道下一本書的大綱。我折折手指，開始打字。

第二部：菲歐娜・多諾文的無標題初稿

我的雙手懸在鍵盤上，等待神聖的靈感襲來。我盯著螢幕看了好久，但完全不知道該寫什麼。

我懶洋洋地靠向椅背，啜飲一口熱可可。上一本書由佩翠西亞・米勒留下的字條展開……潘娜拉麵包坊托盤上的一張紙。

我打開抽屜，偷看躺在裡面的信封袋。我和維若妮卡曾經發誓永遠不會把信封打開。然而，我們也沒人自願把信封丟棄。反之，我把信封收了起來，告訴自己這象徵著之前打開的潘朵拉盒子，提醒我們要戒慎恐懼。

我拿起信封，放在螢幕的燈光下，但墨水太淡而信封又太厚；我無法透過紙質滑順的信紙辨認出裡面的文字。游標隨著流逝的秒數閃爍。我卻在這裡，盯著空白的螢幕浪費了幾小時珍貴的的獨處時光。

我需要的是一個主意，突然閃現的靈感。

我在信封邊緣撕開一個小洞，把一根手指伸進去。我沿著接合處滑開紙張時，發出響亮的沙沙聲。我停下手邊動作，聆聽走廊上有沒有維若妮卡的腳步聲，確信光是這股撕裂聲就足以定我的罪。背景中傳來電視的罐頭笑聲，於是我把信抽出來。

我需要的是一個名字。某個糟糕男人的名字，讓我可以在網路上研究他的生活，把他批得體無完膚，直到我想出一個屬於我自己的故事。

我從信封袋裡拿出信紙攤開，瀏覽佩翠西亞的紙條。

我在網路上發現這則招聘公告，一個為了像我這種人而設的網站。我不確定你會不會感興趣，但我想應該讓你知道。

我一看見底下的署名，整個人愣住了。我再看一遍，然後看看金額，以為我第一次肯定是看錯了。

史蒂芬．多諾文。

現金十萬美元。

地址是我前夫的農場。

 Storytella **191**

芬莉的殺手日記

Finlay Donovan Is Killing It

芬莉的殺手日記 / 艾兒.柯西馬諾作 ; 周倩如譯. -- 初版. -- 臺北市 : 春天出版國際文化有限公司, 2024.05
面 ; 公分. -- (Storytella ; 191)
譯自 : Finlay Donovan Is Killing It
ISBN 978-957-741-824-1(平裝)
874.57 113003046

ISBN 978-957-741-824-1
Printed in Taiwan

作 者　紐曼艾兒•柯西馬諾
譯 者　周倩如
總編輯　莊宜勳
主 編　鍾靈

出版者　春天出版國際文化有限公司
地 址　台北市大安區忠孝東路四段303號4樓之1
電 話　02-7733-4070
傳 眞　02-7733-4069
E－mail　bookspring@bookspring.com.tw
網 址　http://www.bookspring.com.tw
部落格　http://blog.pixnet.net/bookspring
郵政帳號　19705538
戶 名　春天出版國際文化有限公司
法律顧問　蕭顯忠律師事務所
出版日期　二〇二四年五月初版

定 價　420元

總經銷　楨德圖書事業有限公司
地 址　新北市新店區中興路二段196號8樓
電 話　02-8919-3186
傳 眞　02-8914-5524
香港總代理　一代匯集
地 址　九龍旺角塘尾道64號 龍駒企業大廈10 B&D室
電 話　852-2783-8102
傳 眞　852-2396-0050